ein Ullstein Buch

Von der gleichen Autorin
in der Reihe der
Ullstein Bücher:

Ruf des Lebens (275)
Kinfolk (357)
Und fänden die Liebe nicht (410)
Geschöpfe Gottes (426)
Das Gelöbnis (463)
Die verborgene Blume (473)
Das Mädchen von Kwangtung (523)
Zuflucht im Herzen (535)
Drachensaat (582)
Die große Liebe (2675)
Am Teich der Lotosblüten (2735)
Der Weg ins Licht (2780)
Wer Wind säet . . . (2803)
Und weiter führt der Weg nach Westen (2835)
Frau im Zorn (2852)
Die Frauen des Hauses 4 (2987)

Pearl S. Buck

Eine Liebesehe

Roman

ein Ullstein Buch

Ullstein Buch Nr. 2699
im Verlag Ullstein GmbH,
Frankfurt/M – Berlin – Wien
Amerikanischer Originaltitel:
»Portrait of a Marriage«
Übersetzt von Ursula von Wiese

Ungekürzte Ausgabe

Umschlagentwurf: Heinz Kröhl

Mit Genehmigung des
Scherz Verlags, Bern – München – Wien

Printed in Germany 1976
Gesamtherstellung:
Ebner, Ulm
ISBN 3 548 02699 0

Erster Teil

Die Junilandschaft Pennsylvaniens war voller Bilder. Der junge William Barton saß auf einem niedrigen Hügel unter einer alten Esche und betrachtete sie. Er konnte keine Wahl treffen, welches er malen sollte. Er saß im Gras und hatte die Arme um die Knie geschlungen. Zu seiner Rechten war der Delaware, ein glatter Silberfluß zwischen grünen Ufern. Zu seiner Linken lag ein Tal, darin ein Städtchen sich versteckte, von dem man nur Kirchtürme und schräge Dächer inmitten von Bäumen sah. Unter ihm war ein Bauernhof: weidende Kühe, ein welliges Weizenfeld, eine rote Scheune und ein altes steinernes Farmhaus. Auf einem Acker rotbrauner Erde pflügte ein Bauer.
In diesem Augenblick öffnete sich die Tür des Bauernhauses, und ein Mädchen in blauem Kleid und weißer Schürze trat in den Sonnenschein heraus. In der Hand trug es eine Glocke, die es mit weitausholender, kräftiger Bewegung läutete. Der Klang drang klar und voll den Hügel herauf.
Ist es denn schon Mittag? fragte sich William. Er hatte keine Uhr bei sich, weil er immer sagte, er wolle beim Malen nicht wissen, wie spät es sei. Aber wenn es schon Mittag war, dann hatte er den Morgen verstreichen lassen, ohne das geringste getan zu haben. Er schaute durch das grüne Laub in die Höhe. Die Sonne stand in der Himmelsmitte über dem Wipfel des Baumes, und außerdem verspürte er Hunger. Der Vormittag war vorbei.
Mit einem Gefühl leichter Beschämung erhob er sich, ergriff seinen Malkasten und die zusammenlegbare Staffelei und ging den Hügel hinab auf das Bauernhaus zu. Er wollte dort um Mittagessen bitten, und dann fand er vielleicht zur Beruhigung seines Gewissens in der näheren Umgebung der Farm das Bild, das er sich wünschte und das er in all der Vielfalt der üppigen Landschaft nicht hatte erblicken können.
Er überquerte die Wiese und schritt über einen schmalen, von niedrigen, unregelmäßigen Eibenhecken gesäumten Pfad auf die Tür zu, durch die das Mädchen ins Haus zurückgekehrt war. Als er näher kam, nahm er Bratenduft wahr, und ein plötzlicher Heißhunger erfaßte ihn. Er mußte etwas essen, ob er nun gearbeitet hatte oder nicht. Er klopfte an die holländische Tür, deren oberer Teil offen war, und wartete. Er war ohne Hut, weil er nie einen solchen trug, wenn er über Land ging. Jemand näherte sich der Tür. Er hörte hurtige, feste Schritte auf einen nackten Fußboden, Schritte, wie sie ein kräftiges junges Mädchen machen würde. Dann sah er es durch die schattige Halle kommen, und schon stand es in der halboffenen Tür.
»Was wünschen Sie?« erkundigte es sich.
Es war dasselbe Mädchen. Er erkannte das blaue Kleid, die weiße Schürze. Aber da ihm jetzt das rosige Gesicht nahe war, sah er, daß es blaue Augen und braunes Haar hatte und daß es sehr hübsch war. Die großen, ruhigen

Augen blickten ihn unverwandt an, indes es auf seine Antwort wartete. »Könnten Sie ...«, begann er, »ich meine, hoffentlich finden Sie es nicht ungehörig, aber ich sah zufällig, wie Sie läuteten, und da wurde ich plötzlich hungrig. Wäre es Ihnen möglich, mir etwas zu essen zu geben?«

Das ziemlich entschlossene junge Gesicht des Mädchens blieb ernst. Für einen Landstreicher ist er zu gut angezogen, überlegten seine offenen Augen. Außerdem spricht er nicht wie ein Landstreicher.

»Wir teilen keine Mahlzeiten aus«, sagte es zweiflerisch.

William lachte. Er hatte die klaren kleinen Gedanken erkannt.

»Ich bin ein durchaus ehrbarer Mensch«, erwiderte er. »Ich bin nur auf einem Malausflug. Und ich möchte mein Essen bezahlen.«

Die rotweiße Haut wurde von Blut übergossen. »Das ist es nicht«, sagte das Mädchen. »Es ist bloß – warten Sie einen Augenblick, ich will meinen Vater fragen.«

Es verschwand, und William wartete; derweilen blickte er sich vergnügt um. Das Haus war aus Feldsteinen erbaut, braun und dunkelrot und mit verwittertem Gold geädert. Im Schornstein war eine ovale Platte aus weißem Marmor eingelassen, darauf stand: T. H. und M. H. 1805. Über das Vordach rankte sich vollbelaubter wilder Wein, aber er blühte noch nicht.

»Treten Sie ein!« rief eine Männerstimme.

William drehte sich mit einem leichten Lächeln um. Ein graubärtiger Farmer schritt auf die Tür zu. »Kommen Sie herein, und essen Sie mit uns!« rief er. Er öffnete den unteren Teil der Tür und stand da, eine untersetzte Gestalt in blauem Baumwollanzug. Sein Hemd war am Hals offen und ließ einen rötlichen Haarbüschel sehen.

»Darf ich?« fragte William dankbar. Heute abend hatte er beim Heimkommen seinen Eltern etwas zu erzählen.

»Wie reizend«, würde seine Mutter sagen.

»Ganz europäisch«, stimmte dann sein Vater zu.

Beide kannten sie die Bauern von Europa besser als die Landbevölkerung ihrer Heimat. Die Gereiztheit infolge eines Wortwechsels, den er vor einigen Tagen mit seinem Vater über dieses Thema geführt hatte, war der Antrieb zu dem Malausflug gewesen. Er hatte behauptet, daß die amerikanische Landschaft gute Motive biete, und diesen Standpunkt um so hitziger verfochten, weil er in diesem Sommer nicht nach Europa zurückkehren wollte.

»Hier ist die Landschaft roh«, hatte sein Vater mit der üblichen freundlichen Sicherheit, die er allen Kunstfragen gegenüber an den Tag legte, gesagt. »Sie hat keine Tiefe. Die Menschen leben noch nicht lange genug hier.«

»Ich möchte dir gern das Gegenteil beweisen«, hatte William geantwortet. Das ungläubige Lächeln seines Vaters hatte ihn dazu verleitet. William hatte selber einen starken Eigensinn – mußte ihn haben, meinte er, wegen seiner Mutter.

Jetzt betrat er die schattige Diele. In dem Steinhaus war es kühl wie in einem Keller.

»Kommen Sie nur getrost herein«, sagte der Farmer herzlich. »Harnsbarger ist mein Name, und das Haus heißt ebenso. Vier Generationen meiner Familie lebten hier, und meine Kinder werden die fünfte sein. Wir essen in der Küche – geradeaus durch den Gang und dann links.«

»Danke vielmals«, gab William zurück. Er fühlte sich ganz vertraut mit diesem Menschenschlag. Er liebte einfache Leute; sie gaben ihm die Möglichkeit, er selbst zu sein.

Sie befanden sich nun in der Küche, einem großen Raum mit Steinfußboden; in der Mitte der hinteren Wand war ein großer Kamin eingelassen, in dem man einen Herd aufgestellt hatte. Darüber waren mächtige Eichenbalken, die der Rauch dunkelbraun gefärbt hatte. Am Fenster stand der gedeckte Tisch, und daneben schnitt eine Frau in faltenreichem braunem Kleid Brot. Das hübsche Mädchen wartete an seinem Platz.

»Ruth, leg noch ein Gedeck auf«, befahl Harnsbarger ihr. »Setzen Sie sich«, sagte er zu William.

»Sie sind Frau Harnsbarger«, sagte William mit einem raschen Lächeln zu der Frau.

Sie nickte, zu scheu, um zu lächeln oder zu sprechen.

»Und Sie«, sagte William zu dem Mädchen, »sind Fräulein Ruth Harnsbarger.«

»Ja«, antwortete das Mädchen ruhig.

Sie setzten sich nieder und aßen. Das Mahl war schlicht und köstlich. Niemand redete, bis der erste Hunger gestillt war. So sollten die Menschen stets essen, wenn sie hungrig sind, dachte William, damit die gute Nahrung das Hungergefühl nehmen kann. Er war der höflichen Verpflichtung zu zweckloser Unterhaltung am Tisch seiner Eltern oft müde; dort schien man die Nahrung um ihrer selbst willen nicht für achtenswert zu halten. Er liebte es, die Schüsseln auf dem Tisch vor Augen zu haben anstatt neben sich auf einem silbernen Tablett. Sein Hunger belebte sich wieder, als er sich zum zweitenmal nahm.

»Sind Sie aus dieser Gegend?« erkundigte sich Harnsbarger unvermittelt. Sein Teller war schnell geleert, und er reichte ihn seiner Frau, um ihn neu füllen zu lassen.

»Ich bin in Philadelphia daheim«, gab William Auskunft.

»Hat Ihr Vater dort viel Arbeit?« fragte Harnsbarger weiter.

»Er hat eine Eisenbahn«, erwiderte William. Jahrelang hatte er seinen Vater nie etwas tun sehen, das Arbeit genannt werden konnte.

»Gutes Geschäft?« fuhr Harnsbarger fort und nahm sich mit erneutem Eifer ein Hühnerbein.

»Es scheint so«, versetzte William. Nie stellte er seinem Vater diese Frage.

Von den Dividenden der Eisenbahngesellschaft, vermutete er, stammte wohl das Geld, mit dem das große Haus und der Garten so schön in Ordnung gehalten wurden, mit dem sein Vater die Bilder bezahlte, die er kaufte, und mit dem sein eigener langjähriger Aufenthalt in Paris und das Musikstudium seiner Schwester Louise bestritten worden waren. Louise hatte sich im vergangenen Winter verheiratet, und für ihre Aussteuer und die Hochzeit mußten die Dividenden der Eisenbahnaktien ebenfalls hergehalten haben.

»Von diesen Geschäften versteh' ich nichts«, bekannte Harnsbarger offen. Er knabberte den Hühnerknochen, und William wandte die Augen ab.

Zufällig fielen sie ganz natürlicherweise auf das Gesicht ihm gegenüber. Ein wunderbar hübsches Gesicht, dachte er abermals, und dann kam es ihm plötzlich in den Sinn, daß er hier sein Bild hatte. Warum nicht? Hier in dieser dunklen alten Küche mit dem geschwärzten großen Kamin und dem Herd als Hintergrund bot sich ihm ein Interieur, das in seinem Hell und Dunkel an die holländischen Meister erinnerte und dem er gleichwohl die besondere dreidimensionale Tiefe verleihen konnte, die er als eigene Technik zu entwickeln anfing und von der die Kritik bereits sagte, sie sei sein besonderer Beitrag zur amerikanischen Malerei. Er verabscheute die landläufig hübschen Mädchen, von der seine Umgebung erfüllt schien; dieses Gesicht aber war in seiner Schönheit keineswegs landläufig. Es lag Festigkeit in der Art, wie die roten Lippen sich aufeinanderpreßten, und eine klare warme Entschlossenheit strahlte aus den ruhigen blauen Augen. Die Harmonie der runden rosigen Wangen, des weichen vollen Kinns, der breiten Stirn und der geraden Nase war in sich vollkommen, und obwohl die Züge nichts Außergewöhnliches enthielten, zeigten sie doch Charakter. Er faßte einen seiner ungestümen Entschlüsse.

»Ich würde Sie gern malen«, sagte er mit Wärme und lehnte sich zu ihr über den Tisch.

Alle blickten ihn erschrocken an. Harnsbarger legte das Hühnerbein hin.

»Ich möchte das Bild hier in der Küche machen«, fuhr William fort.

»In der Küche!« rief das Mädchen.

Es war gekränkt, das konnte er sehen, und er beeilte sich, seinen Plan näher zu erklären.

»Es ist ein sehr malerischer Raum. Das Licht, das durch die kleinen Fenster hereinfällt, gibt gute Schatten, und da ist der dunkle Kamin, und Sie in Blau und Weiß ...«

»Sie wollen sie doch nicht in ihren alten Sachen malen?« fragte Frau Harnsbarger. Sie sprach zum erstenmal.

»Ich kann mir nichts Besseres vorstellen«, entgegnete William.

Er bemerkte, daß sie von Zweifeln erfüllt und doch zugleich geschmeichelt waren, und er überredete sie, weil sein Wunsch, das Bild zu malen, mit jedem Augenblick größer wurde.

»Bitte!« drängte er. »Ich habe mich überall vergeblich nach einem Motiv umgesehen, und hier finde ich es endlich. Ich werde Sie nicht stören — nicht sehr. Ich werde Sie malen, während Sie arbeiten.«

»Ich weiß nicht, ob ich das mag«, erwiderte Ruth zweiflerisch.

»Dann sagen Sie mir nur, wie Sie es gern hätten«, schlug William eifrig vor. Er sprang auf und stieß ein schweres altes Tischchen ans Fenster neben dem Kamin.

»Da, Sie könnten hier stehen und Blumen in eine Vase tun — nein. Sie müssen Brot schneiden!«

Sie zögerte ein wenig; das gefiel ihr, aber sie sah von ihrem Vater zu ihrer Mutter.

»Mir ist's gleich«, erklärte ihr Vater mit seiner lauten Stimme. »Man lasse den Weibern ihren Willen, das ist mein Wahlspruch. Ich muß jetzt aufs Feld. Also auf Wiedersehn!«

»Auf Wiedersehen«, gab William erfreut zurück. Die Frauen konnte er überreden. »Schauen Sie, so.« Er faßte das Mädchen an seinem runden bloßen Arm und führte es sanft zu dem Tischchen. »So«, sagte er und gab ihm mit schnellen Berührungen der Schultern, des Kopfes, der Hände die richtige Stellung. Vom Eßtisch aus starrte Frau Harnsbarger ihn sprachlos an. Aber er gewahrte sie nicht. Er bemerkte etwas in den Augen des Mädchens, eine schüchterne aufdämmernde Verlegenheit, die sie feucht machte, ihren holden Mund krümmte und ihre Lippen zittern ließ.

»Oh, du — du süßes Ding!« flüsterte er. Er eilte zur Tür, holte Malkasten und Staffelei herbei und stellte den Keilrahmen mit der Leinwand auf. »Bewegen Sie sich nicht!« bat er. »Bleiben Sie so!« Und er fing an zu malen.

Plötzlich bemerkte er mit Unwillen, daß es in der Küche dämmrig zu werden begann. Er hatte den ganzen Nachmittag hindurch gemalt, alles vergessend, auch das Mädchen, das ihm Modell stand. Zweimal war Frau Harnsbarger zur Tür gekommen, hatte hereingeblickt und war wieder gegangen. Er hatte nicht mit ihr geredet. Jetzt aber gebot ihm das Verblassen der Farben im Zwielicht Einhalt. Er legte den Pinsel nieder und erinnerte sich des Mädchens.

»Oh, wie rücksichtslos von mir!« rief er. Er sah jetzt, wie Ruth immer noch geduldig in der gleichen Stellung stillhielt. »Sie müssen ja ganz müde sein!« Sie bewegte sich. »Man sollte meinen, daß man nicht müde wird, wenn man nichts tut«, murmelte sie.

Abwartend stand sie da; sie wußte nicht, was als nächstes kommen würde.

»Oh, es ist sehr ermüdend, nichts zu tun«, versetzte er rasch. Er betrachtete seine Leinwand und prüfte sie genau. Das Bild ist gut, dachte er, sehr gut. Sogar seinem Vater konnte er es mit Stolz zeigen. Aber diesem kritischen Urteil wollte er es erst aussetzen, wenn es ganz fertig war.

»Darf ich das Bild über Nacht hierlassen?« fragte er. »Ich möchte es nicht gern hin- und hertragen, solange die Farben noch feucht sind.«

»Es wird niemanden stören, wenn Sie's hierlassen«, erwiderte sie.
»Wo wollen wir es hinstellen, damit es nicht im Wege ist?«
»Ich denke, am besten in den Salon«, meinte sie.
Sie bewegte sich mit kraftvoller Anmut über den unebenen Fußboden und führte William durch einen schmalen Gang zu einem rechteckigen Raum, dessen Fensterläden geschlossen waren. Sie zündete eine Kerze an, und er sah schwere dunkle Möbel und an den Wänden mit Kreidestift gezeichnete Ahnenbilder.
»Hierher kommt niemand«, erklärte sie.
»Morgen bin ich wieder da«, sagte er.
Er blickte sich in dem seltsamen Zimmer um, während er die Staffelei aufstellte. Auch dies wollte er heute abend beim Essen beschreiben.
Die Küche, dachte er, als er hier wieder eintrat, ist wirklich schön. Wenn die Menschen einen Raum zu täglichem Gebrauch formten, wurde er ohne ihr Wollen schön.
»Mir gefällt es hier ausnehmend gut«, sagte er, indes er seine Pinsel abwischte.
Sie stand daneben und sah ihm zu, und bei seinen Worten hob sie die Augen zu ihm.
»In dieser alten Küche?«
»In dieser alten Küche«, wiederholte er.
Als er seine Tuben einräumte, lächelte er vor sich hin. Hätte es einen Zweck gehabt, ihr das Wesen der Schönheit zu erläutern? Er glaubte, daß es sich nicht lohnte. Wozu ihr außerdem etwas erklären, worüber sie in solcher Fülle verfügte? Mit erneuter Wertschätzung blickte er sie an und lächelte ihr zu. Dann ergriff er seinen Malkasten und hängte ihn sich über die Schulter.
»Auf Wiedersehen«, sagte er.
Sie gab ihm das kleinste Lächeln zurück, dessen sie fähig war, und als er es wahrnahm, wurde ihm bewußt, daß er zum erstenmal ihr Gesicht ohne seine reine ernste Ruhe sah. Er hielt inne, gefangengenommen von dieser Veränderung.
»Bis morgen«, sagte er.
Sie sprach nicht, sondern stand nur da, und das Lächeln war auf ihrem Gesicht. Er ging fort, und in seinem Geiste blieb ihr Ausdruck so klar wie das halbvollendete Bild. Während des ganzen Heimwegs sann er über dieses Lächeln nach. Hätte er es dem gemalten Antlitz geben sollen? Nein, so lieblich auch das Lächeln auf ihren Lippen gewesen, ihr Ernst war noch lieblicher.
So tief war er in seine Betrachtungen versunken, daß ihm sein Elternhaus beim Eintritt fremd und fern dünkte. Doch dies war die Halle, die er sein ganzes Leben lang jahrein, jahraus betreten hatte. Eine Tür öffnete sich, und der Diener kam geräuschlos herbei, um ihm Malkasten und Stock abzunehmen.
»Soll ich Ihre Pinsel waschen, Herr William?«

William zauderte. Er drückte sich immer gern vor dem Pinselwaschen. Vor langer Zeit hatte er dem alten Martin gezeigt, wie man es machen mußte. Heute abend aber hatte er ohne jeden Grund Lust, sie selber zu waschen.
»Danke bestens, ich werde es selber tun. Ich möchte mir einige von ihnen näher ansehen.«
»Sehr wohl. Ich bringe sie hinauf.«
»Ich will sie selber hinauftragen, danke.«
Er nahm den Malkasten wieder an sich und stieg die Treppe hinauf, die in großer Windung drei Stockwerke emporführte. Zuoberst war sein Schlafzimmer und auch sein Atelier, in dem die Bilder hingen, die er seit seinen ersten Versuchen als Achtjähriger gemalt hatte. Er ließ sie dort, weil er spürte, daß sein Vater keines für gut genug erachtete, um es in der Galerie im Südflügel aufzuhängen. Sein Vater sagte, getrieben von Feingefühl, dann und wann: »Eines Tages wirst du mal für mich ein Bild malen, mein Junge.«
»Ich weiß nicht, ob mir das jemals gelingen wird, Vater.«
»Natürlich, natürlich wird dir das gelingen«, beharrte der alte Herr. Seiner Frau raunte er im geheimen zweiflerisch zu: »William hat Technik, Henriette, aber es fehlt ihm noch das Eigene, das aus der Eingebung stammt.«
Frau Barton erwiderte darauf mit ihrer üblichen Festigkeit: »Ich hoffe nur, daß es eine echte Eingebung sein wird, wenn sie ihm kommt.«
In seinem Zimmer angelangt, wurde sich William einer sonderbaren Benommenheit bewußt. Er war sehr müde. Noch nie hatte er pausenlos so viele Stunden gemalt. Nichts hatte ihn je zuvor dazu bringen können, Zeit und Müdigkeit zu vergessen. Wie eine Eingebung kam es über mich, dachte er verwundert und erregt. War dies der Anfang von etwas Neuem in seiner Arbeit, fragte er sich, etwas, auf das alles bisher Geleistete nur Vorbereitung war? Er hatte das Gefühl, als wüchse in ihm eine neue Kraft. Vielleicht hatte er endlich seine eigene Grundlage gefunden. Ganz entschieden hatte er heute mit Leichtigkeit und Sicherheit gemalt. Aber ob das Bild auch gut geworden war? Jetzt reute es ihn, daß er es nicht mitgenommen hatte. Er hätte es brennend gern geprüft, um zu sehen, ob es wirklich gut war. Oder hatte er sich nur von der Einfachheit seines Motivs täuschen lassen? Ungeduldig sehnte er den nächsten Tag herbei, voller Angst, daß er sich getäuscht haben könnte.
In seiner Unsicherheit beschloß er, bei Tisch überhaupt nichts zu erzählen. Es war ihm unmöglich, von seinem Erlebnis zu sprechen, entschied er in jähem Impuls, der den Zweifel an sich selbst kennzeichnete. Was, wenn das Bild nichts taugte?
Es freute sich über seinen Entschluß. Als er hinunterging, traf er seine Schwester Louise und ihren Mann, Montrose Hubberd, die unerwartet nach Philadelphia gekommen waren. Daß sie von einer ausgedehnten Hochzeitsreise in Italien nach New York zurückgekehrt waren, hatte er gewußt, doch ihr erster Besuch war für Ende Juni vorgesehen gewesen, so daß seine Eltern mit

Louise nach Bar Harbor fahren konnten. Auf der Treppe vernahm er Louises helle Stimme.
»Ja, Italien hat uns riesig gefallen, nicht wahr, Monty?«
Ein Gemurmel deutete Montys Antwort an. William hegte eine Abneigung gegen seinen Schwager, ohne daß er sich die Mühe nahm, den Grund zu erforschen. Eine große, üblicherweise gutgekleidete Gestalt, stellte Monty jederzeit ein schmückendes Beiwerk zum Hintergrund eines jeglichen Bildes dar, aber er trat nie von diesem Platz vor. Der gelegentliche Gedanke an das blasse, flachwangige Gesicht mit dem dunklen Schnurrbart hatte William Betrachtungen über die Flitterwochen anstellen lassen. Konnte eine Frau mit Monty wirkliche Flitterwochen verleben? Aber konnte andrerseits ein Mann mit Louise Flitterwochen verleben? Es war schwer, sich das vorzustellen.
In geringschätziger Stimmung betrat er den weißgoldenen Salon seiner Mutter. Der Anblick schien ihm so trivial wie eine Aquarellzeichnung aus dem achtzehnten Jahrhundert.
»William, du kommst spät!«
»Entschuldige, Mutter.« William beugte sich über seine Schwester, um ihr einen Kuß auf die Wange zu geben, und bedachte Monty mit einem Nicken.
»Da bist du ja, Louise! Wie geht es dir, Monty?«
Monty neigte seinen glatten schwarzen Kopf, und Louise ließ ihr Taschentuch flattern. Sie sah beinahe hübsch aus; ihre etwas fahle Blässe wurde durch das dunkelrote Kleid gemindert. Frau Barton erhob sich von ihrem Sessel.
»William, bitte deinen Arm«, sagte sie.
Sie schritten auf die Tür zu.
»Wo hast du eigentlich gesteckt, William?«
»Ich habe gearbeitet, Mutter.«
Sogleich bereute er seine Antwort. Warum mußte er seiner Mutter auch mitteilen, daß er gearbeitet hatte? Jetzt würde sie ihn fragen, wo er gewesen sei und was er gemalt habe, all die Dinge, die er ihr nicht sagen wollte.
»Gearbeitet? Wo?«
»Oh – auf dem Lande.«
»Dort findest du doch sicher kein Motiv.«
Er ärgerte sich.
»Doch, ich habe eins gefunden.«
»Was für eins?«
»Ein altes Bauernhaus.«
»Pah, eine Ansichtspostkarte!«
»Nein, Mutter, es war ein schönes Motiv.«
Sie erwiderte nichts, denn sie hatte ihren Stuhl erreicht und gab Platzanweisungen. »Louise, du sitzt rechts von Vater. William, setz dich neben deine Schwester, und Monty, du sitzt auf der andern Seite. Harold, du darfst den

Rotwein nicht anrühren. Ich sehe, daß Martin dir ein Glas hingestellt hat – obwohl ich ihm deutlich befohlen habe, es nicht zu tun. Martin!«
»Jawohl, gnädige Frau.«
Der Diener nahm das Glas fort, und Barton ließ sich mit einem Seufzer nieder.
Sie hat mich vergessen, dachte William erleichtert zwischen Suppe und Fisch.
Wie Speere warf sie Louise und Monty ihre Fragen zu und bohrte mit behutsamer Beharrlichkeit, bis sie die gewünschten Antworten erhalten hatte.
»Louise, wart ihr in Venedig in der Markuskirche? An einem Sonntag, meine ich – werktags ist sie natürlich einfach nur ein Sammelpunkt für Touristen. Aber zum Gottesdienst – ich sage immer, man lernt eine Kirche eigentlich erst kennen, wenn man darin betet. Nun ja, ich bin ein religiöser Mensch, und du bist es nicht, Louise. Dir entgeht viel. Hoffentlich wird sie durch deinen Einfluß nicht noch schlimmer, Monty. Was ist das? Nein, ich bin gegen all diese Dinge. Predigten und Steine haben leider nichts miteinander zu tun, und Wälder sind leicht feucht. In New York mußt du ein geistliches Haus finden, Louise.«
Sie hörten ihr zu, wie sie ihr von jeher zugehört hatten, er und Louise, zwei ziemlich blasse Kinder, die in dem schönen ruhigen Haus sehr gut erzogen wurden. Er hatte nie feststellen können, ob Louise sich ebenfalls oft langweilte. Es hatte Tage gegeben, an denen er aus diesem großen Fenster auf den von Frühlingssonnenschein erfüllten Platz hinunterblickte und sein Herz in der Brust als ein von ihm gesondertes Geschöpf empfand. Eines Tages würde es geradewegs aus ihm hinausspringen, pflegte er zu denken, ohne ihn davonziehen und ihn wie eine Schale zurücklassen. Was für eine Farbe hatte ein Knabenherz, und wie war wohl seine Form?
Dann erinnerte die Mutter sich seiner. »Übrigens, William, was, sagtest du doch, hast du heute nachmittag gemalt?«
»Ich sagte gar nichts, Mutter.« Er nahm sich von der mit Äpfeln gefüllten Ente.
»Nun?«
»Ich möchte lieber warten, bis ich das Bild fertig habe, Mutter, und es dir dann zeigen.«
»Unsinn, William!«
»Es ist mir wirklich Ernst, Mutter.«
Er sah, daß sie vor lauter Überraschung leicht ärgerlich wurde, und er schämte sich, weil er seine alte Kinderfurcht vor ihr fühlte.
»Na gut, William – allerdings finde ich das sonderbar von dir.«
Ehe er antworten konnte, begann Louise zu sprechen – rasch, wie er wußte, um die Lage zu glätten.
»Oh, Mutter, es hat Monty und mich wundergenommen – was würdest du meinen, wenn wir uns eins von den neuen, pferdelosen Fahrzeugen zulegen würden?«

Frau Barton vergaß alles andere. »Ich würde euch beide für ganz und gar närrisch halten«, erwiderte sie streng. Sie hob die schweren Lider und richtete die grauen Augen auf ihren Schwiegersohn. »Du willst doch wohl nicht im Ernst etwas so Tollkühnes mit Louise unternehmen.«

Monty trank seinen Wein, bevor er Antwort gab. »Man hört heutzutage viel von ihnen reden«, sagte er ausweichend.

»Das ist kein Grund, um es Narren gleichzutun«, entgegnete Frau Barton. Ihre beringte linke Hand, die den Stiel des Weinglases umfaßte, war dünn wie eine Sehne und ebenso stark, obwohl sie nie rauhere Arbeit getan hatte, als feines Teegeschirr zu spülen.

Monty lächelte und schwieg. Da er gekommen war, um mit seinem Schwiegervater über die Anlage einiger seiner Millionen zu sprechen, wußte er Besseres zu tun, als der alten Dame zu widersprechen. Von Louise hatte er allerlei über sie erfahren.

In der entstandenen Stille wandte sich Frau Barton wieder ihrem Sohn zu.

Ich will ihr nichts von Ruth erzählen, dachte er.

Doch ehe sie sprechen konnte, sah sie, daß ihr Mann ein gefülltes Weinglas an die Lippen hob.

»Harold! Was fällt dir ein!«

Bartons Hand zitterte leicht. Er schluckte zweimal mühsam und setzte das Glas nieder.

»Ich wollte nur mal Louises Wein kosten, meine Gute.«

Bartons Stimme war sanft, und seine Augen waren so unschuldig wie die eines Kindes.

»Das solltest du nicht tun«, sagte Frau Barton streng. »Harold, ich ermahne dich nur zu deinem Besten.«

»Ich weiß, meine Liebe, und ich will es auch nicht wieder tun.«

Er warf einen Blick auf seine beiden Kinder, und alle drei beugten dann den Kopf über den Flammeri, der jetzt an die Reihe gekommen war. Als hätte er es mit eigenen Augen gesehen, so sicher wußte William, daß Louise ihr Glas absichtlich links hingestellt hatte, damit ihr Vater, wenn das Glück ihm hold war, von dem Wein nippen konnte. Aber das Glück war ihm nicht hold gewesen, und sie ließen es, wie so oft schon, dabei bewenden.

Als William vor dem Schlafengehen in seinem Zimmer herumtrödelte, war es ihm unbehaglich. Nach dem Zwischenfall mit dem Wein hatte seine Mutter ihn vergessen. Wäre das nicht der Fall gewesen, hätte er ihr dann von Ruth erzählt, oder konnte er behaupten, daß er es nicht getan hätte? Das ließ sich nun nie mehr feststellen.

Ruth lag wach – zum erstenmal in ihrem Leben. Sie lag ruhig da und staunte über sich. Sie empfand keinen Schmerz, keine Not und auch keine Erregung, aber sie konnte nicht aufhören, an den jungen Mann zu denken. Sie kannte nicht einmal seinen Namen. Sie hatten nicht danach gefragt, und er hatte ihn nicht genannt. Daran hatte sie in ihrer Benommenheit während des ganzen Nachmittags nicht gedacht, bis ihr Vater sich beim Abendbrot erkundigte: »Hat er dir schon seinen Namen genannt, Ruth?«

Überrascht antwortete sie: »Ich habe vergessen, ihn zu fragen.«

»Mir kam es in den Sinn«, erklärte ihr Vater, »aber ich sagte zu mir: Ich frage einen Menschen nicht nach seinem Namen, wenn er ihn mir nicht von selbst nennt. Ich stellte mich ihm vor, und er sagte darauf nichts. Man sollte sich eigentlich vorstellen, wenn ein andrer es tut, aber er unterließ es.«

In stiller Bestürzung erwiderte sie nichts. Angenommen, er kam nicht wieder, und sie erfuhr nie seinen Namen? Doch im Salon stand ja noch das Bild.

»Hat er das Bild fertig gemalt?« fragte ihr Vater nach dem Nachtessen unvermittelt.

»Nein, er kommt morgen wieder«, sagte sie. Sie machte sich daran abzuräumen und das Geschirr zum Schüttstein zu tragen.

»Hat er's mitgenommen?«

»Nein, es ist im Salon.«

»Dann will ich mir's mal anschaun.«

Ihr Vater nahm die Petroleumlampe von dem schmalen Kaminsims und ging zum Salon; seine bestrumpften Füße bewegten sich geräuschlos über die Bohlen. Sie folgte ihm, und ihre Mutter kam hinter ihr her. Im Salon standen sie alle drei und betrachteten das Bild.

»Das Tischtuch macht sich nett«, bemerkte die Mutter.

»Ruth ist nicht sehr ähnlich«, meinte der Vater.

»Zu hübsch, nicht wahr?« sagte sie verzagt.

»Ja«, nickte er. »Aber vielleicht hat er dich so gesehn.«

Sie begaben sich in die Küche zurück, und nachdem der Vater eine Weile gegähnt hatte, ging er zu Bett. Ruth und ihre Mutter wuschen, wie immer schweigend, das Geschirr ab, machten in der Küche sauber und deckten den Frühstückstisch. Erst als die Mutter im Begriff stand, die Treppe hinaufzusteigen, unterbrach sie die Stille.

»Ich finde, wir sollten morgen Seife machen, Ruth. Der Fettopf ist schon voll.«

»Oh, Mama, nicht morgen!«

Die Mutter sah sie bedeutungsvoll an und wollte etwas sagen. Dann unterließ sie es jedoch. Sie drehte sich um und begann langsam die Treppe hinaufzusteigen. Und allein in der Küche, beendete Ruth schnell die Arbeit. Sie war nicht müde. Sie war nie müde, aber heute abend fühlte sie sich voller Kraft und Stärke.

Ich wünschte, ich könnte jetzt die Seife machen, dachte sie, und sie sehnte sich nach Betätigung.

Sie öffnete die Tür, stand dort ein Weilchen und blickte in die Nacht hinaus. Hätte der Mond geschienen, so wäre sie versucht gewesen, zur Waschküche

hinüberzugehen, wo die Lauge und das Fett aufbewahrt wurden. Die Sterne waren groß und sanft, aber die Nacht war dunkel.
Zögernd schloß sie die Tür und ging in ihr Zimmer hinauf. Bei Kerzenlicht hatte sie sich gewaschen, ihr langärmliges Baumwollnachthemd angezogen, die Haare gebürstet und in Zöpfe geflochten, und dann, nachdem sie die Kerze ausgeblasen, hatte sie sich in das niedrige alte Bett aus Ahornholz gelegt, das einst Eigentum ihrer Großmutter gewesen war. Sie hatte die Augen geschlossen, in der Erwartung, daß sie wie immer sofort einschlafen würde. Aber der Schlaf kam nicht. Sie wartete, weder unruhig noch ungeduldig, nur verwundert. Und während sie wartete, gewahrte sie sein Gesicht, das sie an diesem Tage stundenlang unverwandt angeschaut hatte. Noch nie habe ich ein Gesicht so deutlich gesehen, dachte sie.

Als sie ihn am folgenden Tag den Weg herunterkommen sah, war es schon Spätnachmittag. Den ganzen Tag hatte sie auf ihn gewartet und es dann aufgegeben, und voller Zorn hatte sie nachmittags angefangen, das Fett für die Seife zu sieden.
»Es ist schon spät«, wandte ihre Mutter ein. »Wir essen bald.«
»Ich werde rasch machen«, entgegnete sie, und sie platzte heraus: »Weißt du, Mama, dieser Maler – er sagte, er würde heute bestimmt wiederkommen. Deshalb hielt ich es für zwecklos, mit der Seife anzufangen. Jetzt kommt er doch nicht mehr, und ich will nicht, daß der Tag vergeht, ohne daß ich was getan hab'.«
Ihre Mutter blickte von der Flickarbeit nicht auf. »Ich helfe dir, sowie ich mit dieser Ferse fertig bin.«
»Nein, laß nur. Ich kann gut allein fertig werden«, sagte Ruth.
Doch als sie an der Tür war, brachte die Stimme ihrer Mutter sie zum Stehen.
»Er ist nicht von unsrer Art, finde ich, Ruth.«
Sie wollte es nicht glauben, daß hinter den Worten ihrer Mutter etwas steckte.
»Nicht daß ich mir etwas aus ihm mache – ich kann nur Leute nicht leiden, die nicht das tun, was sie angeblich tun wollen.«
»Gerade das meine ich.« Ihre Mutter hob die Augen nicht von der langen Nadel, die durch die Fäden auf und nieder glitt.
Und dann, als es beinahe schon dämmerte, sah sie ihn; barhäuptig, die Hände in den Hosentaschen, kam er den Weg herunter auf die Tür zu.
»Hier bin ich!« rief sie.
Beim Klang ihrer Stimme wandte er den Kopf, gewahrte sie und ging zu ihr hinüber.
»Ich dachte, Sie würden gar nicht mehr kommen«, sagte sie.
Das Fett war heiß in dem großen Eisentopf, der über dem Feuer hing. Sie hatte die Lauge abgemessen und hinzugefügt, und nun rührte sie die Mischung mit einem löffelförmigen Stock. Er sah ihr zu.

»Was machen Sie da?«
»Seife.«
Sie rührte langsam und merkte, wie die Mischung sich allmählich verdickte.
»Ich hatte gedacht, Sie würden früher kommen«, sagte sie und blickte zu ihm auf. Er hatte seinen Malkasten nicht bei sich! »Wo haben Sie denn Ihr Malzeug?«
»Ich hab's nicht mitgenommen.«
»Aber – möchten Sie nicht – wollen Sie das Bild denn nicht fertigmachen?«
»Ich hatte heute keine Lust zu arbeiten.«
Sie war zornig auf ihn, und sie versuchte nicht, den Zorn zu begreifen. »Nennen Sie das etwa Arbeit – Bilder malen?«
»Im großen ganzen, ja«, antwortete er. »Wenigstens ist das meine Arbeit.«
Sie durfte jetzt keinen Augenblick aufhören zu rühren, denn die Mischung war beinahe so weit, daß sie umgegossen werden mußte.
»Ich bin an richtige Arbeit gewöhnt«, sagte sie kurz.
»Was für welche zum Beispiel?« fragte er etwas finster.
»Pflügen und melken. Die Scheune anstreichen.«
»Setzen Sie meine Arbeit dem Anstreichen der Scheune gleich«, entgegnete er bitter.
»Helfen Sie mir den Topf vom Feuer nehmen«, sagte sie. »Ich muß das Zeug umgießen.«
Er trat neben sie und half ihr den dreibeinigen Topf von dem Gestell heben und auf den Boden setzen. Töpfe standen reihenweise bereit, und sie machte sich daran, die sauber riechende Flüssigkeit hineinzuschöpfen. Er sah ihr zu, und sie merkte, daß er dabei an etwas anderes dachte.
»Wird das Zeug hart werden?« erkundigte er sich.
»Wenn es abgekühlt ist«, antwortete sie.
»Es riecht gut«, sagte er.
»Nur wie Seife«, erwiderte sie.
Sie hatte die Hälfte der Töpfe gefüllt, ehe er wieder sprach.
»Natürlich werde ich das Bild fertig malen, Ruth.«
Daraufhin hob sie die Augen. »Ich danke es Ihnen nicht, daß Sie mich beim Vornamen nennen, wenn ich nicht einmal weiß, wie Sie heißen.«
Er lächelte leicht. »William.«
»Und wie weiter?«
»William Barton.«
Sie bückte sich wieder. »Den Namen habe ich noch nie gehört.«
Er freute sich insgeheim. Wenn seine Mutter das vernehmen könnte! »Warum hätten Sie ihn auch hören sollen?«
»Aus gar keinem Grund, scheint mir«, gab sie zu.
Sie sagten nichts mehr, bis alle Töpfe gefüllt waren. Die Sonne schwebte in einem rötlichen Nebel dünner niedriger Wolken am Horizont.

»Weshalb sind Sie eigentlich gekommen, wenn Sie doch nicht malen wollten?«
»Ich weiß nicht«, antwortete er. »Vielleicht um mich zu überzeugen, ob Sie so hübsch sind, wie ich Sie gestern fand.«
Ihre Lider zitterten, und sie errötete. »Ich wünschte, Sie würden nicht...« murmelte sie.
»Was?«
»... so daherreden...«
Innerlich seufzte er ein wenig. Warum war er gekommen, wenn er doch wußte, daß es nicht der Arbeit galt?
»Lassen Sie uns das Bild mal anschauen«, sagte er kurz angebunden.
Er ging voraus. Es war Melkzeit, und er sah die Eltern des Mädchens im Stall beim Melken. Das Haus war leer, und er betrat den Salon, voller Ärger, weil er sich ihrer festen, leichten Schritte hinter ihm bewußt war. Er machte einen Fensterladen auf, und das Licht der untergehenden Sonne fiel auf sein Bild. Reine Freude überstürzte ihn und erfüllte ihn ganz. Er vergaß den langweiligen Tag, den er verbracht hatte, bis er sich entschloß, hierher zurückzukommen. Ja, der Tag war ihm durch Louise verdorben worden, die sich in sein Zimmer gestohlen hatte, ehe er aufgestanden war. Ihre kühle schmale Hand, die seine Wange berührte, weckte ihn, und als er die Augen öffnete, sah er sie in ihrem Morgenrock aus kalter blauer Seide vor sich stehen; ihre blonden Haare waren unter einem Spitzenhäubchen auf Lockenwicklern aufgerollt.
»Sei nicht böse, William.«
»Was ist los?«
»William, ich wollte schon gestern abend mit dir reden, aber Mutter war so — William, willst du Monty und mir helfen?«
»Wie — was — warte eine Minute!« Er hatte sich den Schlaf aus den Augen gerieben. »So, um was handelt sich's?«
»Monty ist schrecklich arm!«
»Arm!« Er setzte sich gähnend auf. »Wieso, ich dachte, Vater hätte Erkundigungen über ihn eingezogen und dergleichen mehr.«
»Ach, es ist doch nachher geschehen! Irgendwelche Minen oder etwas Ähnliches stellten sich als leer heraus; irgend so etwas war es. Man nahm an, daß sie voller Diamanten wären, und sie waren es nicht. Glaubst du, daß du mit Vater sprechen könntest — allein, meine ich?«
»Was kann er im Punkte Diamanten tun, Louise?«
»Nein, nicht in bezug auf Diamanten, sondern er sollte Monty beispringen, nur um ihn zu ermutigen. Monty ist so niedergeschlagen.«
»Davon habe ich nichts gemerkt.«
»Oh, aber er ist wirklich niedergeschlagen! Er verbirgt seine Gefühle so wundervoll, doch ich weiß Bescheid.«
Er kämpfte sich aus dem Bett, und sie stand dann an der halbgeschlossenen

Tür des Ankleideraums und redete, während er sich rasierte, sich wusch und anzog. Fast den ganzen Tag hatte er damit verbracht, mit Louise lächerliche Pläne zu schmieden und mit seinem Vater zu sprechen. Er war hin- und hergerissen zwischen seiner Anhänglichkeit an Louise und den Vater und uneingestandenen Zweifeln an Montys Vertrauenswürdigkeit. Er war erleichtert gewesen, als der Vater mit seiner üblichen Schlauheit bestimmt hatte, daß Monty erst einmal mit seinen Rechtsberatern reden müsse. Aber so war der Vormittag vergangen, und Louise hatte ihm im geheimen allerlei vorgeweint, und weil er eine Zuneigung für sie hegte, war er bei ihr geblieben, bis sein Arbeitseifer nachgelassen hatte, während der Tag allmählich verstrich.
»Du wirst alles verstehen, wenn du selber verheiratet bist, William. Die Ehe ist etwas so Seltsames – man wird dadurch mit einem andern Menschen richtig verschmolzen. Wenn Monty leidet, leide ich auch!«
Er hatte seine Ungeduld ganz an Louise ausgelassen.
»Hör auf zu jammern«, befahl er ihr. Sie gehörte zu den Frauen, bei denen es beinahe unmöglich war, nicht zu befehlen. »Schließlich werden wir dich nicht leiden lassen, Louise.«
»Ich denke nicht an mich – ich denke an Monty«, schluchzte sie. »Es ist so schwer für ihn, gleich zu Anfang unserer Ehe diese Enttäuschung erleben zu müssen.«
»Ach, Monty«, entgegnete er, »er wird schon mit allem fertig werden.«
Und da schrie sie ihn an, daß er keine Ahnung von der Ehe habe.
»Ich gebe dir recht, daß ich davon nichts verstehe«, sagte er mit bewußtem Spott.
»Eines Tages wirst du's verstehen«, versicherte sie ihm, und sie trocknete sich dabei die Augen und versuchte ihn anzulächeln. »Sag mal, William, machst du dir denn bis jetzt aus niemandem etwas? Wie ist es mit der hübschen Elise Vanderwort?«
Monatelang hatte er Elise keinen Gedanken geschenkt, und er sagte das. Und dann fügte er plötzlich hinzu, daß er in die Luft und den Sonnenschein hinaus müsse.
»Du würdest besser gehen und dir das Gesicht waschen, sonst merkt Mutter dir etwas an«, sagte er.
Die größte Schwierigkeit des Tages hatte darin bestanden, die Mutter nichts merken zu lassen.
Und dann war er zum Bahnhof gegangen, hatte den ersten Zug bestiegen und war zu dem Dorf gefahren, und ein einstündiger Spaziergang hatte ihn hierher vor ihr Bild gebracht.
»Ich komme morgen bestimmt wieder«, rief er. »Ruth – darf ich Sie nicht Ruth nennen? Ich bin William, wissen Sie – einfach nur William.«
»Gut«, sagte sie. »Gut – William.«

Juni, Juli und August. So hatte Ruth Stunde um Stunde still gestanden, sie, die stark und voller Tätigkeitsdrang war, und der Sommer war über diesen Stunden und über den dazwischenliegenden schleppenden Tagen vergangen. Bei all der endlosen Arbeit im Haus und auf dem Land hatte sie nie gewußt, daß die Zeit langsam verstreichen konnte. Jetzt aber wußte sie es. Wenn William nicht kam, wurden die Stunden, obwohl ihr Körper sich mit der gleichen ruhigen Eilfertigkeit bewegte, zweimal so lang, und des Nachts war sie erschöpft vom innerlichen Warten.

Sie stand Qualen aus, weil sie nie sicher sein konnte, wann er kommen würde. Manchmal kam er tagelang nicht, und dann war er plötzlich da, ganz Ungeduld, als ob sie Schuld daran trüge, daß sie nicht bereit war und nicht am Fenster auf ihn wartete. Bereit und wartend war sie zwar, weil sie nicht vorgeben konnte, ihn nicht zu lieben. Sie wußte, daß sie ihn vom ersten Tage an geliebt hatte – nein, von der ersten Stunde an. Sie liebte ihn, bis ihr das Herz weh tat. Das Bild war beinahe fertig, und was sollte sie dann tun? Dann ging er fort, und sie sah ihn nie wieder. Der lange Nachmittag in der Küche, wo er stand und sie malte und sie ihn anschaute, war dann vorbei. Dann konnte sie nicht mehr zusehen, wie er arbeitete, wobei seine dunklen Augen sie gewahrten und doch nicht gewahrten. Manchmal meinte sie, daß er nur das Mädchen auf dem Bild erblickte, und sie wurde eifersüchtig.

»Es ist hübscher als ich«, sagte sie, um zu hören, daß er es abstritt.

»Nein, das ist es nicht«, entgegnete er. »Das Bild ist zufällig sehr ähnlich.«

»Meine Augen sind nicht so blau«, beharrte sie.

»Es sind die blauesten Augen von der Welt. Ich kann sie überhaupt nicht blau genug malen«, gab er zurück.

Dann war sie ein wenig getröstet und fiel wieder in Schweigen, und er arbeitete weiter.

Mitte August war das Bild fast fertig. Er ließ nicht ab, etwas daran zu tun, aber sie wußten beide, daß es fertig war.

»In einer Woche«, sagte er eines Tages unvermittelt, »wird es wirklich fertig sein.«

»Dann werde ich Sie wohl nicht mehr sehen«, sagte sie leise, aber offen.

»Warum nicht?« versetzte er fröhlich.

Das Herz schwoll ihm, als sie dies aussprach, aber er wollte nicht, daß sie es merkte. Er wußte, daß er angesichts der Schönheit warm und schwach wurde, allzu leicht bereit, zu gefallen und zu lieben. Und Ruth war bezaubernd. Es entzückte ihn, daß sie genauso war, wie er gedacht hatte, genauso, wie sie aussah.

Der wundersame Sommer neigte sich dem Ende zu. William war einfach tagtäglich hergekommen, oder er war nicht gekommen. Zwei Wochen lang war er sogar in Bar Harbor gewesen und hatte seine halb spielerische Freundschaft mit Elise erneuert. Ob sein Vater etwas getan hatte, um Monty zu helfen, wußte William nicht; er zog es vor, Familienschwierigkeiten möglichst aus dem Weg zu gehen. Daß seine Mutter die Sache in die Hand genommen hatte, vermutete er, weil sie Monty immer mehr beherrschte. Er bewunderte Monty beinahe, weil der Schwager das höflich hinnahm, und damit ließ er es bewenden, weil er nichts mehr davon wissen wollte.

Elise war eigentlich sehr schön, aber er hatte kein Verlangen gespürt, sie zu malen. Er hatte sie sogar ein paarmal geküßt. Das erstemal, auf einem Ball in ihrem Elternhaus, hatte er sie auf die Terrasse geführt, die Aussicht aufs Meer bot. Das war bei den meisten Terrassen der Fall. Die Terrasse, die zum Hause seines Vaters gehörte, war sogar noch schöner als die, auf der er mit Elise stand, als die Mischung von Mondschein, Meer und warmer Nachtluft bewirkte, daß er den Arm um sie legte und die Lippen auf die ihren drückte. Der Kuß war recht wonnig, wohlriechend und warm. Sie wartete ein Weilchen, und er wußte, daß es geschah, um ihn sprechen zu hören. Wenn er um sie anhielt, so würde sie den Antrag annehmen.

»Verzeih«, flüsterte er statt dessen.

Sie wartete noch einen Augenblick und zog sich dann sanft zurück.

»Da gibt es nichts zu verzeihen«, sagte sie leichthin.

Nie war er so nahe daran gewesen, sie zu lieben, wie in dieser Sekunde.

»Schau, ist das ein kleines Boot – so spät noch auf dem Wasser?« Sie hatte sich von ihm abgewandt.

Er hatte sie noch einmal an einem andern Abend geküßt, und da hatte sie ihn nichts gefragt. Sie hatte sich ihm einfach überlassen, und zu seiner Überraschung gab sie den Kuß zurück. Diesmal war er es, der sich zurückzog. Wenn sie ihn nicht geküßt hätte, so fragte er sich bisweilen, hätte er sie dann heiraten wollen? Sie war sehr schön, und ihre Schönheit wurde vertieft und verklärt durch das stolze Gleichgewicht, das sie bei allem, was sie sagte und tat, entwickelte. Diesen Stolz und dieses Gleichgewicht unter seinen Lippen brechen und wegschmelzen zu fühlen, hätte ihm, dachte er, die Vernunft nehmen sollen. Statt dessen wurde er dadurch abgestoßen. In dem Kuß war etwas Forderndes, und er schrak vor allen Forderungen zurück. Er wußte, daß er Elise nun und nimmer zu heiraten wünschte. Am nächsten Tag war er zu dem Bauernhaus zurückgefahren.

Wenn er bei Ruth war, ließ sie ihn allein. Er konnte ungestört seinen Gedanken folgen. Und doch, wenn er sie ansah, wartete sie.

»Sie werden in der Stadt zu tun haben«, sagte sie; »Sie werden sich nicht die Mühe nehmen, hierher zu kommen.«

Er versprach ihr nichts. Er war sich seiner eigenen Wärme bewußt, und er hatte genügend Verstand, um zu wissen, daß die Wärme einer Natur wie der seinen im Widerwillen einer einzigen Sekunde erkalten konnte, wie es bei Elise tatsächlich geschehen war. Er nahm dieses Haus, diese Küche, Ruth selbst in aller Wertschätzung seiner Augen wahr.. Aber er erinnerte sich auch allzu genau unschöner Dinge – ihrer Eltern, deren freundliche Güte ihr genügte, aber ihm vielleicht nicht. Harnsbarger stand nicht davon ab, mit abstoßender Unbekümmertheit zu reden und zu spucken und zu husten, und Frau Harnsbarger war dumm. Er fragte sich manchmal, wie Ruth von diesen beiden Menschen abstammen konnte. Sie hatte einen Bruder, der im Dorf in dem Stall arbeitete, wo Pferde verpflegt und vermietet wurden. Er hatte Tom Harnsbarger eines Tages, als ein Gewitter in Dauerregen übergegangen war, kennengelernt.

»Machen Sie im Dorf halt, dann wird Tom Sie mit einem seiner Wagen zum Bahnhof bringen«, hatte Harnsbarger gesagt.

In dem leichten Zweisitzer blieb ihm eine Stunde Zeit, die Tiefen von Toms Wesen zu ergründen. Er mußte nicht sehr tief gründen. Tom war ein redseliger, gutmütiger Bursche, der sich am besten auf Pferde verstand.

»Am liebsten wär' ich Tierarzt geworden«, erzählte Tom. »Aber mein Vater hielt nicht viel davon, Geld hergeben zu müssen, damit ich etwas von Pferden lernte. So nahm ich eine Stelle im Stall an. Das war wohl das beste. Ich hab' im Sinn, ein Mädchen zu heiraten, das was hat. Linda Hofsammer heißt sie, und vielleicht machen wir ein eignes Geschäft auf.«

»Das Auto wird Ihrem Geschäft eines Tages schaden«, wandte William ein.

»Meiner Meinung nach werden gewöhnliche Leute nie ohne Pferde auskommen können«, entgegnete Tom frohgemut.

An diesen Abend erinnerte er sich deutlich, weil er so spät heimgekehrt war, daß er seiner Mutter beichten mußte, was er getrieben hatte. Sie hatte Gäste zum Abendessen, und seine Verspätung stimmte sie ärgerlich. Und so brach er infolge einer alten kindischen Angst, die er verachtete und doch nicht zu überwinden vermochte, sein Gelübde, ihr nie von Ruth zu erzählen.

»Ich habe gemalt, Mutter, und das Gewitter hat mich aufgehalten.«

»Wo ist dieses wunderbare Gemälde, bitte?«

Am oberen Ende des langen Mahagonitisches erhob sich ihr Haupt höher denn je, weil sie eine kleine Diamanttiara trug. Bei ihrem Anblick zitterte ihm das Herz, ohne daß er Gewalt darüber hatte, wie es in seiner Kindheit zu zittern pflegte, wenn sie abends ins Kinderzimmer hereinfegte, zum Ausgang angezogen, und ihn wegen irgendeiner im Laufe des Tages begangenen Sünde schalt.

»Ich habe das Motiv in einem steinernen Bauernhaus meilenweit von hier entfernt gefunden«, sagte er allzu munter. »Ein wundervolles Motiv – eine alte rauchgeschwärzte Küche und ein hübsches Bauernmädchen. Ich male das Mädchen in der Küche.«

»Bring das Bild her und laß es mich sehen«, befahl seine Mutter.

An jenem Abend hatte er das Bild mit heimgenommen, weil er zu Hause daran arbeiten wollte, falls es am nächsten Tag regnen würde. So mußte er es aus dem Atelier herunterholen und alle Bemerkungen über sich ergehen lassen. Ob es seiner Mutter gefiel, wußte er nicht. Sie zückte ihre goldgeränderte

Lorgnette und betrachtete das Bild – betrachtete nur Ruth, wie es ihm schien. Und sein Vater murmelte bloß etwas von den Schatten unter den Balken. Sie hatten überhaupt nichts geäußert, weder damals noch später. Aber er hatte seine Mutter dann immer wieder zu andern sagen hören: »Kommen Sie einmal und sehen Sie sich an, was William in diesem Winter der Akademie anbieten wird – ein kleines Bauernmädchen! Sie hätte im Ausland gemalt sein können, aber merkwürdigerweise ist das nicht der Fall. Es ist ein Mädchen von einer pennsylvanischen Farm.«

»Ein recht nettes Bild«, stimmte sein Vater im Wechselchor zu.

Oftmals war er gezwungen gewesen, sein Bild zu zeigen, und stets fühlte er, während er daneben stand, einen unbestimmten Zorn auf die schönen, wohlgekleideten Frauen, die die Freundinnen seiner Mutter waren, und schämte sich.

»Reizend!« murmelten die Damen. »Ein hübsches Kind!« – »Wie wunderlich die Küche ist!« – »Sie könnte belgisch sein.« – »Oder englisch.« – »Nein, sie ist holländisch.«

Und doch wären sie alle miteinander entsetzt gewesen, wenn er gesagt hätte: Das ist das Mädchen, in das ich verliebt bin.

Ein Glück, daß er nicht in sie verliebt war – nicht ganz!

»Ich werde Ihnen einen Schein schicken, mit dem Sie die Eisenbahn meines Vaters benutzen können«, sagt er zu Ruth. »Dann werden Sie nach New York fahren und sich dort in einer Ausstellung sehen.«

»Werden Sie auch da sein?« fragte sie.

»Natürlich«, antwortete er und bedachte sie mit dem Lächeln, auf das sie immer so schmerzvoll wartete, weil es sie traurig und glücklich machte.

Wenn sie ihn nicht mehr wiedersah, wollte sie sterben. Wenn er fortging, dann gab es nicht Lebendiges mehr für sie, denn ob sie noch atmete oder nicht, sie wäre tot, sobald sie ihn nicht mehr sah.

Eines Tages anfangs September war das Bild endlich fertig. Er konnte sich nicht mehr vormachen, daß er noch daran arbeiten müßte, und auch nicht, daß er jetzt aus einem anderen Grund kam, als um Ruth zu sehen. Er konnte nicht wiederkommen, ohne sich selber einzugestehen, was er an diesem Morgen seiner Mutter gegenüber abgestritten hatte. Denn seine Mutter hatte schließlich etwas gesagt. In ihrer gebieterischen, geraden Art rief sie, als er auf dem Wege zum Eßzimmer an ihrer Tür vorbeiging: »William, komm bitte herein!«

Er trat ein. Sie frühstückte im Bett; ihre ergrauenden Haare waren weich gelockt, und sie trug ein Spitzenjäckchen.

»Guten Morgen, Mutter«, sagte er.

»Setz dich«, forderte sie ihn auf. »William, es stimmt mich besorgt, daß du mit deinem Bild nicht fertig wirst – noch nie hast du für eine Arbeit so

lange Zeit gebraucht. Du hast dich doch nicht etwa mit dem Mädchen eingelassen?«
»Gewiß nicht«, entgegnete er unwillig.
»Es hätte ja auch gar keinen Sinn«, sagte sie, indem sie ein Stückchen Toast abbrach und es hurtig mit Butter bestrich. »Du würdest sehr unglücklich werden. Die Ehe ist nur erträglich, wenn beide derselben Gesellschaftsschicht angehören. Selbst dann ist sie nicht immer erträglich.«
Darauf antwortete er nicht. Vor vielen Jahren schon hatte er festgestellt, daß es kein besseres Mittel gab, von ihr loszukommen, als wenn man schwieg.
»Na gut, geh frühstücken«, sagte sie. »Immerhin könntest du mir vorher einen Kuß geben.«
Er kam zu ihr, und plötzlich ergriff sie seine Rechte und hielt sie in ihrer dünnen kräftigen Hand. »Bestimmt?« drang sie in ihn.
»Sei nicht töricht, Mutter«, hatte er ungeduldig erwidert und sich gebückt, um sie zu küssen. »Als ob mir das möglich wäre!«
Am Spätnachmittag tat er den letzten Pinselstrich an dem Bild. Es galt, das Blau in Ruths Augen zu vertiefen. Dann legte er die Palette nieder.
»Fertig, Ruth«, sagte er. »Kommen Sie und schauen Sie selbst.«
Sie trat neben ihn und stand eine Weile nachdenklich.
»Finden Sie, daß ich so aussehe?« fragte sie.
»Ja«, antwortete er.
Was sie gewahrte, das war ein rosiges starkes Mädchen, voller Gesundheit, in blauem Kleid und weißer Schürze. Sie erkannte ihre Hände, die immer ein wenig rauh waren, so daß sie sich ihrer schämte. Er hatte sie nicht geschont.
»Man wird mich in New York vielleicht auslachen«, meinte sie.
»Man wird Sie schön finden«, entgegnete er.
»Ich hätte doch mein Sonntagskleid anziehn sollen«, wandte sie ein.
»Sie sollten immer nur Blau tragen – wegen Ihrer Augen«, sagte er, und dann fügte er spielerisch hinzu: »Versprechen Sie mir etwas?«
»Was?« fragte sie schnell, und sie fühlte ihr Herz weich werden. Was konnte er ihr anderes zu sagen haben, als daß er sie liebte?
»Daß Sie nur noch Blau tragen werden.«
Sie war so enttäuscht, daß sie am liebsten geweint hätte. »Das kann ich nicht versprechen«, gab sie zurück. »Mein bestes Kleid ist rosa.«
»Ich habe bloß einen Scherz gemacht«, sagte er hastig.
»Was kümmert Sie das, wenn Sie mich doch nicht mehr sehn werden?«
»Vergessen Sie nicht, daß Sie nach New York kommen werden«, sagte er fröhlich.
Die ganze Zeit räumte er seine Malsachen auf, und jetzt nahm er das Bild herunter und klappte die Staffelei zusammen. Das Bild war nicht sehr groß; er trug es in einem Rahmen, den er sich für seine noch feuchten Arbeiten ersonnen hatte. Nun war er zum Gehen bereit.

»Ich verabschiede mich nicht«, sagte er, »weil wir uns ja wiedersehen werden.«
Sie antwortete nicht, sondern hielt ihm nur ihre Hand hin und versuchte das Weinen zu unterdrücken. Er gewahrte ihre Tränen und verweigerte sich das Vergnügen, Ruth zu trösten. Er ergriff ihre Hand, aber er hielt sie nicht länger als einen Augenblick.
»Ich schreibe Ihnen, wenn meine Bilder in der Ausstellung hängen«, sagte er, wobei er seine Fröhlichkeit beibehielt.
Sie verstand so wenig von Ausstellungen, daß sie ihn kaum hörte. Er ging fort, das war alles, und sie liebte ihn. Und als er in ihren Augen sah, was sie fühlte, zitterte und schwankte er und wünschte, daß er schon weg wäre oder daß jemand hereinkommen würde oder daß sie zumindest nicht so hübsch oder ihr Atem nicht so süß wäre oder daß sie ihm weniger bedeutete – oder mehr. Er stand eine bebende Sekunde, und dann zog er sie, voll Haß auf sich selbst, mit dem freien linken Arm an sich und küßte sie, und dann eilte er aus dem Haus und den Weg entlang.

Er betrat die förmliche schöne Halle seines Elternhauses und nahm den Schein des flackernden Feuers zwischen den dunklen Samtvorhängen des Salons wahr. Er ging hinein und fand seine Eltern auf das Abendessen warten. Er stand dort in seinem Wanderanzug, das Bild unter dem Arm.
»Ich bin fertig«, sagte er.
»Ganz fertig?« fragte seine Mutter.
»Vollständig«, antwortete er, wobei er sich der tieferen Bedeutung ihrer Worte bewußt war.
»Dann laß mal sehen«, sagte sein Vater.
William öffnete die Presse, in der sein Bild eingespannt war, und stellte es auf den Kaminsims zwischen die glänzenden silbernen Kerzenhalter. Die Beleuchtung war gut. Die Schatten vertieften sich, und die Lichter traten hervor. Seine dreidimensionale Technik hatte nie bessere Wirkung gehabt. Der Vater erhob sich, um das Bild zu prüfen.
»Das ist deine beste Arbeit«, lobte er.
»Ich weiß«, erwiderte William.
Es war das einzige Bild, das ihn nach der Fertigstellung vollständig befriedigte. Er erkannte, daß der Vater sich fragte, ob dieses Bild wohl für seine Sammlung gut genug sei.
»Es ist wirklich recht schön«, äußerte Barton zögernd. »Eine leichte Unreife ist vielleicht der einzige Fehler – ein Fehler, der sich mit der Zeit verlieren wird.«
»Oh, natürlich ist es noch unreif«, lachte William. »Es ist nicht gut genug, um unter deine Unsterblichen eingereiht zu werden, das weiß ich. Aber eines Tages werde ich es erreichen.«

Seine Fröhlichkeit erleichterte den Vater. »Sicher, mein Sohn«, sagte er. »Da deine Bilder jetzt für die Ausstellung bereit sind«, mischte sich die Mutter ein, »möchtest du vielleicht den Winter in New York verbringen? Vater und ich haben die Sache schon besprochen – eine Junggesellenwohnung, wo du deine Freunde empfangen und auch arbeiten könntest.«

Er durchschaute durchaus ihren Plan und wollte es ihr gerade lachend mitteilen, als ihm plötzlich einfiel, daß es ihm unter Umständen dienlich sein könnte, in New York eine eigene Wohnung zu haben.

»Danke – das ist sehr lieb von euch, und es würde mir gut passen«, sagte er leichthin. »Jetzt will ich mich zum Nachtessen umziehen. Es dauert nur eine Minute.«

Er ließ das Bild auf dem Kaminsims, und es belustigte ihn, daß er unwillkürlich gezaudert hatte, es allein bei ihnen zu lassen. Er wußte, daß sie beide, sowie er gegangen war, angespannt Ruth betrachten würden. Aber sie konnte ihre starren Augen ertragen, sagte er sich. Sie vermochten ihre Heiterkeit nicht zu stören. Leicht beschämt dachte er an seinen Kuß. Aber konnte sie auch das ertragen? Wie süß ihre Lippen gewesen waren, wie scheu und weich! Mit erneutem Widerwillen erinnerte er sich an Elises saugenden Kuß. Ruths Lippen waren wie die eines Kindes. Auf diese Entfernung, in diesem warmen, vertrauten Raum schien der Kuß nichts. Er hatte dem jungen Mädchen keinen Schaden zugefügt, und darauf war er sogar ein wenig stolz. Nicht jeder Mann hätte einem jungen und kindlichen Geschöpf gegenüber so streng mit sich selber sein können. Er war sogar fortgegangen, ohne ihr ein Wiedersehen fest zu versprechen. Er wollte das Wiedersehen von Tag zu Tag aufschieben, bis schließlich all sein Verlangen danach eingeschlafen wäre. Dann fiel es ihm leicht, zu vergessen, daß er gesagt hatte, sie sollte einmal nach New York kommen. Auf diese Weise beruhigte sich sein Herz. Andrerseits, dachte er, konnte er sie, wenn es ihm allzu schwerfiel, sie nicht mehr zu sehen, wenn der Wunsch sich nicht so leicht verdrängen ließ, nach New York kommen lassen. Alles war möglich. Keine Tür war verschlossen. Es hing alles davon ab, was für Empfindungen ihn bewegten, und da sich ihm je nach seinen Bedürfnissen sämtliche Möglichkeiten boten, fühlte er sich getröstet.

Während er die Treppe hinunterlief, erfüllte ihn das glückhafte Bewußtsein, daß ihm wohl zumute war und daß er ungewöhnlich gut aussah. Da stand ihr Bild auf dem Sims; ihre steten blauen Augen hoben sich, indes sie beim Brotschneiden innehielt. Als er den Salon betrat, dünkte es ihm, als blickte sie ihm entgegen.

»Wie wirst du das Bild nennen?« erkundigte sich sein Vater.

Er antwortete nicht sogleich, sondern begegnete Ruths festen Augen. Darüber hatte er noch gar nicht nachgedacht. »Unser täglich Brot gib uns heute«, sagte er, und er wußte, daß dies richtig war.

Ruth, die sich nach dem Abendessen in der Küche tummelte, versuchte sich vorzustellen, wie wohl sein Elternhaus sein mochte. Sie siebte Mehl, mischte Fett und Milch und maß Hefe ab, um Brot zu backen. Am gleichen Tisch, an dem sie so viele Stunden gestanden, während er sie malte, stand sie jetzt, rührte den Teig in der braunen Steingutschüssel und stülpte ihn auf das Brett, um ihn zu kneten. Und die ganze Zeit bemühten sich ihre Gedanken, das zu sehen, was sie nie erblickt hatte: das Haus, in dem er lebte, die Kleider, die er trug. Abends aßen sie spät. Das wußte sie, weil er oftmals gesagt hatte: »Ich muß mich beeilen, ich komme nicht beizeiten zum Nachtessen, und das lieben meine Eltern nicht.«

»Das ist doch nicht so schlimm«, hatte sie das erstemal erwidert, und da hatte er ihr erklärt, daß sie sich abends ihre guten Kleider anzogen und so zur Hauptmahlzeit niederließen – und sie begriff das nicht.

»Geht ihr denn nicht aus, wenn ihr euch groß anzieht?« hatte sie gefragt.

Er hatte gelacht und geantwortet: »Nur manchmal.«

Sie dachte daran, wie sie in großer Aufmachung zu Hause saßen. Und was taten sie? Menschen, die miteinander lebten, hatten einander nicht viel zu sagen. Sie und ihre Eltern sprachen stundenlang kaum zusammen, außer über die Arbeit.

Sie seufzte und fuhr fort, mit ihren kräftigen Händen zu kneten, wobei die Daumen den weichen Teig nach innen kehrten. Bald begann die Hefe ihre Wirkung zu tun, und Blasen blubberten, indes sie knetete, und da wußte sie, daß der Teig zum ersten Aufgehen bereit war. Sie rollte ihn zu einer runden Masse, legte ihn wieder in die Schüssel und breitete ein sauberes Tuch darüber. Dann ging sie in der Küche umher, machte das Feuer für die Nacht zurecht und deckte den Frühstückstisch. Die belanglose Tätigkeit erfüllte sie nicht, und im Geiste beschäftigte sie sich damit, an William zu denken. Doch so sehr sie sich auch bemühte, sie vermochte nicht zu sehen, wo er sich befand. Sie konnte ihn nur hier in dieser Küche sehen, wie er Stunde um Stunde gestanden und sie betrachtet hatte. Sie ging zum Tisch und nahm dieselbe Stellung ein, die er ihr angewiesen, und schaute zu der Stelle hinüber, wo er immer gestanden hatte, so daß das Licht durch die offene Tür auf sein Bild fiel. Aber er war nicht da. Die Tür war geschlossen, und außerdem herrschte Dunkelheit. Er wird nie mehr hier sein, dachte sie, und sie zwang sich, das zu glauben. Es ist alles aus, dachte sie, wandte sich der Treppe zu und stieg hinauf. Und es ist besser so, sagte sie sich, während sie sich auszog und sich in da kleine niedrige Bett unter dem Dach legte, denn ich bin nicht seinesgleichen.

Und dann lag sie wach; sie weinte nicht, aber in demütiger Traurigkeit erkannte sie die Wahrheit.

Teuflisch war es, sagte er wütend zu sich, daß er in New York nicht malen konnte. Hier in seiner eigenen Wohnung, wo das Zimmer, das sein Atelier geworden war, gutes Nordlicht hatte, konnte er nicht malen. Die Stadt war voller Bilder. Er sah sie überall. Aber wenn er den Pinsel zur Hand nahm, war seine Kunstfertigkeit verflogen. Er hatte kein Herz für seine Arbeit.

Zuerst meinte er, das liege nur an der Fremdartigkeit der neuen Umgebung, und er sei durch die Aufregung über seinen Erfolg ruhelos geworden. Seinen Erfolg hatte Louise weidlich ausgeschlachtet, denn sie war dankbar, einen Vorwand zu haben, Gäste in ihr Haus zu bitten, die sich sonst gewundert hätten, warum sie bei ihr und Monty essen sollten. Sie fand die New Yorker Gesellschaft kalt und zurückhaltend. Philadelphia hätte ein ferner Erdteil sein können. Und Monty hatte Feinde, wie sie entdeckte. Sowie er anderer Leute Geld verlor, haßten sie ihn.

»Obwohl er sein Bestes getan hat, sie reich zu machen!« beklagte sie sich bei William. »Er hat ja auch sein eigenes Geld verloren, aber daran scheinen sie nie zu denken.«

William hatte es genossen, so etwas wie ein junger Salonlöwe zu sein, sogar ein schöner, wie man ihm versicherte. Elise hatte es ihm selber in der halb leichtsinnigen Art und Weise, die zum Teil ihren glimmenden Reiz ausmachte, gesagt.

»Du bist allzu schön geworden«, hatte sie bei Louises erstem Essen gesagt, als sie sich zu seiner Rechten fand. »Die Landluft bekommt dir gut.«

Darüber hatte er einen Augenblick nachgedacht. Dann antwortete er ungerührt: »Wir wollen sehen, wie mir die New Yorker Luft bekommt.« Und mit einem Lächeln nahm er den raschen Blick hin, den sie ihm aus ihren Bernsteinaugen zuwarf.

Als sie hierauf wortlos den Kopf abwandte, nahm er auch dies hin und entdeckte zu seiner Rechten ein anderes hübsches Mädchen, ein sehr hübsches Mädchen, wie er achtlos feststellte. Wirklich, New York war voll von hübschen Mädchen. In seinem ersten Erfolg sah er sie wie Bienenschwärme rings um sich, und er bemerkte sie kaum mehr.

Denn er wollte sich ernsthaft seiner Arbeit widmen. Seine Ausstellung war sehr gelobt worden. Fast ein Dutzend Bilder hatte er verkauft. Zwanzigmal hätte er Ruths Bild verkaufen können, doch jedesmal hatte er geantwortet, es sei unverkäuflich. Aber er erkannte, daß er es sobald wie möglich verkaufen sollte. Solange er es besaß, konnte er Ruth nicht vergessen, und er hatte jetzt beschlossen, sie zu vergessen. Das Bild hing gerade gegenüber dem Eingang zur Ausstellung, und er ging dann und wann allein hin, um ihren blauen Augen, die ihn anschauten, zu begegnen. Manchmal stand er vor dem Gemälde, um die Güte seiner Arbeit zu prüfen – wenigstens sagte er sich das. Aber wenn er das tat, schien er immer wieder ihre Gegenwart zu spüren, schien ihre warme, feste Gesundheit zu fühlen, die in ihrer Schlichtheit alles, was sich ihr näherte, reinigte. Jedesmal lief er vor ihr davon. Ich muß das

Bild verkaufen, sagte er zu sich. Denn er wußte, daß sie niemals hierher gehören konnte. Und hier in New York, das begann er zu glauben, wollte er am liebsten leben.

Aber als die Ausstellung weiterdauerte, war er weniger denn je imstande, das Bild zu verkaufen. Schließlich entfernte er es in einem jähen Anfall brennender Eifersucht. Zu viele Männer starrten es an. Der Direktor der Kunstgalerie widersprach.

»Dieses Bild ist in jeder Kritik gelobt worden. Die Leute kommen absichtlich her, um es zu sehen.«

»Deshalb nehme ich es ja fort«, entgegnete William.

»Sie sind noch verrückter als die meisten Maler«, erklärte der Direktor.

Aber William hatte nicht auf ihn gehört. Jetzt hing das Bild, sicher vor den Augen anderer Männer, in seinem Zimmer. Der ausschlaggebende Grund, warum er es aus der Kunstgalerie entfernt hatte, war der gewesen, daß er zwei seiner eigenen Freunde dabei ertappte, wie sie es betrachteten.

»Ist das Modell eine Freundin von dir, William?« fragte ihn der eine.

Er gab kalt zurück: »Es ist ein Bauernmädchen, das ich im Sommer auf einem Malausflug zufällig getroffen habe, und ich malte es dann in seiner Küche.«

»Gib uns die Adresse, alter Freund, ja?« sagte der andere neckend. »Vielleicht kommen wir auch einmal in die Gegend.«

Es war ein durchaus müßiges Gespräch, und doch hatte er es törichterweise ernst genommen und war sogleich zornig geworden.

»Das wäre ungehörig«, sagte er, und am selben Tage hatte er das Bild fortgenommen.

Jetzt fielen seine Augen morgens beim Erwachen als erstes auf Ruth, die ihn anblickte, und sie war das letzte, was er abends, wenn er die Nachttischlampe löschte, vor dem Einschlafen sah. Er genoß die Vielfalt seines Alltagslebens, und doch hatte er das Gefühl, als kehrte er abends zu ihr heim.

Eines Nachts, als er aus irgendeinem Grunde keinen Schlaf fand, stand er mit dem Entschluß auf, ihr zu schreiben, weil er meinte, er könnte sich dadurch vielleicht Erleichterung verschaffen. Er saß an seinem Schreibtisch und warf einen warmen, geschwind geschriebenen Brief hin. Er wollte sie wissen lassen, daß er ihr Bild behalten habe. Es hänge in seinem Zimmer, und er bringe es nicht fertig, sich davon zu trennen. Eines Tages würde er sie besuchen, nur um sich zu vergewissern, daß sie auch in Fleisch und Blut vorhanden sei.

Er gab den Brief auf, ohne ihn noch einmal durchzulesen, aus Furcht, daß er ihm bei Tage allzu ungestüm erscheinen würde, und er wartete auf ihre Antwort, voller Neugier, was für einen Brief sie ihm wohl schreiben würde; er stellte sich ihre kindliche Schreibweise vor und die Sehnsucht, die zu verbergen sie viel zu unschuldig war. Aber sie antwortete nicht, und als eine Woche nach der andern verstrich, ohne daß er von ihr hörte, und als ihm klar wurde, daß er keine Antwort erhalten würde, fühlte er sich verletzt. Es nahm ihn wunder, warum sie ihm nicht schrieb. Ob sie ihn wohl vergessen hatte?

Der wirkliche Grund kam ihm nicht in den Sinn. Als Ruth seinen Brief erhielt, war sie so betrübt, daß nichts sie dazu bewegen konnte, ihm zu antworten. Sie vermochte seine Schrift größtenteils nicht zu entziffern. Es war eine schöne Handschrift, aber für sie, die an die deutliche, kindliche Schrift der weniger Gebildeten gewöhnt war, fast ganz unleserlich. Mit der instinktiven Geheimtuerei des Ungebildeten, die sie bestimmte, alles in ihrem Leben für sich zu behalten, zeigte sie keinem Menschen den Brief. Stundenlang saß sie in ihrer Dachkammer und rätselte über dem Schreiben, schrieb jedes kostbare Wort nieder, das sie entziffern konnte. Nachdem sie gelesen hatte, was sie zu lesen vermochte, beschloß sie betrübt, den Brief nicht zu beantworten. Ihre Schrift bewirkte doch nur, daß er auf sie herabsah, und ihre Rechtschreibung ließ viel zu wünschen übrig. Sie hatte nur fünf Klassen in der einräumigen Landschule besucht, und dann hatte ihr Vater gesagt, sie sei zu Hause unentbehrlich, denn in jenem Winter war ihre Mutter die steinerne Kellertreppe hinuntergefallen und hatte sich das Bein gebrochen.

Ich stehe in jeder Weise zu sehr unter ihm, sagte sie zu sich.

Deshalb faltete sie seinen Brief ganz klein zusammen und nähte ihn in ein rotes Seidenband, das sie sich als Talisman an einer Schnur umhängte. Hätte sie ihm geschrieben, so wäre er durch ihren Brief vielleicht wirklich abgekühlt worden; so aber schien es ihm, daß er sie wiedersehen müsse, wenn auch nur, um sich zu überzeugen, daß er sie nicht liebte. Absichtlich verglich er sie manchmal mit Elise. Nachdem Elise den ganzen Winter hindurch gewartet, hatte sie im März plötzlich ihre Verlobung mit einem Engländer, den niemand kannte, verkündet. Sie setzte William eines Tages, als sie ihn auf der Straße traf, brüsk davon in Kenntnis. Sie sei soeben wieder in seiner Ausstellung gewesen, sagte sie.

»Aber du hast nichts Neues mehr gemalt«, fuhr sie fort. »Ich gehe mitunter hin, um zu sehen, ob neue Bilder von dir da sind.«

»Ich weiß«, erwiderte er beschämt, »und ich kann dir keine Erklärung abgeben. Ich möchte brennend gern malen, aber wenn ich die Palette zur Hand nehme, ist der Drang verflogen.«

»Du findest hier nichts, das dich inspiriert.« Sie ließ die Feststellung so endgültig klingen, als wäre dies etwas, das sie entdeckt hatte. Und dann sprach sie fast pausenlos weiter: »Ich dachte schon, daß ich dich heute vielleicht treffen würde. Ich wollte dir nämlich als erstem mitteilen, daß ich mich verlobt habe, und zwar mit Ronnie Bartram – du kennst ihn nicht. Er ist Engländer, der jüngste Sohn von Sir Roger Bartram. Wir werden nach der Hochzeit in London leben.«

Sie sagte das ganz ruhig, wie sie da vor ihm stand; der Wind ließ ihren roten Rock flattern und peitschte den großen Pelzkragen an ihrer schwarzen Jacke. Sie hob die Hand, um ihren kleinen roten Hut festzuhalten, und in diesem Augenblick gewahrte er, wie unvergleichlich schön sie war mit ihrem dunklen Haar, den Bernsteinaugen, dem blassen Gold ihrer Haut, dem roten Mund. Er bemerkte auch, daß sie vor dem Schaufenster eines Blumenladens stand, so daß hinter ihr lauter Blumen waren. Ob dies auf Absicht beruhte, vermochte er nicht zu sagen. Er wußte nie, ob das, was Elise tat, nicht beabsichtigt war, und er fühlte sich wieder abgestoßen.

Die Angst seiner Kindheit beschlich ihn abermals; die allsehenden, aufmerksamen Augen seiner Mutter hatten bewirkt, daß er sich wie ein Gefangener vorkam. Jetzt, in Elises Gegenwart, verließ ihn alle Ursprünglichkeit, wie es auch geschah, wenn er mit seiner Mutter sprach. Er wurde ungeduldig. Es gab wirklich keinen Grund, warum Elise bei allem, was sie sagte und tat, eine bewußte Absicht verfolgen sollte. Sie kannten einander zu lange, um Winkelzüge zu machen. Er wollte sie nicht beschuldigen, weil er damit nur einen weitschweifigen Wortwechsel heraufbeschworen hätte.

Trotz seiner Gereiztheit schien es für ihn nichts weiter zu sagen zu geben, und doch erfüllte ihn der Gedanke, daß alles zwischen ihnen vorbei sein sollte, mit dummer Traurigkeit. In dem geschlossenen Kreis ihrer Gesellschaftsschicht waren sie zusammen Kinder gewesen.

»Ich hoffe von ganzem Herzen, daß du glücklich werden wirst, Elise.«

»Du kannst es kaum so sehr hoffen wie ich«, versetzte sie.

Die Überraschung machte ihn verlegen. »Weißt du nicht – bist du nicht – du begehst doch keine Dummheit, Elise?«

»Ich weiß nicht, was du damit meinst«, entgegnete sie. Sie lehnte sich an das Schaufenster, steckte die Hände in ihren schwarzen Muff und blickte ihn an. »Mädchen müssen heiraten, verstehst du. Wir wissen nie zum voraus, ob wir glücklich werden. Wir warten ab und stellen es dann fest.«

Er hatte sie so selten ganz und gar ernst gesehen, daß er verwirrt wurde.

»Dann – hoffe ich es ganz besonders«, sagte er.

»Danke.«

Sie streckte ihre kleine behandschuhte Hand aus, und er ergriff sie einen Augenblick und drückte sie; er wollte noch mehr sagen und wußte doch, daß es nichts zu sagen gab.

Sie entzog ihm schnell ihre Hand, nickte und ging von dannen. Er schaute ihrer anmutigen Gestalt nach. Sie hielt die Schultern, als wären sie Flügel, und trug den Kopf hoch. Er fühlte seine Gereiztheit schwinden und war plötzlich näher denn je daran, sie zu lieben. Sie war seiner Gattung und entstammte seiner Welt. Sie ähnelten einander in vielem.

Er bezähmte seinen Wunsch, ihr nachzulaufen. Denn wenn er sie überredete, wozu würde er sie dann überreden? Er wünschte niemanden zu überreden. So kehrte er in seine Wohnung zurück, und dort saß er lange Zeit vor Ruths

Bild, verglich sie mit Elise, die Augen, die Lippen und alle Unterschiede, die zwischen ihnen bestanden, und von beiden wählte er Ruth. Er wählte sie wegen ihrer Offenheit und Schlichtheit. Ihr Schweigen verbarg keine Herausforderung, und wenn sie sprach, konnte er ihre Worte als das hinnehmen, was sie waren, und nicht als das, was sie ungesagt ließen. Er wollte immerdar frei sein.

Sie soll bewahrt bleiben, dachte er zärtlich.

Und er gelangte dazu, sie als einen holden und geheimen Besitz zu betrachten, eine Schönheit, von der außer ihm niemand etwas wußte.

Im Frühling wurde es ihm unmöglich, seiner Sehnsucht zu widerstehen. Ruth lebte, und er konnte zu ihr gehen.

Er ging im Mai hin, ohne erst vorher heimzufahren oder jemandem zu sagen, daß er die Stadt verlassen würde. Er betete zu den Göttern, an die er nicht glaubte, daß sie allein sein möge, wenn er zu ihr kam, vielleicht in der Küche, so daß er sein Bild lebendig werden sehen konnte. Das Gebet nahm leidenschaftliche Formen an, als er sich, allerdings ohne seine Malsachen, dem Haus näherte. Diesmal war er nicht gekommen, um zu malen. Er war gekommen, sie zu finden.

Er hatte es so eingerichtet, daß er mitten am Nachmittag erschien, weil er sich erinnerte, daß sie zu dieser Stunde am ehesten müßig ging. Klopfenden Herzens trat er zur Küchentür. Die Tür stand offen, und er spähte hinein. Sie war nicht da, niemand war da. Sein Herz sank so jählings, daß er sich schwach fühlte. Er ging hinein. In der Küche herrschten Ruhe und Sauberkeit, und er spürte irgendwie, daß sie den Raum erst vor wenigen Minuten verlassen hatte. Seine Sinne, die immer allzusehr witterten, merkten noch ihre Nähe. Er setzte sich, um zu warten, erfüllt von der Hoffnung, daß sie hereinkommen möchte, nicht ihr Vater oder ihre Mutter. Doch wußte er, daß es besser wäre, wenn die Eltern zuerst kommen würden, um ihn an ihr Vorhandensein zu gemahnen. Denn er fürchtete sich jetzt wegen der Stärke und Standhaftigkeit seiner Sehnsucht, und immer noch wollte er in seinem Kommen keinen anderen Zweck anerkennen als einfach die Tatsache, daß er Ruth einmal wiederzusehen wünschte. Wie würde sie ihm nach einer winterlangen Trennung erscheinen, nach einem Winter unter ganz anderen Menschen? Er sah sich in dem einfachen Raum um. Alles war genau wie früher, nur der Tisch, an dem er Ruth gemalt, und der früher immer neben dem Kamin stand, befand sich jetzt am Fenster, wohin er ihn gerückt hatte. Er war leer, die Platte blank geputzt und alt vom Gebrauch. Während er sich umblickte, empfand er ein merkwürdiges Gefühl der Heimkehr, als ob er in diesem Hause geboren wäre und hier als Kind gelebt hätte. Die volle, reiche Stille, das schwache Ticken der Standuhr in der Ecke, der Sonnenschein, der durch die Tür hereinfiel, der glänzende Kessel auf dem Herd, die abgenutzten

Stühle, die kleinen aufgehängten Topflappen – an all das glaubte er sich aus der Kindheit zu erinnern. Er hätte sich kaum eine Stätte vorstellen können, die verschiedener war von dem Haus, in dem er tatsächlich geboren war und als Kind gelebt hatte. Er vermochte sich dieses Gefühl der Heimkehr zu einem ihm fremden Ort nicht zu erklären.

Und dann sah er durch die offene Tür Ruth über den Pfad kommen, der vom Obstgarten zur Küche führte. In der einen Hand hatte sie einen Pflanzenstecher, in der andern einen Korb. Sie kam geradewegs auf ihn zu; den braunen Kopf hielt sie in der hellen Sonne ein wenig gesenkt, ihr Gesicht war ernst. Sie war magerer, das sah er, aber lieblicher denn je. Er stand auf und wartete, und sein ganzes Herz eilte ihr entgegen. Als ob sie eine warme Gewalt spürte, hob sie den Kopf, und da sah sie ihn. Sie ließ Pflanzenstecher und Korb fallen und ging schnurstracks auf ihn zu, ohne zu zögern oder zu schwanken. Sie sagten kein Wort. Beider Augen hielten einander fest, er zog sie zu sich, bis sie dicht vor ihm stand, und dann streckte er die Arme aus, und sie schmiegte sich hinein; er neigte das Haupt und legte die Wange auf ihr Haar.

So standen sie. Er wußte, daß er dies nicht beabsichtigt, daß er es sich aber gewünscht hatte. Und sie wußte nur, daß es so sein mußte.

Und dann, nach diesem langen und nahen Augenblick, legte er die Hand unter ihr Kinn, hob ihr Antlitz und küßte sie. So entdeckte er ohne ein Wort seine Liebe und erklärte sich ihr.

Frau Harnsbarger, die in ihren weichen grauen Filzpantoffeln durch den schmalen Gang kam, blieb an der Küchentür stehen. Sie hatte vergessen, Kartoffeln einzuweichen. Was sie sah, das nahm ihr alle Gedanken. Da war Ruth, und William hielt sie in den Armen.

»Soso«, sagte sie betont.

Sie fuhren auseinander, nur ihre Hände ließen nicht los. William begann zu stottern.

»Ich – ich glaube gern, daß Sie erstaunt sind, Frau Harnsbarger.«

»Erstaunt ist gar kein Ausdruck«, erwiderte sie langsam. »Ich bin ganz verblüfft.« Für sie konnte es da nur eine einzige Deutung geben.

»Ich habe es ohne Ruth nicht ausgehalten«, sagte William.

Er blickte Ruth an. Er lächelte, aber sie verhielt sich ernst und schweigend.

Frau Harnsbarger setzte sich. »Nun, junger Mann«, bemerkte sie, sie schien unfähig, mehr zu sprechen.

Noch immer sagte Ruth nichts. Sie klammerte sich an seine Hand und schaute ihn mit ihrem großen klaren Blick an. Ihr Schweigen zwang ihn zum Reden. Er bemühte sich, das mit so viel Würde wie möglich zu tun, doch kam er sich dabei irgendwie töricht vor.

»Natürlich wollte ich bei Ihnen um Ruths Hand anhalten, Frau Harnsbarger – und auch bei Ruths Vater. Aber das ist ganz plötzlich gekommen.«

»Ich weiß nicht, was er sagen wird«, antwortete Frau Harnsbarger.
In William stieg Ärger auf. »Hoffentlich hat er nichts gegen mich einzuwenden«, sagte er.
Es wäre belustigend, dachte er hochmütig, wenn dieser Bauer und seine dumme Frau etwas gegen ihn einzuwenden hätten!
»Wir haben damit gerechnet, daß Ruth einen Mann heiratet, der auf dem Hof helfen würde«, erklärte Frau Harnsbarger zweiflerisch. »Jemand wie Henry Fasthauser, Ruth«, wandte sie sich an ihre Tochter.
»Ich möchte William heiraten, Mutter«, erwiderte sie.
William nahm sie in die Arme. »Oh, das ist recht!« rief er. »Wir halten zusammen.«
Lächerlicherweise war er ihr dankbar. Er fand es lieb von ihr, daß sie ihn wählte, wenn sein Nebenbuhler auch nur ein Mann war, der Henry Fasthauser hieß. Es nahm ihn wunder, wer der Mann sein mochte und ob Ruth ihn ernstlich in Betracht gezogen hatte. Er hielt ihre Hand fest in der seinen, eine starke Hand, die in seinem Griff nicht klein war.
»Na ja, für Vater wird das nicht so leicht sein«, sagte Frau Harnsbarger. Und nach einem langen Schweigen erhob sie sich seufzend. »Ich glaube, ich kann meine Hefe trotzdem machen.«
Sie nahm ihre Arbeit in Angriff, und Ruth und William gingen miteinander zur Tür. William blieb stehen, und sie drehte ihm den Kopf zu.
»Legen Sie trotzdem ein Wort für mich ein, Frau Harnsbarger«, bat er mit seinem reizendsten Lächeln.
»Ruth wird wohl ihren Kopf durchsetzen«, gab sie zurück, ohne von ihren Kartoffeln abzulassen. »Das ist ihr stets gelungen.«
William lachte, aber Frau Harnsbarger blieb ernst. Sie war schon dabei, mit geschürzten Lippen Kartoffeln zu schälen.
»Komm, William«, sagte Ruth entschlossen.
Sie führte ihn in den Garten, und scheu schritten sie zusammen zwischen Gemüsebeeten am Hühnerhof vorbei zum Obstgarten. Nachdem nun alles erklärt war, fühlten sie sich von allem, was gesagt und geplant werden mußte, beschwert. Und jeder trug außerdem eine geheime Bürde. Er dachte: Wie soll ich es meinen Eltern mitteilen? Und sie dachte: Wie kann ich schnell genügend lernen, um seine Frau zu werden?
Keiner von ihnen konnte diese Fragen beantworten, und weil sie es nicht vermochten, beschäftigten sie sich um so eifriger mit der Einfachheit der Liebe. Weil sie sich im stillen bangten, sehnten sie sich danach, fester miteinander verbunden zu sein, so daß niemand imstande sein würde, sie zu trennen.
Sie begaben sich in den Obstgarten und ließen sich in dem hohen Gras nieder, und in dieser Verborgenheit schoben sie alles beiseite. Es war leichter zu lieben als zu denken. Sie bot ihm ihre Lippen mit begieriger Wollust, da sie

nun seine Frau werden sollte. Und er liebkoste ihren Hals, ihre weichen Arme, nahm ihre Hände und küßte die Handflächen. Sie rochen nach Seife, sauber und unparfümiert. Sie entzog ihm die Hände.
»Ich schäme mich meiner Hände«, sagte sie. »Sie eignen sich nicht dazu, daß du sie küßt.«
»Ich liebe sie«, versetzte er leidenschaftlich. »Es sind starke, gute Hände, schöne Hände. Wenn ich sie halte, habe ich das Gefühl, daß ich wirklich etwas halte.« Er küßte sie wieder und legte sie an seine Wangen. »Mein Geliebtes«, murmelte er, »mein innig Geliebtes!«
Sie fand keine Worte, die es mit seinen hätten aufnehmen können. Sie konnte ihm nur zitternd zuhören. Seine Worte waren Musik und Gesang.
»Ich liebe alles, alles an dir«, sagte er, »deine gebogenen Wimpern, dein Haar, die Linie vom Kinn zum Halsansatz. Wenn du gehst, denke ich an Wind, der über Weizen weht. Du bist Erde und Wasser und Brot und Sonne.«
Sie hatte keine Ahnung, was er meinte, aber sie sah das Beben seiner Lippen und das Flammen seiner dunklen Augen. Und als er sie in die Arme nahm, gab sie sich ihm ganz. Warum nicht, wenn sie doch heiraten würden? Sie hatte sich nach ihm gesehnt. In dieser reichen Landschaft war es keine Sünde, daß Mann und Frau sich fanden, wenn die Heirat beschlossen war. Manch ein erstgeborenes Kind kam kurz nach der Hochzeit zur Welt. Und er ließ unbarmherzig alle Vorsicht außer acht, dachte nicht an die Möglichkeit nachfolgender Reue. Dies war die Rückkehr, die Rückkehr seines ganzen Wesens zu sich selbst.
»Ich möchte dir nicht weh tun«, murmelte er. »Sag es mir, wenn ich dir weh tue.«
Aber sie hätte jeglichen Schmerz ertragen, wenn er sich mit dieser Freude mischte, die sie ergriff und schwach und stark machte, mit dieser Wonne, in der sie sich verlor und sich fand.
Keine Worte waren mehr notwendig. Worte hindern und hemmen. Sie hatte keine, und er verlangte sie nicht von ihr. Ihr kräftiger, frischer Leib genügte, und durch sie fand er Befriedigung. Sein tiefster Hunger wurde durch sie gestillt. Und dann lag er in einem solchen Frieden, wie er ihn nie gekannt. Unter ihm die Erde, über ihm der Himmel, und dazwischen war er.
Er lag und schlief; sein Haupt ruhte in ihrem Schoß, und sie saß regungslos, wach, so wach, wie sie noch nie seit ihrer Geburt gewesen. Dies war ihr Mann. Sie beugte sich mit solcher Zärtlichkeit über ihn, daß sie in der Brust körperlichen Schmerz fühlte. Wie weit stand er über ihr! Aber diese Tatsache, die sie so sehr geängstigt hatte, daß sie nicht darüber nachzudenken wagte, schreckte sie nicht mehr. Sie wußte nun, wie sie ihn trösten und halten konnte. Sie hatte keine Worte für die Liebe, doch gab es für sie andere Möglichkeiten.

Ich werde gut für ihn sein – besser als irgendeine andere sein könnte. Ich will ihn nie entbehren lassen, dachte sie.

Er begab sich an diesem Abend in sein Vaterhaus, wo er der Überraschung seiner Eltern mit absichtlicher Sachlichkeit begegnete.
»Du hättest uns deine Ankunft telegrafieren sollen, William«, sagte seine Mutter. »Dann hätten wir dich an der Bahn abgeholt.«
»Ich war nicht sicher, wann ich fortkonnte«, erwiderte er.
Er fühlte sich von dem nachmittäglichen Liebeserlebnis ganz benommen. Alles war noch immer davon umnebelt. Er und Ruth waren in der Abenddämmerung zum Hof zurückgegangen, und dort hatten sie Ruths Vater getroffen, der bereits Bescheid wußte, jedoch wartete, daß er gefragt wurde.
»Hoffentlich haben Sie nichts dagegen, daß wir heiraten«, sagte William.
»Das hat gar keinen Zweck, wenn Ruth einverstanden ist«, gab Harnsbarger zurück. »Allerdings hatte ich gehofft, eine Hilfe auf der Farm zu bekommen, nachdem mein Sohn nichts davon wissen will. Ich habe Ruth verwöhnt«, fuhr er fort. »Sie ist eigensinnig. Daraus darf man ihr keinen Vorwurf machen.«
Dann besprachen sie einige Pläne für die Hochzeit. Er merkte, daß ihre Eltern und auch Ruth selber zögerten. Er war kein gewöhnlicher Bräutigam. Wie paßte ein solcher Mann zu einer Bauernhochzeit? Aber als er schüchtern vorschlug, auf jedwede Zeremonie zu verzichten, zog er den Vorschlag sogleich zurück, weil er sah, daß eine Zeremonie stattfinden mußte, daß sie sonst die Hochzeit unschicklich fanden. So wurde der Tag in einer Woche festgesetzt. Es hätte keinen Sinn gehabt, die Hochzeit aufzuschieben. Ruth hatte, wie jedes Mädchen auf dem Lande, ihre Aussteuer längst bereit. Sie wollte sich ein neues Kleid machen lassen, das für die Hochzeit paßte und das sie auch nachher tragen konnte.
»Aber ein blaues«, mischte sich William ein.
»Ein blaues«, stimmte sie zu.
Doch als sie ihm nach draußen gefolgt war, um sich von ihm zu verabschieden, hatte er geflüstert: »Weißt du, Ruth, wir sind ja schon verheiratet.«
Sie hatte genickt, und in ihren Augen war eine geheime Freude gewesen.
»Wie geht es dir in New York?« erkundigte sich jetzt seine Mutter.
Im Salon duftete es nach frühen Rosen. Ein Holzfeuer brannte, obwohl die Fenster offenstanden.
»Recht gut«, antwortete er, und er fragte sich, wie er beginnen sollte.
»Was malst du denn jetzt?« forschte der Vater.
William legte die Zigarette hin, die er angezündet hatte. »Nichts«, versetzte er. »Ich habe – ich konnte in New York nicht gut arbeiten.«
»Das ist merkwürdig«, sagte Barton und zog die grauen Brauen in die Höhe. »Ich hätte gedacht, die intellektuelle Anregung ...«

»Ich kann nicht durch intellektuelle Anregung malen«, erklärte William unumwunden. »Ich werde durch Erde und Brot und Wasser angeregt – und durch Sonne...« Er wiederholte die Wort mit aller Ehrfurcht der Liebe. »Immerhin werde ich jetzt mit der Arbeit wieder anfangen.«
»Das freut mich zu hören«, antwortete Barton vorsichtig. Sein Sohn war ihm an diesem Abend ein wenig unheimlich. Ob er am Ende getrunken hatte?
William, der auf einem großen schwarzen Eichenstuhl saß, betrachtete abwechselnd seine Eltern. Er wollte mit der Wahrheit herausrücken, jetzt und für immer.
»Ich bin verliebt«, sagte er. »Ich werde Ruth Harnsbarger heiraten.«
Sie hatten ihren Namen vergessen, und sie sahen ihn verwirrt an.
»Das Mädchen, das ich im vorigen Sommer gemalt habe.«
»Doch nicht das Bauernmädchen!« rief die Mutter.
»Sie ist keine Bäuerin«, entgegnete er. »Sie ist eine Farmerstochter – das ist bei uns etwas ganz anderes, Mutter.«
»Unsinn«, fiel sie scharf ein. »Harold, warum sagst du nichts? Warum sitzt du nur da und machst ein dummes Gesicht? Das ist doch lächerlich!«
»Ich weiß nicht, was ich sagen soll«, stammelte der Vater. »Natürlich hat Mutter recht, William. Es ist nicht nur lächerlich, sondern vor allem gewagt. Ja, das ist es – gewagt.«
»Es ist lächerlich«, betonte sie. »Ein Mädchen, das ich nicht einmal in meiner Küche dulden würde, ungebildet...«
»Sei still«, unterbrach William sie scharf. »Es ist meine Sache, wie sie ist. Eine Frau wie sie ist für einen Mann das tägliche Brot. Mehr wünsche ich mir nicht.«
Mit diesen Worten stand er auf, verließ den Raum und ging in sein Schlafzimmer hinauf. Der Snobismus der Alten! dachte er erbittert. Ihre Grausamkeit! Ihre falsche Denkweise!
Er zog den Smoking aus und schlüpfte wieder in seinen abgetragenen braunen Wanderanzug. Er wollte einfach, ärmlich und ungeschliffen aussehen. Er wollte fort von den weichen Teppichen und Samtvorhängen, von den alten Gemälden und den beiden wohlhabenden ältlichen Menschen, die seine Eltern waren. Niemals konnte ein starkes Werk aus diesem Hause kommen!
Ich will zu Ruth zurück, dachte er. Dort wird man mir ein Bett geben.
Er ging aus dem Haus und verließ die Stadt in westlicher Richtung.
Je näher er der Farm kam, um so mehr sehnte er sich danach, auch ihnen die Wahrheit zu sagen. Als er anlangte, ging er um das Haus herum zur Küche. Sie saßen in der Küche, und die Tür stand offen. Obwohl es daheim kaum Abendbrotzeit war, bereitete man sich hier schon zum Zubettgehen vor. Harnsbarger zog die Uhr auf, und Ruth stellte den Brotteig zum Aufgehen hin. Frau Harnsbarger war am Herd eingeduselt.

»Kann ich bei euch übernachten?« fragte William brüsk. »Ich habe mich mit meinen Eltern gestritten.«
»Meinetwegen!« hauchte Ruth.
Er nickte. »Sie kennen dich nicht«, sagte er.
Der alte Mann machte ein zorniges Gesicht. »Wofür halten sie uns eigentlich?« fragte er. »Wir sind von gutem Schlage. Dieser Hof gehört uns seit vier Generationen, und nie haben wir einen Menschen um etwas gebeten. Du brauchst Ruth nicht zu heiraten. Sie hat viele Bewerber.«
»Ich will Ruth unbedingt heiraten«, entgegnete William. »Wo kann ich schlafen?«
Frau Harnsbarger war aufgewacht. Sie sah erschrocken aus. »Wird deine Familie die Polizei auf dich hetzen?«
Er lachte laut. »Kaum«, erwiderte er.
Harnsbarger hatte die Uhr fertig aufgezogen und schloß sorgfältig den Deckel. Er freute sich über den Mut des jungen Mannes, und er war überrascht, weil er von einem Maler weniger erwartet hatte. Außerdem versetzte es ihn in gute Laune, daß der Sohn reicher, stolzer Stadtleute sein Vaterhaus verlassen hatte und bei ihm Unterkunft suchte.
»Du kannst Toms Zimmer haben«, sagte er. »Ruth, zeig es ihm.«
Ruth hatte seit ihrem ersten Wort nichts mehr gesprochen. Stumm führte sie ihn jetzt hinauf. Als er auf der spärlich beleuchteten Treppe den Arm um sie legte, wand sie sich los.
»Was ist denn?« fragte er sie.
»Es gefällt mir nicht, daß deine Eltern mich nicht wollen«, antwortete sie.
»Es spielt einzig und allein eine Rolle, daß ich dich will«, sagte er und zwang ihre Lippen zu den seinen.
Sie ergab sich ihm nach einem kleinen Kampf, und dann wollte er sie nicht loslassen, bis sie ihn küßte. Aber an der Tür blieb sie stehen.
»Ich mag nicht hereinkommen«, erklärte sie.
»Warum nicht?«
»Ich hab' keine Lust«, sagte sie undeutlich.
»Hör mal«, begann er, »du machst mir doch wegen meiner Eltern keinen Vorwurf?«
Sie schüttelte den Kopf. »Ich glaube, du bist – gut«, erwiderte sie, »weil du mich liebst, meine ich.« Sie blickte zu Boden.
Er flog auf sie zu, schüttelte sie und riß sie an sich.
»Sag das nie wieder!« befahl er. »Nie, nie mehr! In mir ist keine Güte für dich – nur Liebe . . .« Er hielt sie eine Weile, und dann ließ er sie los.
Und sie stahl sich durch den langen Gang in ihr Zimmer, zog sich aus, schlüpfte in ihr einfaches weißes Baumwollnachthemd, legte sich zu Bett und lag Stunde um Stunde wach. Ihre Gedanken arbeiteten sich mühsam dahin, tasteten sich den Weg und gelangten immerzu in die gleiche Sackgasse.

Ich hätte ihm sagen sollen, daß ich ihn nicht heiraten möchte, wenn seine Eltern mich nicht wollen. Dann hätte ich seine Antwort gehört. Ich will nicht, daß er meint, er muß mich heiraten. Aber er muß mich heiraten. Nicht weil ich vielleicht ein Kind bekommen werde. Es heißt nämlich, daß man beim erstenmal oft kein Kind bekommt. Er muß mich heiraten, weil ich ihn so sehr liebe. Ich will alles für ihn tun. Das verspreche ich bei Gott.
Sie kletterte aus dem Bett und kniete davor nieder.
»Lieber Gott, ich gelobe, daß ich alles für ihn tun werde.«

Eine Woche später wurden sie getraut. Er betrat sein Vaterhaus nicht mehr, er schrieb den Eltern auch nicht und ließ sie nicht wissen, wo er steckte. Sie hatten keine Möglichkeit, seinen Aufenthaltsort ausfindig zu machen, weil sie ihn nie gefragt hatten, wo die Farm lag. So war er für sie verloren. Nachdem es soweit war, wollte er ihnen schreiben, doch erst nach der Hochzeit, wenn er sich wieder in New York befand. Denn sie planten, miteinander in einer Wohnung zu leben. Ruth hatte in alle seine Wünsche eingewilligt. Er brauchte nur einen Wunsch auszusprechen, und schon stimmte sie ihm zu.
Und in unendlicher Zufriedenheit verbrachte er die Woche mit Malen. Er fühlte sich zur Arbeit gezwungen; so lange hatte er nichts getan, und nun hungerte er nach Arbeit. Er malte eine große Sykomore, die an der Westmauer des Hauses lehnte, einen gefleckten, grotesken alten Baum, der sich aus dem Boden hinaufgezogen hatte, bis seine Wurzeln wie greifende Arme waren.
William arbeitete so angespannt, daß die Woche unversehens verging. Und dann mußte er sich beeilen, um das Bild vor der Hochzeit zu beenden. Er wollte es fertig haben, weil er sich zur Genüge kannte, um zu wissen, daß er sich sonst danach sehnen würde, sogar mitten in der Liebe.
Es wurde fertig; der Tag kam, und William stand neben Ruth im Salon. Der lutherische Geistliche hielt den Gottesdienst, und die Bauersleute, die den Raum füllten, lauschten voll Ehrfurcht vor dieser Trauung. Sie waren recht freundlich gesinnt, aber es tat ihnen leid, daß Ruth einen Fremden heiratete, der sie entführte. Nach der Zeremonie drückten sie ihm förmlich die Hand und standen linkisch und schweigend herum, während sie Kuchen aßen und Wein tranken, wobei keiner der Scherze fiel, die sie gemacht hätten, wenn Ruth einen von ihnen geheiratet hätte. Die wenigen höflichen Bemerkungen, die sie William gegenüber äußerten, klangen zweiflerisch, als ob die Leute nicht sicher wären, was er zu ihnen sagen würde oder was er von ihnen erwartete.
Und William, innerlich gereizt, versuchte ihre Scheu durch sein eigenes Gelächter und seine Späße zu brechen. Es war nicht leicht, und er gab es endlich auf. Schließlich war bald alles überstanden. Er und Ruth reisten dann zusammen fort. Sobald er wieder in New York war, wollte er mit der Arbeit

anfangen. Er wollte sie als Akt malen. Nie hatten ihn seine Aktbilder befriedigt. Berufsmodelle hatten keinen Körper – nur Figuren waren sie. Ihr Leib aber würde von Liebe belebt sein und all ihr silbernes Fleisch voller Licht. Er fiel in Schweigen, indes er daran dachte, und vergaß alles übrige. Und die Gäste gingen einer nach dem andern weg.

»Ein sonderbarer Bursche«, sagten sie. »Jedenfalls etwas ungewöhnlich«, fügten sie zweifelnd hinzu, und sie sprachen freundlich zu Ruth, weil sie ihnen so leid tat.

Ruth hielt im Fegen inne und blickte zum Küchenfenster hinaus. Die blauen, aufmerksam glänzenden Augen betrachteten ihren vierzehnjährigen Sohn, der mit schneckenhafter Langsamkeit das Gras mähte.

»Hal!« rief sie durch das geöffnete Fenster.

»Ja, Mama?« rief er zurück. Sein rundes Gesicht, das sich ihr zuwandte, sah sehr betrübt aus.

»Wenn du nicht schneller machst, wirst du heute vormittag nicht mehr fertig werden!«

Er antwortete nicht. Seine Miene nahm den Ausdruck eigensinnigen Schmerzes an, und er beschleunigte seinen Schritt ein klein wenig. Ruth preßte die vollen Lippen zusammen und begann wieder tatkräftig zu fegen. Mary und Jill hatten ihr nie solche Sorgen bereitet wie Hal, obwohl sie stets danach trachtete, jeglichen Ansturm abzufangen, so daß William nicht gestört wurde. Aber sie wußte nicht, was sie mit Hal machen sollte. Schon als kleines Kind war er unruhig gewesen, und jetzt erwies es sich beinahe als unmöglich, ihn zu einer Arbeit anzuhalten. Früher hatte sie gemeint, diese Unruhe in ihrem einzigen Sohn müsse das Zeichen ungewöhnlicher Klugheit sein. Das hoffte sie noch immer, aber sie war nicht sicher. In der Schule war er faul, und seine Lehrer hatten nichts Gutes von ihm zu berichten.

»Harold scheint sich für gar nichts zu interessieren.« So lautete Jahr um Jahr in irgendwelcher Form das Urteil über sein Tun und Treiben. Manchmal versuchte sie zu ergründen, was hinter dem pausbackigen Knabenantlitz steckte. Wenn sie ihn vor sich hatte, ohne daß er ihr entwischen konnte, weil sie ihm einen abgerissenen Knopf annähte oder den verletzten Finger verband, sagte sie etwa zu ihm: »Hal, es wird Zeit, daß du ein bißchen darüber nachdenkst, was du tust und wie du dich benimmst. Hast du dir eigentlich schon überlegt, was du einmal werden willst, Junge?«

»Nein, Mama.« Die Stimme, die Worte waren sorglos.

»Aber warum denn nicht? Vater ist nicht reich.«

Darauf erwiderte er meistens nichts. Einmal aber hatte er gesagt: »Dafür ist Großpapa reich.«

»Das geht dich und mich nichts an, Hal«, entgegnete sie streng.

Aber Harold war eigensinnig. »Es liegt doch auf der Hand, da wir seine einzigen Enkelkinder sind ...«

»Wo schnappst du nur solche Dinge auf?« fiel sie ein. »Zu Hause bestimmt nicht.«

»Drüben im Laden«, erklärte er. »Dort reden die Leute. Sie sagen, daß wir reich sein werden, wenn Großpapa stirbt.«

»Sie schwatzen dauernd«, versetzte sie bitter. »Sie schwatzen, bis ihnen die Zähne ausfallen.«

»Ist es denn nicht wahr?« fragte Hal.

»Wenn es wahr ist, so will ich auf jeden Fall nichts davon hören«, antwortete sie kurz angebunden.

Längst hatte sie beschlossen, William niemals, solange sie lebte, nach seinen Eltern, seinem Vaterhaus oder seinem früheren Dasein zu fragen. Manchmal brachte die Post Briefe für ihn, jetzt übrigens weniger oft, aber sie gab sie ihm ungeöffnet, und er steckte sie in die Tasche. Nie sah sie ihn die Briefe lesen. Allerdings hielt er sich den größten Teil des Tages abseits und malte. Niemand bekam viel von ihm zu sehen, nicht einmal die Kinder. William benahm sich den Kindern gegenüber ganz sonderbar. Manchmal ärgerte sie sich so sehr über sie, daß sie ihn bat, ihr bei der Erziehung zu helfen. Aber er tat es nie.

»Warum soll ich einem andern meinen Willen aufzwingen?« sagte er stets.

»Aber wir müssen sie doch zu anständigen Menschen erziehen«, beharrte sie eines Tages.

»Das wirst du schon tun«, antwortete er mit seinem Lächeln.

Die Mädchen waren recht brav, vor allem Mary, die Älteste, aber bei Hal konnte sie nie sicher sein.

Sie beobachtete ihn nun, den Besen in der Hand. Er hatte mit der Arbeit ganz aufgehört, und plötzlich verschwand er am Ende des Rasens hinter den Apfelbäumen. Sie lehnte ihren Besen an die Tür und ging rasch den Pfad entlang. Er war jedoch fort.

»Ich kann ihm in dieser Augusthitze nicht nachlaufen«, murmelte sie zornig.

Sie war gerade im Begriff, in die Küche zurückzukehren, als sie William auf dem Hügel im Schatten der großen alten Esche wahrnahm; er malte. Er stand vor seiner Staffelei, eine hohe, kühle Gestalt; sein blaues Hemd stach lebhaft von den grünen Bäumen ab. Wie leicht sein Leben war! Er erkundigte sich nie, wie sie alles bewältigte. Sie gebar die Kinder und pflegte sie, besorgte den Haushalt, kümmerte sich um alles, sogar um das Land, während William seine Bilder malte. Sein Anblick in den grünen Schatten verschärfte den Gedanken daran, daß sie ihre Samstagsputzerei erst zur Hälfte beendet hatte und daß sie noch das Mittagessen zubereiten mußte. Nachher kam er dann herein und erwartete, daß alles so war, wie es ihm gefiel.

Diesmal muß er mir beistehen, wenn ich Hal vornehme, dachte sie.

Der Ärger verlieh ihr mehr Kraft als gewöhnlich, und sie schritt schnell den niedrigen Hügel zum Obstgarten hinauf. William sah sie nicht. Er sah nichts, wenn er arbeitete. Vielleicht sah er nie etwas. Er lebte in einer Traumwelt, dachte sie oft.

Aber während er das starke weiße Silber des Flusses auf seine Leinwand setzte, sah er sie, wie er jede Veränderung und jede Betonung in der Land-

schaft vor sich gewahrte. Er betrachtete sie mit voller Wertschätzung ihres Anteils an dem Bilde, ebenso bewundernd wie an dem Tage, als er sie zum erstenmal in der Landschaft erblickte. Sie war dicker als in ihrer Mädchenzeit, aber das stand ihr nur. Sie würde niemals ein abstoßender Fleischklumpen werden, wie es bei ihrer Mutter vor dem Tode der Fall gewesen war. Ruth hatte zuviel von der Spannung ihres Vaters in sich und außerdem eine Tatkraft, die ihr die Anmut erhielt. Sie ist sehr schön, dachte er mit rasch aufsteigender Leidenschaft, als er sie herankommen sah. Jetzt konnte er ihr Gesicht erkennen; es hatte feste Wangen, war rosig, unberührt von Puder und Schminke oder irgendeiner Verfälschung. Ihre Haare waren immer noch braun und ihre Lippen rot, ihre Augen blauer denn je in dem gebräunten Antlitz. Sie näherte sich ihm, und sie raffte beim Klettern den Rock.
»Da bist du ja, mein Herz«, sagte er liebenswürdig.
Er hatte nicht aufgehört zu malen, und er fuhr fort, die weichen, grünen Ufer des Flusses hinzupinseln.
»William!« rief sie. »Was sollen wir nur mit dem Jungen machen? Er hat mir einfach nicht gehorcht und ist davongelaufen!«
William lachte. Im geheimen konnte er nie glauben, daß die drei kräftigen jungen Geschöpfe, die da im Hause waren, etwas mit ihm zu tun hatten. Praktisch war er natürlich ihr Vater. Das heißt, etwas, das Ruth ihm geschenkt, hatte ihn befähigt, sie zu zeugen; sie waren, so empfand er es, ganz und gar ihres Stammes, die drei robusten, einfältigen Kinder. Sie wurde sehr böse, wenn er sie einfältig nannte, doch selbstverständlich waren sie es, obwohl sie ihm in ihrer Gutmütigkeit gefielen. Jill, die jüngste, war vielleicht etwas weniger einfältig als die andern.
»Du solltest den Jungen am Samstagvormittag nicht arbeiten lassen, Liebes«, sagte er freundlich.
Sie war so schön, daß er ihren Mund zu küssen wünschte. Es gab keine andere Frau in der Welt, dachte er zärtlich, die wie Ruth einen Mann vergessen machen konnte, daß er schon viele Jahre mit ihr verheiratet war, so daß er, als sie plötzlich neben ihm im Sonnenschein auftauchte, lebhaftes Verlangen spürte, ihren Mund wie das erstemal zu küssen. Er kannte genau jede Biegung und Linie ihres Körpers, und gleichwohl schien sie ihm immer neu. Oft sann er darüber nach. Worin bestand die Gabe der ewigen Frische, die sie hatte? Mit ihrem Geist hatte das nichts zu tun. Er kannte jeden Gedanken, den sie jemals gedacht oder jemals denken würde. Sie konnte ihn mit keinem Wort, das sie äußerte, überraschen. Aber mit der Frische ihrer Gegenwart erstaunte sie ihn fortwährend. Vielleicht lag es nur daran, daß er sie gewöhnlich vergaß, wenn sie nicht bei ihm weilte, und sah er sie dann wieder, so war es immer eine Heimkehr. Vielleicht lag es daran, daß sie sich beständig veränderte, je nach den kleinen Ereignissen ihres Tageslaufs. So umrahmte jetzt die Wut ihre Schönheit mit Elektrizität. Ihr Haar sprang von der Stirn

zurück, ihre Augen waren weit aufgerissen und wetteiferten mit dem Himmel; ihre zornigen Lippen waren dunkelrot und teilten sich, so daß sie die gesunden weißen Zähne sehen ließen.
Er lachte. »Komm her und laß dich küssen«, rief er ihr zu.
Im selben Augenblick aber klebte ein Schmetterling, der auf das Bild zugeflogen war, an der Ölfarbe fest. Da vergaß William alles.
»Oh, der arme Tropf!« schrie er in rascher Bestürzung auf. »Schau nur, Ruth! Was kann man da machen? Seine Flügel sind hin!«
Sie trat sogleich näher und hob den Schmetterling mit einer Haarnadel, die sie aus ihrem Haar zog, behutsam von der Farbe.
»Hat er das Bild verdorben?« fragte sie ängstlich.
»Oh, deshalb mach dir keine Gedanken«, gab er zurück. »Wie können wir seine Flügel säubern?«
»Wir können gar nichts tun«, erklärte sie sachlich.
Sie setzte den Schmetterling ins Gras. William beugte sich über ihn.
»Ach, sieh bloß, er zittert«, sagte er bewegt.
»Laß nur. Ich werde ihn ins Haus nehmen. Vielleicht fällt mir etwas ein.«
Sie hatte vor, das Tier heimlich zu töten, ohne daß er es sah.
Viele Geschöpfe mußte sie heimlich töten, ohne daß er etwas davon merkte – Mäuse im Hause, Ratten in der Scheune, einen kranken Hund, ein verletztes Vögelchen, junge Kätzchen, die sie nicht behalten konnten. Das hatte sie vor vielen Jahren eines Tages erkannt, als sie, ohne weiter zu überlegen, vier blinde Kätzchen in einen Sack steckte und einen Stein daran band. Zufällig hatte er aus dem Fenster des Zimmers, das er sich als Atelier eingerichtet hatte, hinausgeschaut, und er war die Treppe hinuntergerannt und hatte ihr zugerufen: »Ruth, was machst du da?«
Verwundert über seine Erregung blickte sie über die Schulter zurück. »Ich will nur die Kätzchen ertränken, weiter nichts.«
»Ertränken?« Sein Gesicht wurde grau.
»Warum denn nicht?« versetzte sie.
Zu ihrem Schrecken wandte er sich ab, lehnte sich an einen Baum und vergrub den Kopf in den Armen. Sie legte den Sack mit den wimmernden Kätzchen auf den Boden.
»Aber was ist denn los, William? Willst du, daß ich es nicht tue? Wir haben doch mehr Katzen in der Scheune, als wir brauchen können. Sechs Katzen bringen zu viele Junge auf die Welt. Wir hätten bald nur noch Katzen, wenn wir alle leben ließen.«
»Natürlich«, sagte er. Er stand mit hängenden Armen da und starrte auf die wimmernde Masse.
Sie sah, daß ihm elend zumute war. »Schau, William, ich lasse sie ja heraus.«
»Wirklich?« Sein Gesicht erhellte sich. »Das ist recht, laß sie heraus. Warte, ich helfe dir.«

Er bückte sich und knüpfte die Schnur auf, während sie den Sack hielt. Die kleinen Geschöpfe krochen heraus, und die rasende Katzenmutter, die sie hörte, kam fauchend durch den Garten herbeigeschossen. Er sah ihr zu, wie sie ihre Jungen leckte, sich hinlegte und ihnen die Zitzen bot. Sogleich saugten sie befriedigt, und die Katze schnurrte und betrachtete sie mit anmaßendem Mutterblick.

»Sieh nur, wie stolz sie ist«, sagte er lachend.

Ruth antwortete nicht. Trotzdem müssen die Kätzchen getötet werden, dachte sie. Sie konnten nicht Hunderte von Katzen haben. Sie wollte es später tun, wenn er fort war.

Nachdem sie es getan hatte, fragte sie sich, ob er wohl die Kätzchen vermissen oder das Suchen und Jammern der Mutterkatze bemerken würde. Aber nein, er merkte nichts, und das überraschte sie wiederum. Nicht daß er die Katzen besonders liebte. Er fütterte sie nie und schenkte ihnen in der Tat nicht die geringste Beachtung. Sie folgerte daraus, daß er es ganz einfach nicht sehen konnte, wenn Tiere getötet wurden, und danach richtete sie es so ein, daß alle immer nur in seiner Abwesenheit umgebracht wurden, auch die Hühner, die auf den Tisch kamen. Denn auch das sah er nicht gern. Sie konnte einem Huhn ganz schnell den Hals umdrehen, was dem Tier bestimmt keinen Schmerz bereitete, und anfangs tat sie es, ohne sich etwas dabei zu denken. Dann fiel ihr eines Tages der Ausdruck in seinen Augen auf, und sie hielt inne; immerhin verteidigte sie sich: »Wie kämen wir denn sonst zu Fleisch, William?«

Er schämte sich. »Ich weiß, aber irgendwie mag ich es nicht, Ruth. Du solltest es nicht tun – du bist eine Lebensspenderin!«

Sie wußte nicht, was sie sagen sollte; deshalb schwieg sie. Aber von diesem Tage an richtete sie es so ein, daß er nicht sah, wenn sie ein Huhn umbrachte.

Nun bemerkte sie in bezug auf den Schmetterling: »Vielleicht kann ich ihm die Flügel mit Terpentin putzen.«

»Ja, mach das« antwortete er dankbar. »So etwas habe ich noch nie erlebt.«

Er war so verstört, daß sie es für zwecklos hielt, jetzt mit ihm zu reden. Sie nahm den Schmetterling in ihre Schürze und ging den Hang hinunter.

Wenn Hal am Abend heimkam, wollte sie ihm eine Tracht Prügel geben, dachte sie. Jemand mußte ihn vornehmen.

William konnte nicht weiterarbeiten. Er hatte auf Ruths Antlitz den Ausdruck wahrgenommen, den er nie ganz begriff. Es war ein nachsichtiger, duldsamer Ausdruck, in dem sich ein wenig Auflehnung mischte, wenn er etwas äußerte oder tat, das über ihr Verständnis ging. Er fragte sich, ob sie ihn wohl verachtete. Darum näherte er sich ihr bisweilen mit Mißtrauen. Aber nie, nie ließ sie in ihrer warmen Bereitschaft nach. Das war ihre Größe: wie er auch sein mochte, wann immer er von ihr fortging, er konnte in dem sicheren

Gefühl zurückkehren, daß sie sich nie wandelte. Er kehrte zu ihr zurück und verlor sich in ihr, verlor an sie sein Wesen, dessen Stimmungen, Ziellosigkeit, Schwermut und seltsame, endlose Tatkraft er so oft als Last empfand. Sie verstand ihn nicht, aber er suchte auch kein Verstehen.

Beim letzten Wiedersehen mit Elise, im Februar war es gewesen, in seinem Elternhaus, hatte sie ihn in der halb direkten, halb indirekten Art und Weise, in der sie seit ihrer Verheiratung miteinander sprachen, gefragt: »Findest du bei deinem Leben eigentlich Verständnis?«

Er hatte ihre Frage sorgfältig überlegt. »Sagen wir lieber, ich finde – was ich mir wünsche.«

Denn er wünschte sich eigentlich kein Verständnis, auch keine Kameradschaft. Längst wußte er, daß er sich am glücklichsten fühlte, wenn er allein war, am glücklichsten, weil er dann am freiesten war. Er wünschte sich keinen Geist, der dem seinen folgte, auch keine Vorstellungskraft, die mit der seinen Schritt hielt. Wäre er mit Elise verheiratet gewesen, so hätte er unwillkürlich Mittel und Wege gesucht, ihr auszuweichen. Ruth hingegen brauchte er gar nicht auszuweichen, denn er konnte sie allein lassen, wann es ihm paßte. Konnte sich geistig von ihr entfernen, auch körperlich, wenn es ihm beliebte, obzwar er jetzt sein Haus immer seltener verließ. Er brauchte sie körperlich nur selten zu verlassen, weil er sie geistig verließ, wann es ihm paßte. Er mußte bloß in sein Atelier gehen oder diesen Hügel erklettern; er mußte nur seinen Pinsel in die Hand nehmen, und er war meilenweit entfernt. Elise aber wäre, wenn er sie geheiratet hätte, nicht von seiner Seite gewichen, und meistens konnte er niemanden neben sich ertragen.

Dann jedoch, wenn der unvermeidliche Augenblick kam, wenn er der Einsamkeit überdrüssig war, sich vor der Einsamkeit fürchtete, weil das Weltall der einsamen Seele weit ist, dann brauchte er nur sein Zimmer zu verlassen oder den Hügel hinunterzugehen, den Pinsel fortzulegen und zu Ruth zurückzukehren. Und mit dieser Rückkehr kehrte er in das geschäftige Haus zurück, zum Duft frischgebackenen Brotes, zum Gelächter und Lärm der Kinder, zum Essen, das heiß auf dem Tisch bereitstand, und zu Ruth, die stets für ihn da war. Oh, die Wonne der Nacht und der Trost ihres starken, warmen Leibes!

Er blickte über die gewellten Hügel, die reichen Felder, die ragenden Kirchtürme kleiner behaglicher Städte.

Gott, was für ein Leben ich habe! dachte er.

In der Küche hob Ruth den Deckel vom Kehrichteimer und warf den Schmetterling zum Abfall. Dann machte sie sich wieder an ihre Arbeit; hinter ihrem verschlossenen Gesicht verbargen sich die Gedanken. Die Mädchen hatten Brombeeren gepflückt, jetzt kamen sie herein, und ohne überflüssige Worte gab Ruth ihnen Anweisungen.

»Tragt die Eimer in den Keller hinunter. Ihr könnt heute nachmittag beim Einmachen helfen. Wascht euch. Vater will alles fertig vorfinden, wenn er kommt.«
Sie hatte sie dazu erzogen, daß das Wort »Vater« letzten Zwang bedeutete. William, der den Kindern nie Befehle erteilte, beherrschte sie alle durch Ruth. Sie liebten ihn und sehnten sich danach, in seiner Nähe zu weilen, aber Ruth hatte ihn von den Kindern ferngehalten. »Vater kann den Lärm nicht ertragen«, sagte sie. »Vater will nicht, daß ihr großen Mädchen barfuß lauft. Vater will, daß du einmal ein fleißiger, brauchbarer Mensch wirst«, sagte sie zu Hal. Keins der Kinder hatte solche Reden jemals vom Vater gehört, aber sie glaubten ihr, und ihre Liebe zum Vater wurde von Furcht beschattet. Denn sie gehörten, das empfand jedes Kind, ihrer Mutter. Sie waren von ihr geschaffen. Sie sprachen wie sie, und sie nahmen ihre Umgangsformen an, nie die des Vaters. Dies taten sie, ohne sich dessen bewußt zu sein, und wenn ihnen aus irgendeinem Grunde ein Vorwurf gemacht worden wäre, hätten sie erstaunt entgegnet: »Aber niemand spricht wie Vater. Er spricht wie ein Mensch in einem Buch. Wenn man wie Mutter redet, redet man richtig.«
So schien ihnen auch die herzhafte Art und Weise, wie sie aßen, die einzig richtige. Die Mutter nahm den Hühnerknochen in die Hand und knabberte ihn ab, und sie taten es auch. Keins von ihnen schnitt wie der Vater das Fleisch mit dem Messer ab. Wie Ruth tranken sie Milch und nicht den fremdländischen Wein, den der Vater im kühlen Keller aufbewahrte. Sogar Hal kostete nicht im geheimen des Vaters Wein, und ebensowenig fiel es William ein, ihm davon anzubieten. Er teilte ihr Leben überhaupt nicht, das fühlten die Kinder, ohne es sagen zu können. Sie lebten ganz mit der Mutter. Sie liebten ihn zärtlich, auf zurückhaltende Art, wie etwas Kostbares und Feines, das sie jedoch nicht zu benutzen verstanden. Und ohne es zu wissen, vergrößerte William durch seine Verschiedenheit den Abstand zwischen sich und seinen Kindern. Obwohl sie die Mutter in allem Tun nachahmten, ersahen sie Williams Verschiedenheit aus seinem Benehmen bei Tisch, seiner persönlichen Sauberkeit, seiner Sprechweise. Sein Feingefühl verbot ihm, sie zu tadeln, weil er befürchtete, daß es dann schien, als ob er Ruth herabsetzte. Denn er hatte so oft zu sich gesagt: »Ich will Ruth nicht anders haben; sie ist genau das, was ich mir wünsche«, daß es nun seine Lebensgewohnheit geworden war.
Einmal fragte Mary die Mutter: »Was ist Papa eigentlich von Beruf?«
»Er ist Maler, das weißt du doch«, gab Ruth zur Antwort. »Und nenn ihn nicht Papa, auch mir gegenüber nicht. Er mag es nicht.«
»Ist das denn ein Beruf?«
»Natürlich«, erwiderte Ruth.
Aber im tiefsten Innern wünschte Ruth oft, daß William einen richtigen Beruf hätte, wie sie sich ausdrückte, daß er Bauer wäre wie Henry Fasthauser oder wie Tom eine Garage führte. Tom war gescheit genug gewesen, den Pferde-

stall zu kaufen, die Pferde zu veräußern und eine der ersten Garagen zu eröffnen. Jeder Mensch würde bald ein Auto besitzen, sagte er. Tom verdiente recht gut. Aber das Bildermalen bedeutete keine sichere Einnahmequelle. Auch wenn William vier oder fünf Bilder im Jahr verkaufte, blieb ihr die Unsicherheit des Gelderwerbs verhaßt.

Ich hätte lieber jede Woche jahrein, jahraus regelmäßig fünfzehn Dollar weniger als ganz plötzlich zweihundert Dollar, dachte sie oftmals.

Sie beobachtete ihre Kinder scharf, ob sie etwa auch Freude am Malen hätten, und sie war entschlossen, einem solchen Interesse, das sie bei William als unvermeidlich gelten ließ, leidenschaftlich entgegenzuwirken. Aber sie bemerkte keinerlei Anzeichen.

William kam zum Essen heim und trat mit seiner unveränderlich guten Laune durch die Tür. Ruth hielt das Haus immer sauber, warm im Winter, kühl im Sommer. Er hatte in dem Bauernhaus so viele Änderungen vorgenommen, daß es jetzt ebenso sein Heim wie auch Ruths schien. Natürlich hatte zu Lebzeiten der Alten nichts geändert werden dürfen. William hatte viele Stunden mit Pläneschmieden verbracht, während er Harnsbarger zuhörte, der immer wieder die gleichen Geschichten aus seiner Kindheit erzählte. Eines Tages wollte er die alten, roh zugehauenen Deckenbalken entfernen, wollte Wände einreißen und die Räume vergrößern, wollte die alten Ziegel wieder in den Fußboden des Eßzimmers setzen. Jahrelang hatte es ausgesehen, als ob Harnsbarger seine Frau, die an Wassersucht gestorben war, ewig überleben würde. Doch dann hatte man aus dem Weg jenseits des Rasens eine neue Landstraße gemacht, und der betagte Mann war beim Überqueren der Straße von einem Lastwagen überfahren worden. Er zählte damals einundachtzig Jahre. An jenem Morgen hatte er mit seinem üblichen Behagen gefrühstückt und, seinen abgetragenen Strohhut aufsetzend, wie stets zu Ruth gesagt: »Ich glaube, ich geh' ein bißchen spazieren.«

»Schön, Papa«, hatte sie geantwortet.

William, der wie gewöhnlich spät hinunterkam, um nicht mit dem schwatzhaften Alten frühstücken zu müssen, erschien gerade in dem Augenblick, als ein kräftiger junger Mann, ein Fremder, eine verkrümmte Gestalt auf den Armen hereintrug und im Salon aufs Sofa legte. Da lag der alte Harnsbarger; sein Gesicht war unberührt, aber der dünne Körper hatte mehrere Brüche erlitten.

Und William hatte sich geschämt, weil in diesem Augenblick sein erster Gedanke – den er zwar sogleich verjagte – der war, daß er das Haus nun so umgestalten konnte, wie er es haben wollte.

Er mußte das, was er besaß, so verändern, wie er es haben wollte, seit er wußte, daß er sich Ruths Welt anzupassen hatte, weil sie sich der seinen nicht anpassen konnte. Ob sie es nicht wollte oder nicht konnte, das erfuhr er wohl niemals, da er keine Fragen stellte. Wenn sie unglücklich gewesen wäre, hätte es gar keine Rolle gespielt, woran es lag. Ihr das Glück zu erhalten, das war für sein eigenes Glück wesentlich. Und weil sie nie eine Klage äußerte, hatte er seine Wahrnehmungsfähigkeit für jede Veränderung in ihrem Ausdruck und ihrer Stimme geschärft. Wenn er zu ihr zurückkehrte, mußte er sie zufrieden finden. Ihre Zufriedenheit war die Atmosphäre seiner Seele.

»Ist das Essen fertig?« rief er fröhlich in der Diele.

Ruth kam aus der Küche. Ihre Hände waren mehlbestäubt, und sie sah besorgt aus.

»Hast du dich nicht ein wenig verfrüht, William?« fragte sie. »Ich mache gerade die Biskuits.«

»Es eilt nicht«, sagte er rasch. »Ich muß noch die Pinsel waschen. Hat der Schmetterling sich erholt?«

»Der Schmetterling?« Dann erinnerte sie sich. »Ich habe ihn wieder in Ordnung gebracht«, erklärte sie ruhig. »Er flog wie neugeboren davon.« Schon längst hatte sie es mit ihrem Gewissen abgemacht, daß sie alles so darstellen mußte, wie es für Williams Behaglichkeit tunlich schien.

»Das ist gut«, antwortete er dankbar. Er sah seine Töchter aus dem Keller auftauchen und wartete auf sie. »Guten Tag«, sagte er.

»Guten Tag, Vater«, gab Mary zurück.

Jill sagte nichts.

»Kommt und gebt mir einen Kuß«, rief er.

Freudig kamen sie zu ihm und legten die Wange an seine Schulter. Er küßte erst die eine, dann die andere auf die Stirn. Sie genossen seine Liebkosung. Die Mutter küßte sie nie. Hätte sie es getan, so wären sie scheu gewesen, weil sie Scheu gezeigt hätte. Warum es so war, darüber nachzudenken fiel ihnen nicht ein. Sie war ihnen gegenüber verschlossen, und vielleicht war dies der Grund. William hingegen küßte seine Kinder oft. Sogar Hal gab er erst seit kurzem keinen Gutenachtkuß mehr, und auch nur, weil er erkannte, daß es dem Jungen nicht behagte. Nachdem er das gemerkt hatte, küßte er ihn nie mehr. Ohne eine Erklärung hatte er ihm am folgenden Abend bloß schnell den Arm um die Schultern gelegt.

»Gute Nacht, mein Junge«, hatte er gesagt.

Hal war noch zu jung, um seine Erleichterung zu verbergen. Und William, dem dieses schnelle Aufatmen nicht entging, hatte leicht betrübt gedacht: Ich darf den Kindern mit meiner Verschiedenheit nicht zur Last fallen.

Die Mädchen aber ließen sich seine Zärtlichkeit gern gefallen und boten ihm die frischen Wangen und ihre glatte Stirn.

»Ihr riecht nach Sonnenschein und Erde«, sagte er. »Ihr riecht wie Mutter, und das ist das schönste Parfüm für eine Frau. Wollt ihr mir die Pinsel waschen?«

»O ja«, erwiderte Jill eifrig.

»Fein – dann muß ich nur noch mich selber waschen«, lachte er.
Er drückte ihnen die schmutzigen Pinsel in die Hand und begab sich hinauf. Das Badezimmer hatte er kurz nach seiner Hochzeit eingerichtet. Der Alte hatte dagegen keinen Einspruch erhoben, obwohl er weiterhin am Samstagabend in der Zinnwanne badete, sommers im Schuppen, winters in der Küche. Auf seine alten Tage wurde er merkwürdig schamlos. Am Samstagabend tummelte er sich in seinem Bad, ohne sich um einen Menschen zu scheren. Ruth machte ihm deswegen manchmal Vorwürfe.
»Papa, du solltest wenigstens die Tür zusperren oder rufen, wenn jemand kommt, während du dich wäschst.«
»Das kümmert mich keinen Deut«, versetzte er vergnügt. »Wer hereinkommt, kann sehen, was er sehen kann – mir ist's gleich.«
William, für den der Samstagabend sich von keinem andern Abend unterschied, gewöhnte sich allmählich daran, den muskelstarken alten Mann nackt in seiner Wanne zu sehen. Einmal blieb er stehen, gebannt von einer gewissen Schönheit des Anblicks: ein alter Mann, der sich wusch.
»Du wärest ein gutes Modell, wie du jetzt bist«, erklärte er.
Aber der Alte warf die hausgemachte Seife nach ihm. Sein ganzes Schicklichkeitsgefühl wurde wieder lebendig.
»Mach, daß du fortkommst mit deinem Gerede!« schnauzte er. »Ich lasse mich nicht nackt aufhängen und von allen Leuten anstarren, was denkst du wohl!«
William war lachend hinausgegangen, aber es reute ihn immer noch. Er bedauerte es stets, wenn ein Bild seinem Pinsel entschlüpfte. Er malte den alten Harnsbarger ein halbdutzendmal, doch immer dachte er dann an die ihm verweigerte Pose, und er erinnerte sich, wie schön das Wasser und der Feuerschein auf dem Greisenkörper gespielt hatten.
Jetzt pfiff er leise vor sich hin, während er sich die Hände wusch. Er war angenehm müde, sehr hungrig und beinahe zufrieden mit seiner Vormittagsarbeit. Bis zu einem gewissen Grade war er daran gewöhnt, mit seiner Arbeit nur beinahe zufrieden zu sein. Warum er nie das Maß der Vollkommenheit ganz zu füllen vermochte, wußte er nicht recht.
Nachdem er sich gewaschen hatte, begab er sich in sein Zimmer, ließ sich in dem großen Sessel am Fenster nieder und zog seine Pfeife hervor. Es lag nicht daran, daß er es vermieden hätte, seinen eigenen Gemütszustand zu erforschen. Immer wieder hatte er tief in seinem Innern geschürft. Konnte er sicher sein, daß seine Leistungen gut waren, oder konnte er es nicht? Manchmal hatte er daran gedacht, mit seinem Vater darüber zu sprechen. Nie mehr war die Rede davon gewesen, daß eins seiner Bilder in dem großen Hause seiner Eltern aufgehängt werden sollte.
Aber diese Tatsache gab ihm keinen Aufschluß über sich selbst. Auch wenn er mit seinem Vater allein war, erhob sich zwischen ihnen gleich einem Berge die

Mißbilligung seiner Mutter – zudem ein stummer Tadel von seiten des Vaters –, die sich um so stärker und schwieriger auswirkte, als die Mutter es vorzog, kein Wort zu äußern. Hätte er bessere Kritiken bekommen, größere Aufträge erhalten und mit seinen Bildern mehr verdient, so wäre er seiner selbst sicher geworden. Aber er hatte sich dazu entschlossen, hier mit Ruth zu leben, weit entfernt von den Orten, wo Bilder gut bezahlt und Aufträge erteilt wurden. Und er war zynisch genug, um sich darüber klar zu sein, daß die Maler ebensowenig wie andere Künstler um ihrer Vortrefflichkeit willen gute Kritiken und Aufträge erhielten. Nein, zu der Vortrefflichkeit mußten sich Einfluß und Schmeichelei gesellen.

Nun ja, dachte er brüsk, alldem war er aus dem Wege gegangen. Er sehnte sich ja auch nicht nach einem solchen Lohn, sondern er wollte nur unbedingt über die Güte seiner Arbeiten Bescheid wissen. Taugten sie etwas? Hätten sie besser sein können?

Nie sprach er im stillen die Frage aus: Hätten seine Arbeiten besser sein können, wenn er Ruth nicht geheiratet hätte? – denn ein Leben ohne Ruth dünkte ihn unvorstellbar. Und wenn er in New York geblieben wäre, was hätte er dann malen können? Bestimmt keine Landschaften! Vor seinem Wegzug hatte er an einem Akt gearbeitet. Er hatte das Bild nie vollendet, weil er plötzlich merkte, wie es Ruth zumute war, als sie ihm Modell stand.

»Stell dich in die Sonne«, hatte er an jenem Morgen zu ihr gesagt. »Laß mich sehen, wie die Sonne durch dein Fleisch schimmert.«

Sie stellte sich in das lange Lichtband, das durch ein Ostfenster hereinfiel, und bemühte sich, nichts dagegen zu haben. Sie war ja mit ihm verheiratet. Zwischen ihr und William konnte es nichts Böses geben, nicht wahr? Es war nicht schlecht von ihr, sich vor ihm bei Tageslicht ganz auszuziehen, solange die Türen verschlossen waren, nicht wahr?

»So ist's recht«, sagte er eifrig. »Genau das möchte ich. Nun mußt du so tun, als ob der Sonnenschein ein Mantel wäre. Tu so, als ob du dich damit umhüllst.«

Sie gehorchte wieder, streckte die Arme aus, als ob sie Falte um Falte eines glitzernden Spinnwebstoffes heranzöge.

»Der silberne Mantel!« murmelte er. »Der Mantel aus Licht ...«

Er begann wild zu malen, und sie stand regungslos. Die Sonne schien nur eine knappe Stunde herein. Dann schnitt ein hohes Gebäude sie ab. Dann würde Ruth ihre Kleider anziehen und sich an ihre Hausarbeit machen – das heißt, wenn er es zuließ. Er ließ es nicht zu. Als die Sonne verschwand, wie wenn eine Berührung sie ausgewischt hätte, warf er die Palette hin. Ruth hatte sich schon umgedreht, um ihre Wäsche zu nehmen.

»Warte!« befahl er. Er trat zu ihr. »Zieh dich noch nicht an!« flüsterte er.

»Aber ich muß doch das Zimmer aufräumen«, entgegnete sie unwillig.

»Ach nein, das hat keine Eile.«

»Ich möchte meine Arbeit gern am Vormittag erledigen.«
»Deine Arbeit!« sagte er in zärtlichem Neckton. Er hatte ihren schönen nackten Leib in die Arme genommen. Dieses zauberhafte Fleisch, das im Sonnenschein durchgeistigtes Modell gewesen, war jetzt nur noch Gegenstand der Liebe. Aber sie wollte sich ihm nicht geben, und es lag ihm nicht, sie zu zwingen.
»Was ist, mein Herz?« forschte er. »Was hast du dagegen?«
Sie ließ den Kopf hängen, daß die langen braunen Haare ihr Gesicht verdeckten. »Ich hab' es nicht gern – am Tage«, antwortete sie. »Es kommt mir – unrecht vor.«
»Unrecht!« wiederholte er. »Aber Liebling, wie kann zwischen uns etwas Unrechtes sein?«
Er hörte sich dennoch ihren geringfügigen Einwand an, und er fühlte, wie die Magie ihres Leibes schwand, wie der Duft verging.
»Anständige Menschen tun es nicht am Tage«, sagte sie.
»Woher weißt du das? Was ist übrigens Anstand?«
»Mir ist – nicht wohl dabei zumute, wenn wir es tun«, erklärte sie.
»Ach so!« versetzte er. »Das ist etwas anderes, das ist entscheidend.«
Er hielt sie nur noch einen Augenblick. Dann zog sie sich an, und er ergriff wieder seine Pinsel und arbeitete lange schweigend an dem dunklen Grunde hinter der silbrigen Gestalt. Während der ganzen Zeit war er sich ihrer bewußt, indes sie eilfertig fegte, abstaubte und das Mittagessen zubereitete. Aber das Zimmer, das bisweilen das Gefäß all seiner Träume sein konnte, war bloß ein gewöhnlicher Raum. Ein paarmal redete er sie fröhlich an.
»Wollen wir heute abend auswärts essen, Ruth?«
»Wie du willst«, erwiderte sie.
»Nein, Ruth, was hättest du gern?«
»Ich will nichts anderes, als was du willst«, gab sie zurück, und als er nicht antwortete, hielt sie in ihrer Tätigkeit inne und sagte ängstlich: »Wirklich, William, ich meine das ernst.«
Sie meinte es ernst. Er wußte das. Sie gab ihm alles, was in ihren Kräften stand. Und hatte sie sich etwas zuschulden kommen lassen? Ihr hübsches Gesicht flehte um Zärtlichkeit.
»Dann wollen wir ausgehen«, bestimmte er freundlich.
Sie kehrten heim, nachdem sie in der Nähe einer Parkkapelle umhergebummelt waren. Und in der Nacht, als Dunkelheit alles bedeckte, versöhnte sich Ruth mit ihm. War es eine bewußte Versöhnung? Er vermochte nie dahinterzukommen. Aber er glaubte es nicht, weil er meinte, daß sie sich ihres Tuns nie bewußt wäre. Sie bewegte sich, sie sprach, sie schwieg, wie der Trieb des Augenblicks es ihr eingab. Darauf beruhte ihr nie versagender Reiz, dachte er oft, daß alles, was sie tat, zutiefst gefühlt war.
So bemerkte er mit feiner Wahrnehmungsfähigkeit die Weichheit ihres Mun-

des, als sie an diesem Abend heimkehrten. Sie zog sich langsam aus, beinahe trödelnd, streckte ihre schönen Arme aus und warf das Haar zurück. Er beobachtete jede ihrer Bewegungen, die alle von kindlicher Bedeutung waren, bis sie das letzte Kleidungsstück abgestreift hatte und sich daranmachte, ihr langes Nachthemd anzuziehen.

»Warte«, befahl er ihr.

Sie blickte auf, gleichzeitig lieblich, scheu und kühn.

»Komm her«, sagte er.

Er sah sie an, indes sie kam; der Liebhaber in ihm wurde durch den Maler, der ihre Vollkommenheit gewahrte, zur Ekstase erhöht. Er hielt ihr die Arme entgegen, sie schmiegte sich hinein, und er spürte wie stets die Frische ihres Wesens. Sie war für ihn ewig neu, weil sie aus jedem Augenblick, der nie einem anderen glich, neu zu ihm kam. Hätte sie überlegt, wäre sie weniger triebhaft gewesen, so hätte sie nicht Ruth sein können. Wie reich sie war, wie großmütig, wie tief ihm hingegeben! Er vergaß alles in ihrer Hingabe. So groß sein Bedürfnis war, so groß war sie.

Sie konnte nichts verbergen, und als sie unter der Stadt litt, merkte er es, obwohl sie kein Wort sagte. Ihre Triebhaftigkeit litt, und gerade durch ihre Triebhaftigkeit sprach sie zu ihm. So erwehrte sie sich im Frühsommer seiner, als er sich ihr näherte. Diese Abwehr tat sich nicht in Worten, sondern in ihrem Schweigen kund. Sie zog sich von ihm zurück. Stundenlang saß sie ihm Modell, passiv, als wüßte sie nicht, wo sie sich befand, und es dünkte ihn, während er malte, er arbeite nicht nach einem lebenden Modell, sondern kopiere ein Bild.

Er rief ihr eines Tages zu: »Ruth, komm zurück!«

Sie rührte sich nicht in ihrer Stellung; die Hände hielt sie im Schoß gefaltet, aber in ihre leeren blauen Augen kehrte etwas zurück.

»Wo warst du?« fragte er.

Sie antwortete nicht; er legte Pinsel und Palette hin, ging zu ihr hinüber und nahm sie in die Arme.

»Du bist nicht glücklich«, sagte er.

»Doch«, entgegnete sie. »Wenigstens wäre ich nirgendwo glücklich, wenn du nicht bei mir wärst.«

»Wo wärest du mit mir am glücklichsten?« erkundigte er sich liebevoll.

»Oh, daheim!« rief sie.

Und da entdeckte er, daß sie die Stadt und diese Räume und ihr ganzes Leben hier haßte. Sie haßte all die Menschen, die er ins Haus brachte, und die Menschen, die sie auf der Straße sah. Jetzt begriff er ihre Fremdheit, wenn jemand ins Haus kam. Er hatte gedacht, sie sei nur befangen und hatte ihr zugeredet.

»Es sind meine Freunde, Ruth, und darum sind es auch deine.«

»Nein, nicht meine«, hatte sie mit großen Augen erwidert.

»Du fürchtest dich«, hatte er sie ein anderes Mal beschuldigt.

»Sie sind mir fremd«, hatte sie gesagt.
Nun wußte er, daß Ruth sie haßte, einfach und triebhaft, weil sie ein Teil der Stadt waren. All die durchlebten Tage und Nächte hatte sie aus wachsendem Haß gelebt.
»Ich kann hier kaum atmen«, flüsterte sie. »Hier ist keine Luft.«
»Unzählige Menschen atmen hier«, versetzte er.
»Das ist es ja«, sagte sie und hob beunruhigt den Kopf. »Die ganze Luft ist verbraucht. Ich bin an Luft gewöhnt, die rein von den Bergen kommt. Außerdem hasse ich ja gerade die Menschen.«
»Aber Ruth, niemand hat dir Haß entgegengebracht!«
Zu den Dingen, die er an New York liebenswert fand, gehörte die Tatsache, daß man hier bei aller Ausdehnung und Beschäftigung in jedem Fahrzeug, in jedem Laden mit dem gewöhnlichen Volk sprechen konnte.
»Ich hasse sie alle«, sagte sie eigensinnig.
»Warum denn?« fragte er sie.
»Sie sind anders als ich«, erklärte sie.
Diesem umfassenden, weichen Eigensinn stand er ganz und gar hilflos gegenüber. Er beruhte auf ihrer Triebhaftigkeit, die keine Vernunft erhellte, und angesichts dessen war er wie ein Mann, der sich in einer dunklen, stillen Nacht verirrt hat und nirgends ein Licht sieht, das ihn führen könnte.
»Aber Ruth, du hast mir davon nie etwas gesagt«, warf er ihr vor.
»Weil du – weil du gern hier bist«, stammelte sie.
Ihr Kopf ruhte wieder an seiner Brust; er blickte auf ihre feuchten dunklen Wimpern nieder, und er erkannte, daß auch sie ihrem Trieb hilflos gegenüberstand.
»Ich mag keinen Ort, an dem du nicht glücklich bist«, sagte er.
»Doch – du redest ja dauernd davon, wie schön New York ist«, erwiderte sie. Und sie begann zu schluchzen: »Aber ich finde es gräßlich. Es ist – es ist, als ob alle dicht zusammengedrängt auf dem Grunde eines Brunnens leben. Oben ist nur ein kleiner Streifen Himmel. Ich bin an den ganzen Himmel gewöhnt.«
Schweigend saß er und hielt sie an seiner Schulter. Es stimmte, daß er in diesen Monaten die Schönheit der Stadt immer mehr wahrgenommen hatte, und deshalb hatte er Ruths Haß bekämpft. Er wies sie fortwährend auf die Schönheit hin, die er sah, auf die aufstrebenden Linien der Gebäude, den Fluß, den glatten, geschmeidig flutenden Straßenverkehr, die Märkte und die vielsprachigen Menschen. Mit jedem Tag fühlte er jetzt in sich einen zitternden Ansturm wachsender Tatkraft. Er trat endlich aus sich selbst und aus der Begrenztheit, die sogar die Liebe hatte, hinaus.
Sie aber hatte ihn zuerst geführt. Bis zu dem Tage, an dem er Ruth gefunden, war er in sich selbst abgeschlossen gewesen. Sie hatte ihn befreit, sie hatte ihn gezwungen, sein Elternhaus zu verlassen und das Leben für sie und für sich

zu beginnen. Und nachdem er diese Flucht bewerkstelligt hatte, war er nun stark genug, sogar ihr wiederum zu entrinnen. Nicht daß er sie jemals verlassen oder sie nicht mehr lieben wollte. Das konnte er nicht. Aber er wußte, daß er eines Tages damit aufhören würde, nur sie zu malen; dann ging er hinaus und suchte sich abwechselnd Modelle unter den Millionen ringsherum. Jetzt wollte er Porträts malen, keine Landschaften. Das wurde ihm in diesem Augenblick zur Gewißheit, als er sie in den Armen hielt und ihr Schluchzen hörte.

»Sei still«, sagte er, »sei still ...«

Sie sprachen an diesem Abend nicht mehr miteinander. Sie gingen zu Bett, und sie schmiegte sich in seine Arme und gab sich ihm hin wie seit Monaten nicht, bis er von der Holdseligkeit und der Wildheit ihrer Leidenschaft ganz benommen war. Er antwortete darauf, verwundert und von Entzücken erfüllt. In ihr war überhaupt keine Kälte. Sie war für ihn ganz warm und weich und bereit. Da wußte er, daß er, was er auch aufgeben mußte, dieses Weib nicht aufgeben konnte.

Doch als der Sommer vorrückte, Tag um Tag, erschreckte ihn das, was er entdeckte, und ihre Hilflosigkeit vor ihrem eigenen Haß brachte ihn zum Schweigen. Denn sie gehörte zu jenen Geschöpfen, dies erkannte er allmählich, die ein Teil des Bodens sind, welcher sie zur Welt gebracht hat. Ihr Ich schrumpfte und welkte, wenn sie diesem Boden fern weilte, und keine Arbeit schien ihr wirklich wert, getan zu werden, und doch war Arbeit für ihre Gesundheit, ihren Körper und ihre Seele wesentlich. Er merkte zu seinem Entsetzen, daß sie in der Tat weniger schön war als früher, und er begann sich umzusehen und zu überlegen, ob er wohl New York verlassen könnte. Weshalb mußte er hier leben? Seine Begabung war stark genug, daß er überall zu arbeiten vermochte – wenigstens sollte sie das sein, wenn sie überhaupt etwas taugte.

Eines Tages im Juni betrat er die Galerie eines Kunsthändlers, der sechs Bilder von ihm zum Verkauf übernommen hatte. Seit einigen Wochen hatte er von dem Mann nichts gehört, und es wurde Zeit, fand er, daß er einmal nachforschte. Der Kunsthändler war nicht anwesend, aber das Mädchen am Pult in der Eingangshalle sagte, er könne ruhig hineingehen und seine Bilder betrachten. Eines sei an einen alten Herrn verkauft worden, der vor ungefähr einer Stunde gekommen wäre und vielleicht noch da sei. Wenigstens habe sie ihn nicht fortgehen sehen; allerdings habe sie inzwischen Mittagspause gemacht.

»Darf ich seinen Namen sehen?« bat William.

Sie blätterte in einem Eintragungsbuch und ließ den Finger eine Spalte hinuntergleiten.

»Hier«, sagte sie.

Er beugte sich über die Seite und las den Namen seines Vaters – Harold James

Barton. Er äußerte nichts, da er viel zu bewegt war, als daß er dieser gewöhnlichen, Gummi kauenden Angestellten enthüllt hätte, was der Name für ihn bedeutete. Er sah nach dem Titel des Bildes. Es gehörte, fand er, zu seinen weniger guten Arbeiten; es war kein Bild von Ruth, sondern eines, das er an einem Frühlingsmorgen rasch hingeworfen hatte, eine Wagenladung von Blumen, die ein italienischer Gärtner zum Verkauf in die Stadt fuhr. Für einen Dollar war der Mann bereit gewesen, sein Pferd zum Straßenrand zu lenken und mit verschränkten Beinen und losen Zügeln dazusitzen, während William arbeitete. Danach hatte er für Ruth einen Primeltopf erstanden. Das Bild war klein, aber er hatte darin Sonnenschein eingefangen, auch das schlaue und fröhliche Gesicht des alten Italieners.
»Sie meinen, er ist vielleicht immer noch in der Ausstellung?« fragte er und blickte auf den Namen seines Vaters nieder.
»Er bleibt meistens längere Zeit, wenn er kommt«, antwortete das Mädchen, indem es das Eintragungsbuch weglegte.
William zauderte. Wollte er seinen Vater sehen? Seit seiner Heirat hatte er weder ihn noch die Mutter wiedergesehen, auch hatte er von ihnen und von Louise nichts gehört. Eines Tages, das wußte er, mußte das Schweigen ein Ende finden. Es war lächerlich, daß ein Sohn wegen eines so schönen Geschöpfes wie Ruth von seinen Eltern getrennt sein sollte. Er mußte nur eine Begegnung herbeiführen, und dann wäre alles wieder gut. Dessen war er so sicher gewesen, daß er es von Monat zu Monat aufgeschoben hatte. Jetzt, entschied er, war die Zeit gekommen. Wenn er jetzt eine Begegnung zwischen Ruth und seinem Vater bewerkstelligen konnte, war der Vater in der Lage, die gute Nachricht der Mutter heimzubringen.
Von diesem Impuls getrieben, ging er schnell in die Galerie. Hier hielten sich an die zwanzig Menschen auf, und er mußte seinen Vater suchen. Aber er fand ihn ganz leicht. Barton saß auf einem kleinen geraden Stuhl, den er in die richtige Entfernung von der Wand gerückt hatte, an der Williams Bild hing. Ja, da saß er mit dem Rücken zur Tür; die behandschuhten Hände hielt er über dem Silberknauf seines Spazierstocks gefaltet, und sein weißes Haupt war erhoben.
William näherte sich ihm leise. »Hallo, Vater – guten Tag!«
Der alte Barton schrak zusammen und erhob sich halb, dann setzte er sich wieder, ehe er antwortete.
»Oh, da bist du ja«, sagte er.
»Ja, Vater«, erwiderte William freundlich.
Der Vater sah müde aus, fand er. Dann fiel ihm ein, daß er um diese Jahreszeit, bevor er nach Bar Harbor ging, gewöhnlich müde aussah.
»Geht es dir gut?« erkundigte er sich.
»Mir?« Der Vater machte ein erstauntes Gesicht. »Gewiß.«
»Und Mutter?«

»Es geht uns ungefähr wie immer«, sagte Barton milde. Er musterte seinen Sohn sorgsam. »Du scheinst bei guter Gesundheit zu sein«, bemerkte er.
William lächelte. »Es geht mir ausgezeichnet.«
»Hast du Louise gesehen?«
»Nein.«
Barton wies mit dem Kinn auf ein Bild. »Deine Frau?«
»Ja.«
William trat neben den Alten und stand dort, und beide betrachteten sie Ruths frisches, hübsches Gesicht. Er hatte sie in einem ihrer scheuen Augenblicke eingefangen. Das lag daran, daß sie ihm, obwohl es nur ein Kopf war, im Morgenlicht Akt gesessen hatte.
»Sie sieht sehr jung aus«, sagte Barton.
»Sie ist erst zwanzig.« Und dann fuhr William fort, weil er sich einbildete, daß die blassen Lippen seines Vaters weicher wurden: »Ich wünschte, du würdest mit mir heimkommen, Vater.«
»Heim?« Der Ausdruck des Vaters war unbestimmt.
»Ich meine, zu uns nach Hause.«
»Oh!« Der alte Barton begriff. »Nun ja, aber ich habe nicht viel Zeit.«
»Bitte, Vater! Es ist nicht weit. Mir liegt so viel daran.«
Es endete damit, daß sie in eine Droschke stiegen und zu Williams Wohnung fuhren. Da es auf den Mittag zuging, kochte Ruth gerade auf dem kleinen Gasherd das Essen. Beim Geräusch der Tür kam sie heraus, dann stand sie regungslos wie ein Kind vor einem Fremden.
»Ruth, das ist mein Vater.«
Er wunderte sich über ihre Verwandlung. Das Licht verschwand von ihrem Antlitz. Linkisch streckte sie die Hand aus.
»Freut mich, Sie kennenzulernen«, murmelte sie, und ihre Hand ruhte schwer in der zarten des Alten.
William beeilte sich, den Empfang zu verbessern. »Komm herein und setz dich. Magst du mit uns essen, Vater? Bestimmt hat Ruth etwas Gutes. Sie kocht ausgezeichnet.«
Er drängte sie hinein und übersah Ruths entsetzten Blick wegen der Einladung zum Essen. Sein Vater bemerkte ihn wohl, und hastig antwortete er darauf.
»Ich kann nicht bleiben, William. Mutter und Louise erwarten mich um ein Uhr im Restaurant Sherry. Ich glaube, Monty bringt jemand von Wall Street, der sich beteiligen soll. Eisenbahnen sind nicht mehr dasselbe wie früher, William.«
»Das tut mir leid«, gab William zurück.
»Diese Automobile sind schuld daran«, sagte Barton. Dann setzte er sich – er machte einen sehr kostbaren und zerbrechlichen Eindruck – und sprach freundlich mit Ruth.

»William muß einmal mit dir zu uns kommen, meine Liebe, wenn wir im Herbst wieder in der Stadt sind.«
Ruth konnte nicht antworten. Sie richtete die flehenden Augen auf William.
»Das würde dir Freude machen, nicht wahr, Herzchen?« sagte er, um sie zu ermutigen, und sie nickte.
Barton blieb nur ein paar Minuten. Eigentlich hatte es nicht viel bedeutet. Der Vater hatte in seiner höflichen Freundlichkeit nichts enthüllt, und Ruth hatte nichts geäußert außer ihrem matten »Auf Wiedersehn«.
»Warum hast du nichts gesagt?« fragte er sie, nachdem die Tür geschlossen war.
»Oh, William, ich konnte nicht!« Das Leben strömte in ihre blauen Augen zurück und färbte wieder ihre Wangen.
»Aber warum denn nicht, Gänschen?«
»Ich hab' noch nie so einen Menschen gesehn!«
»Er ist mein Vater, Ruth. Du hättest doch einen Versuch machen können.«
»Es ist mir gar nichts eingefallen, William. Ich hab's versucht, wirklich!«
»Nun, nun, du mußt nicht weinen. Was gibt's zu essen?«
»Hammelbraten.«
»Dann wollen wir anfangen.«
Sie hatten fast schweigend gegessen, und es hatte einige Tage gedauert, bis er den Vorfall vergessen konnte. Doch dann vergaß er ihn, weil er sah, wie sie in der plötzlich einsetzenden Hitze eines Junisonntags den Kopf hängen ließ. Sie saß am offenen Fenster und blickte nicht hinaus, und ihr blasses Antlitz rührte sein Herz.
»Liebes, wir brauchen etwas Zerstreuung. Ich werde dich nach Coney Island bringen.«
»Wo ist das?«
»Wo das Meer ist. Dort werden wir wenigstens frische Luft haben.«
Es war ihm äußerst zuwider, fortzugehen, weil er an jenem Vormittag außergewöhnlich gut arbeitete. Aber er legte seine Pinsel nieder, und sie gingen, obzwar es ihr nicht sehr guttat. Sie schrak vor den Menschen zurück.
»Gibt es keinen Ort, wo wir für uns sein können?« fragte sie ihn.
»Nicht an einem öffentlichen Strand«, antwortete er kurz.
Sie saßen dort den Nachmittag hindurch, fühlten in der Tat die kühle Brise, aber keinen Augenblick verlor Ruth die Gespanntheit des Bewußtseins, daß rings um sie Leute waren. Und er wurde mit einem Schlag vor die Wahl gestellt zwischen der Liebe und dem Haß auf das, was sie haßte.
Danach sah er die Stadt manchmal, wie Ruth sie sah – eine Stätte des Lärmes und widerstreitender Verwirrung. Dann war jedes Gesicht, das er erblickte, gräßlich. Diese Menschen kommen mir vor wie aus einem bösen Traum, dachte er, wenn er auf der Straße an ihnen vorbeiging oder wenn er in der Straßenbahn saß und die lange Reihe anstarrte. Doch gab es andere Tage, an

denen die gleichen Gesichter zu ihm sprachen, und dann waren sie nicht häßlich. Für Ruth waren es, ob häßlich oder nicht, die Gesichter ewiger Fremder.
Sie kehrten ohne Hast und ohne die Absicht, dort dauernd zu bleiben, auf den Bauernhof zurück. Ruths Mutter war erkrankt, und ihr Vater fragte sie an, ob sie kurze Zeit kommen könne, bis es der Mutter besser ginge. Es war Juli, und in der Stadt herrschte größere Hitze denn je.
»Kein Grund, warum wir nicht beide auf die Farm gehen sollten«, sagte William fröhlich. »Dort kann ich geradesogut malen«, fügte er hinzu.
»Oh, William, wirklich?« rief sie, und zum erstenmal seit vielen Tagen warf sie sich in seine Arme.
Sie hatte nicht geklagt, aber das war auch gar nicht nötig gewesen. Jeder Nerv seines Wesens war auf sie abgestimmt, und er wußte, daß sie ihr Leben, Augenblick um Augenblick, erduldet hatte.
Sie hatten in ihrer Wohnung alles genau so gelassen, wie es war. Keiner sprach von einer Rückkehr oder einer Nichtrückkehr. Sie gingen nur fort. Und als der Zug aus der Stadt hinausfuhr, war Ruth wie eine von Krankheit Genesende. William beobachtete sie, und er konnte an dem erneuten Glanz ihrer Augen, an ihrer alten nachdrücklichen Kopfbewegung erkennen, wann die Stadt hinter ihnen lag und sie wieder in den welligen Hügeln und Feldern waren. Sie begann zu reden, sie, die in New York nichts Erwähnenswertes oder Beachtenswertes gefunden hatte.
»Schau, William, schau nur, wie der Mais steht! Ich weiß nicht, ob ich ihn jemals so gesehn habe. Man muß ihn gut und früh gesät haben. Ich sage Papa immer, daß er ihn jedes Jahr zu spät sät. Oh, William, sieh doch die Enten! Hoffentlich haben sie daheim dies Jahr junge Enten, obwohl ich annehme, daß sie keine haben, wenn Mama krank ist. Jetzt ist es dazu vielleicht zu spät. Schau, William, die Scheune dort – grün! Wie kann man bloß eine Scheune grün statt rot anstreichen? Das müssen Stadtleute sein, sicher!«
Ihr braunes Haar kräuselte sich in der Hitze um ihr Gesicht, und ihre Wangen waren rosig. Sie umfaßte seine Hände mit krampfhaftem Griff, und er spürte, wie durch die Vereinigung Leben in ihn strömte. Sie war wieder lebendig, und sie machte ihn lebendig. Er fing ihren Duft ein, und es war Wohlgeruch. Er erinnerte sich an eine Geschichte, die er irgendwo gelesen, die Geschichte von der Geliebten eines chinesischen Kaisers, die der Kaiser aus keinem anderen Grund geliebt hatte, als weil von ihr, wenn sie sich erhitzte, ein Wohlgeruch ausging. Da er Ruth liebte, konnte er verstehen, daß ein Mann eine Frau aus keinem andern Grunde liebte, als weil sie wohlriechend war.
Nach der Ankunft auf der Farm lief sie überall umher mit Ausrufen der Freude und Erleichterung. Nichts war verändert. Nichts war in hundert Jahren verändert worden. Aber es war alles neu für sie, weil sie sich früher nie von hier entfernt hatte. Es war, als ob die blasse, kopfhängerische junge Frau, an deren Anblick er sich allmählich gewöhnt hatte, nie vorhanden gewesen wäre.

Hier war das Mädchen, in das er sich verliebt und das er in diesem alten Haus geheiratet hatte.

Nach wenigen Tagen war auch ihm zumute, als ob sie nie fort gewesen wären. Er stellte das mitgebrachte unvollendete Bild beiseite und begann ein neues, den westlichen Blick von der alten Esche, unter der er vor einem Jahr an einem Sommertag gesessen hatte. Damals war er außerstande gewesen, ein Motiv zu finden. Er wunderte sich selber darüber.

Warum habe ich nicht einfach gemalt, was vor meinen Augen lag? dachte er. Bei diesem Gedanken dünkte es ihn, als sei er hinter ein Geheimnis der Maler gekommen.

Den ganzen Sommer hindurch hatte er weiterhin die Miete für die Wohnung bezahlt, aber sie waren nicht zurückgekehrt. Nach langen Selbstbefragungen war er im Herbst auch nicht allein hingefahren. Er konnte nur arbeiten, wenn er bei ihr war. Er mußte bei ihr sein, um sie zu vergessen, wie der Mensch, wenn er gespeist und geschlafen hat, diese Notwendigkeit vergißt und freudig aus der gefundenen Kraft heraus darangeht, das zu tun, was ihm gefällt. Er stellte fest, daß er sie in diesem Hause leicht verlassen konnte. In New York hatte er sich immer unbehaglich gefühlt, wenn er von ihr fort war. Zuerst hatte er sie sogar veranlaßt, zu den Gesellschaften und Veranstaltungen, zu denen er eingeladen wurde, mitzukommen. Aber das war, ehe er ihren Haß auf Fremde erkannte. Er hatte mit ihr zusammen passende Kleider und Hüte für diese Anlässe gekauft.

»Jetzt mußt du dich wohl und sicher fühlen«, hatte er ihr befohlen. »Du kannst es. Du brauchst nur zu denken: Ich bin die hübscheste Frau hier. William sagt es.«

Aber es hatte nichts geholfen, weder Kleider noch Lob. Sie fühlte sich nicht wohl. Und nach einiger Zeit, als er ihr Elend sah, ihre geballten Hände und ihr hochrotes Gesicht, ließ er sie zu Hause und ging allein aus. Dabei fühlte er sich nicht wohl und sicher. Er ertappte sich dabei, daß er ungeduldig wurde, nicht nur weil er am glücklichsten war, wenn er bei ihr weilte, sondern weil er den Gedanken an ihr Alleinsein in der gemeinsamen Wohnung nicht zu ertragen vermochte.

Hier im Bauernhaus aber war sie nie allein. Ohne irgendwelche Eifersucht erkannte er, daß sie nicht mehr von ihm abhängig war. Die Hühner, denen sie Futter streute, die Kühe, die sie melkte, die Arbeit, die sie verrichtete und liebte, all dies bedeutete für sie Gesellschaft. Er hätte vielleicht eifersüchtig sein können, wenn sie ihm nicht ihre Liebe mit solcher Glut und nie nachlassender Spannung geschenkt hätte, daß er sich wenigstens in der Liebe unentbehrlich fühlte. Die Freude floß jetzt in ihr über, und sie ließ diese Überfülle in der Liebe zu ihm verströmen. Trotz allem, was sie zu tun hatte, trotz der unaufhörlichen Pflege der kranken Mutter und der Haushaltsführung war sie nie zu müde für ihn.

Infolge dieser unbedingten körperlichen Befriedigung konnte er sie leicht verlassen, meinte er, und so gab er eines Tages im Frühherbst dem Impuls eines Augenblicks nach, der ihn bestimmte, seine Eltern zu besuchen.
»Hast du etwas dagegen, wenn ich meine Eltern besuche?«
Er war in die Küche gegangen, wo sie Brot buk, und hatte die Frage brüsk gestellt. Sie antwortete ihm mit vollständiger Ehrlichkeit, dessen war er sicher.
»Aber nein, William, ich glaube nicht.«
Sie hielt inne, ließ die Hände in dem Mehlteig ruhen und überlegte.
»Wenn du etwas dagegen hast, gehe ich nicht.«
»Ich wüßte nicht, was ich dagegen haben sollte — es ist doch klar, daß du manchmal hingehn mußt, und heute ist wirklich ein schöner Tag. Bist du zum Nachtessen wieder hier?«
»Ja — das heißt, vielleicht möchten sie mich zum Souper dabehalten.«
»Souper?« Einen Augenblick lang wurde sie von der alten Verwirrung ergriffen. Dann lachte sie. »Ach, ich vergaß — ihr nennt es ja so. Nun, auf jeden Fall bist du wohl morgen abend wieder daheim? Ich glaube, es wird mir doch ein bißchen unangenehm sein, allein zu schlafen — nie waren wir nachts getrennt.«
»Mir wird es ebenso ergehen.«
Er bückte sich, um ihren feuchten Hals zu küssen, und er nahm wieder ihren besonderen rosenartigen Duft wahr.
»Ich würde meinen, du ernährst dich von Rosenblättern, wenn ich nicht sicher wäre, daß du kräftigere Nahrung brauchst«, sagte er.
Sie lächelte nur, wie immer, wenn er etwas Hübsches sagte. Sie knetete erneut den Teig, und der feste Griff ihrer runden Fäuste schlug Leben in den Teig. So verließ er sie.
Er hatte einen Bummelzug erwischt, und er schlenderte in sein Elternhaus, als ob er nie fortgewesen wäre. Der alte Diener ließ ihn ein.
»Herr William!«
»Guten Tag. Ist jemand zu Hause?«
»Die Herrschaften sind in die Akademie gegangen, aber sie müssen jeden Augenblick zurückkommen. Der Tee steht in der Bibliothek bereit.«
»Dann will ich dort warten.«
Aber er tat es nicht. Unterwegs bog er in den Gang ein, der zu der Gemäldegalerie seines Vaters führte, und schritt von Bild zu Bild. Hier hingen, wie er wußte, zweihundert Bilder, nie mehr, nie weniger. Wenn sein Vater ein Bild fand, das schöner war als alle, die er besaß, so nahm er eins von diesen Wänden herunter und hängte es in dem Kunstmuseum auf, das er für die Stadt errichtet hatte. Nach seinem Tode sollten alle Bilder in das Museum kommen. Das hatte er jedermann gegenüber klargestellt, mit der Bemerkung, daß es wegen seiner Bilder keine Geschichten geben solle.
William ging langsam an den Wänden entlang und betrachtete ein vertrautes

Gemälde nach dem andern. Es war kein neues da. Er fragte sich, ob vielleicht sein Bild, das der Vater gekauft hatte, hier hing. Gleichzeitig gestand er sich aber die Torheit seiner Frage ein. Als kein Zweifel mehr darüber bestand, daß es nicht hier war, fühlte er sich kaum enttäuscht, weil er nichts anderes erwartet hatte. Doch weil es nicht da war, empfand er, zwar unvernünftigerweise, eine törichte Verletztheit, und er faßte den Entschluß, daß eines Tages ein Bild von ihm in dieser Gesellschaft hängen sollte.
Gefestigt durch die Härte, die sein verletzter Stolz ihm vermittelte, verließ er die Galerie und betrat hocherhobenen Hauptes die Bibliothek, wo er seine Eltern antraf, die auf ihn warteten.
»Da bist du ja, William«, sagte die Mutter.
Sie streckte die Hand aus und hielt ihm die Wange zum Kuß hin. Er bückte sich und küßte sie, und er nahm den trockenen, pudrigen Duft wahr, an den er sich von seiner Kindheit her erinnerte.
»Wie geht es dir, Mutter?«
»Sehr gut, danke mein Lieber. Nach Bar Harbor geht es uns immer gut. Das macht die Luft dort.« Sie erkundigte sich nicht nach seinem Ergehen.
»Nun, William«, sagte der Vater. Er hielt seine Teetasse, rührte darin herum und reichte seinem Sohn nicht die Hand.
»Du siehst besser aus als bei unserer letzten Begegnung, Vater.«
»Es geht mir sehr gut, danke.«
William setzte sich, nahm von der Mutter seine Tasse entgegen, bediente sich mit dünnen Hühnerbrötchen und entdeckte, daß er seinen Eltern nichts zu sagen hatte. Sie waren entschlossen, das sah er, ihm keinerlei Fragen zu stellen. Nun gut, dann wollte er eben nichts erzählen.
Dann begann er sich widerwillig zu besänftigen. Schließlich war dies ihr Haus. Und es fing an, ihn mit seiner milden, sorgfältigen Schönheit zu beeinflussen. Er war sich nicht darüber klar gewesen, wie sehr er diese Art von Schönheit vermißt hatte, die sorgsam gepflegten alten Bücher, das Feuer, das unter einem geschnitzten Kaminsims brannte, und den großen Corot darüber als Grundton des Raumes. Das tiefe Moosgrün des Bildes wiederholte sich im Teppich und in den Tapeten. Er gewahrte in einem Winkel einen rötlichen Schimmer gegen eine dunkle Wandtäfelung und sah, daß es sein eigenes kleines Bild war.
»Dort hast du es also aufgehängt«, sagte er impulsiv.
Die Augen der Eltern richteten sich darauf.
»Ein ganz reizendes Ding«, bemerkte die Mutter.
»Finde ich auch«, stimmte der Vater zu.
Zum erstenmal hatte der Vater ein Bild von ihm irgendwo im Hause aufgehängt, und gegen seinen Willen freute sich William.
»Ich bin froh, daß du es gut genug findest, um es hier aufzuhängen«, sagte er.
»Wir fanden, daß die Ecke ein bißchen Aufhellung brauchte«, gab seine Mutter zurück.

Er hatte das Gefühl, daß sein Schweigen unzart wirken würde, und er fuhr deshalb fort zu reden. »Wie geht es Louise?«
»Ganz gut«, antwortete die Mutter. »Das heißt, so gut es bei ihrem Zustand möglich ist.«
»Oh, ist sie ...« Er zögerte.
»Ja, im April. Ich finde es schade, daß sie nicht noch etwas gewartet hat. Mir kommt es immer geschmackvoller vor, ein paar Jahre zu warten.«
Die Mutter zog die Brauen in die Höhe und schob den Gesprächsgegenstand beiseite. Der Vater sprach zartfühlend ein Weilchen nichts. Er kostete seinen Tee und goß heißes Wasser zu.
Dann sagte er: »Elise hat diesen Sommer in Bar Harbor geheiratet.«
»Wirklich?« fragte William überflüssigerweise.
»Bist du zur Hochzeit nicht eingeladen worden?« forschte die Mutter.
»Nein.«
»Das finde ich sonderbar«, sagte sie. Ihre Stimme erhob sich ein wenig zur Schärfe hin. »Alle Welt war eingeladen.«
»Es war eine schöne Hochzeit«, berichtete der Vater.
»Zu viele Menschen.« Die Lippen der Mutter waren fest.
»Nun, sie kennt eine Menge«, meinte der Vater milde.
Was für einen Mann hatte Elise geheiratet? William ließ die Frage unausgesprochen. Wozu sollte er sich erkundigen, wenn es ihm doch gleichgültig war? Dann begann sein Vater genau so zu reden, als ob William die Frage geäußert hätte.
»Sie hat einen sehr schönen Mann geheiratet – sieht ziemlich eindrucksvoll aus, nicht wahr, Henriette?«
»Sehr schön«, stimmte Frau Barton zu.
»Ich nehme an, daß Elise in England leben wird?« William fragte ohne alle Neugier, aber er mußte Anteilnahme zeigen.
»Ja«, antwortete die Mutter, »aber sie bleiben noch einen Monat hier. Sie möchte, daß er ihre Heimat noch etwas kennenlernt, ehe sie abreisen.«
Das klang so ganz nach Elise, daß er ihre Stimme es sagen hörte. Sie liebte ihre Heimat, und es nahm ihn wunder, ob sie in der Ferne glücklich sein würde. Aber er drückte auch sein Bedenken nicht in Worten aus.
Nachdem er gegangen war, hatte er das Gefühl, daß die Gespräche mit seinen Eltern größtenteils aus dem bestanden, was nicht geäußert worden war. Beim Abschied sagte seine Mutter mit einem gewissen geschäftsmäßigen Ton: »Übrigens, William, vielleicht sollten wir deine Adresse wissen – das heißt, falls du nicht gleich wieder nach New York ziehst.«
»Ich weiß nicht, wann wir wieder hinziehen«, erwiderte er. »Ruth ist nicht gern dort. Darum schreib vorläufig nur nach Hasser's Corners, Farm Harnsbarger.«
Ihr Gesicht wurde unergründlicher denn je, wie stets, wenn er Ruth erwähnte.

Aber ihre Stimme war freundlich.
»Sehr gut, mein lieber Junge.«
Sie streckte ihm die Hand hin, und der Vater begleitete ihn bis zur Tür der Bibliothek. William öffnete sich die Haustür selber.
Es war Elise, die ihn letztlich bestimmte, auf der Farm zu bleiben. Am Tage nach seinem Besuch im Elternhaus ging er auf den Hang hinaus, um zu malen, und er ertappte sich dabei, daß die Landschaft rings um den Hof ihn verwirrte wie damals, als er sie zum erstenmal sah. Er war außerstande, ihre unendlich reichhaltigen Einzelheiten abzusondern. Die welligen Falten eines Hügels nach dem andern, das wohlgenährte Vieh, die großen Scheunen, die fülligen festen Häuser, die dichtgefleckten Wälder und die saftigen Felder wurden eintönig in ihrem Überfluß an Farben und Fruchtbarkeit. Er dachte daran, Ruth abermals in ihrem Hause zu malen.
»Schließlich hat Millet immer wieder die gleichen Bauern gemalt«, murmelte er vor sich hin.
Aber Millets Bauern waren Streiter, und sie kämpften um die Erde, die sie liebten, sie kämpften mit ihr und entrangen ihrem widerstrebenden Griff das Brot. Hier gab es keinen Kampf. Diese Erde war so reich, daß sie sich sogleich ergab. Und der Mensch bekämpfte sie nicht mit nackten Händen und einer Hacke. Er fuhr hoch über ihr dahin, zermalmte sie zu Staub unter den aufreißenden Zähnen einer Maschine, und die Erde unterwarf sich. Kein Zeichen eines Kampfes gewahrte William in den glatten fetten Gesichtern, die er erblickte, wenn er durchs Dorf schlenderte. Sogar Harnsbargers rundes Antlitz war seinerzeit wenig gekennzeichnet außer durch Jahre des Überflusses. William hatte den Gedanken erwogen, dieses alte Gesicht mit seinem Kranz weißer Haare zu malen, und es dann aufgegeben. Wer möchte nichts in einem Gesicht sehen außer zuviel Rührei und Pastete? dachte er.
Er klappte seinen Malkasten zu, schob die Staffelei zusammen und verbrachte den Vormittag im Wald, wo er in die bunten Bäume starrte. Mittags fand er einen Brief in dem Straßenbriefkasten am unteren Ende des Weges. Er war von seinem Vater. Die Schrift wurde alt, und sie zitterte auf dem Papier.

»Lieber William,

Elise und ihr Mann verbringen vor ihrer Abreise das Wochenende bei uns. Es ist uns eingefallen, daß es Dich vielleicht freuen würde, sie zu sehen. Magst Du zum Wochenende zu uns kommen, mein lieber Junge? Es wäre uns ein Vergnügen. Mutter läßt Dich sehr grüßen.

Herzlichst
Dein Vater.«

Sie wollten, daß er Elise sähe — das war sein erster Gedanke, und seine Mutter war so schlau gewesen, ihm nicht zu schreiben. Sie hatte dem Vater aufge-

tragen, diesen Brief zu verfassen, einen sehr freundlichen Brief, in dem Ruth jedoch nicht erwähnt wurde.
William stand auf der Straße und betrachtete die zittrige Schrift. Ja, auf ihre Weise vermißten sie ihn. Auf ihre Weise waren sie auch scheu. Sie befürchteten neue Umstände. Der Vater hatte zweifellos der Mutter erzählt, daß er Ruth kennengelernt hatte, und wie stumm sie gewesen war.
»Es war, als säße man mit einem Dienstmädchen zusammen.« Er hörte seinen Vater das sagen. Warum? Weil er, das wurde ihm jetzt mit jäher Qual klar, gegen seinen Willen und seine Absicht gerade selber so gedacht hatte. Doch er konnte seine Eltern recht gut verstehen. Nicht daß sie snobistisch waren. Sie fühlten sich ganz einfach unbehaglich, wenn Menschen ihrer Meinung nach fehl am Platze waren. Sie ließen sich selber leicht niederdrücken. Sein Vater war Ruth gegenüber ebenso verlegen gewesen wie sie.
Er machte scharf kehrt und schritt den besonnten Pfad entlang, wobei er den Brief in der Hand schwenkte.
»Ruth!« schrie er.
Sie befand sich hinter dem Haus, wo sie die schneeweißen Bettücher auf eine Leine hängte; der Wind blähte die Wäsche, und sie kämpfte mit den Klammern, die Arme hoch über den Kopf erhoben.
»Was für ein Bild gäbe das jetzt!« rief er gegen den Wind.
»Hör einmal auf, an Bilder zu denken, und hilf mir!« rief sie zurück.
Aber dazu taugte er nicht. Seine Hände, die mit dem Pinsel so gewandt und behende umgingen, waren täppisch mit den Wäscheklammern und schraken vor dem feuchten Leinen zurück.
»Na schön«, sagte sie gutmütig, »geh nur.«
Da sah er den Brief über den Rasen flattern. Der Wind hatte ihn aus seiner Tasche gerissen. »So etwas!« Er lief hinterher, fing den Brief und brachte ihn ihr. »Ruth, sag mir, was ich tun soll.«
Er las ihr den Brief vor und bemerkte, wie sie die Stirn runzelte. Sie blickte ihn unverwandt an.
»Was mußt du denn tun?« fragte sie.
»Ich möchte nur das tun, was du wünschst«, antwortete er.
Sie dachte abermals über den Brief nach. »Wer ist diese . . .« Sie zögerte.
»Elise? Ach, eine alte Freundin von mir.«
»Eine nahe Freundin?«
»Nicht sehr.«
»Möchtest du sie gern wiedersehn?«
»Nicht unbedingt.«
»Warum fragst du mich dann?«
»Es sind halt meine Eltern. Sie würden sich freuen, wenn ich käme.«
Die Sonne fiel unbarmherzig auf ihre glatte rosige und helle Haut, aber da war kein Fältchen. Das klare Blau und Weiß ihrer Augen war ebenso fehler-

los. Er konnte jede einzelne ihrer dunklen gebogenen Wimpern in den zarten Lidern wurzeln sehen und darüber die weiche Bürste ihrer vollen Brauen. Ihre Lippen teilten sich, und das Sonnenlicht glänzte auf ihren weißen Zähnen. Sie atmete Gesundheit, wie sie da vor ihm stand, und über ihrer ganzen Schönheit lag etwas Heilsames.
Ihre Lider senkten sich. Sie bückte sich nach einem anderen nassen Leintuch.
»Ich habe doch nicht zu bestimmen, was du mit ihnen machen sollst.«
»Du mußt dich aber äußern, wenn es dich und mich angeht.«
»Es bedeutet wohl keinen Unterschied, was dich und mich angeht, ganz gleich, was du tust. Hier, halt das mal mit mir zusammen, wir wollen es auswringen, damit es trockener wird.«
Er ergriff das eine Ende des schweren Lakens und hielt es fest, während sie ein paar Wassertropfen auswrang.
»Wenn du es wirklich so empfindest, mein Herz, dann will ich gehen«, sagte er.
»Ich sage nicht etwas und meine was anderes«, erwiderte sie.
Sprach sie kurz angebunden, oder bildete er sich das bloß ein?
»Ich weiß, mein Geliebtes«, sagte er.
Sie war unzugänglich, während sie das flatternde nasse Leintuch aufhängte, deshalb beugte er sich vor, küßte sie auf den Scheitel und ging dann weg.

War es gut, im Hause seiner Kindheit zu schlafen? Er prüfte sich, indem er jede alte Gewohnheit bedachte. Gefiel ihm das besser, als er selber wußte? Er beobachtete sich, indem er seine Gemütsbewegungen überwachte und seine Freude abmaß. Es war mehr als die körperliche Freude an seinen alten Zimmern, seinen Büchern, den Möbeln und den Gebrauchsgegenständen, die seine Hand gewohnheitsmäßig benutzte. Es lag etwas in der Atmosphäre des ganzen Hauses. Die Menschen, die darin gelebt hatten, seine Großeltern und seine Eltern, ja, auch Louise und er selbst, und all ihre Freunde, hatten ihren Widerhall hier hinterlassen, ihre Formen, die Gewohnheiten ihres Denkens und Seins, genau wie der Bauernhof von Ruths Vorfahren erfüllt war.
Mit bewußtem Vergnügen genoß er die Atmosphäre seines eigenen Stammes, wobei er sich fragte, ob er damit Ruth untreu wäre. Aber in dieser Stimmung vorübergehender Loslösung wollte er feststellen, ob er ihr untreu sein könnte. Wenn das möglich war, so hatte es ebenfalls seine Bedeutung. Er war zu sehr Weltmann, um die Tiefe seiner Liebe zu Ruth nicht abzuwägen.
Darum gab er sich mit ganzem Herzen diesem Hause hin. Da weder sein Vater noch seine Mutter Ruth erwähnte, tat er es auch nicht. Es war genau, als wäre er auf Reisen gewesen und nun wieder heimgekehrt, nur daß er nicht gefragt wurde, wo er sich aufgehalten und was er gesehen habe. Er ging im Hause herum, nahm alles frisch wahr, spielte Klavier, betrachtete die Gemälde, besprach mit der Mutter den Platz für einen neuen Rosengarten, der im Frühling angelegt werden sollte. Sein Vater war aufgeregt, weil die Möglichkeit

bestand, daß in Italien ein Tizian verkauft wurde, und er sandte alle paar Stunden eine Depesche an seinen Kunsthändler in Rom. Es war alles genau so, wie es immer zu sein pflegte.
»Ich will Louise anrufen, ob sie und Monty Sonntag kommen können«, sagte die Mutter. »Es wird eine richtige Familiengesellschaft werden.«
»Das wäre nett«, antwortete William ruhig. Nun gut, er wollte sehen, wie ihm seine Familie jetzt erschien, nachdem er mit Ruth gelebt hatte.
Nachmittags begab er sich zum Bahnhof, um Elise und ihren Mann abzuholen, immer noch wägend, immer noch überlegend. Ob ihn wohl Reue ergreifen würde, wenn er Elise mit einem andern Mann aus dem Zug steigen sah? Der Vater hatte ihnen seinen eigenen Eisenbahnwagen nach New York geschickt, und William ging zum Ende des Bahnsteigs, wo der Wagen, wie er wußte, halten würde. Als Kind hatte er den Eisenbahnwagen gut gekannt. Im Winter hatte er die Familie nach Florida und wieder zurück gebracht, und einmal war William darin von Grotom heimgefahren worden, mit einer schlimmen Influenza, damit der Arzt seiner Mutter ihn pflegen konnte. Sie vertraute keinem andern. Nun, er war nicht gestorben, und so hatte sich ihr Urteilsspruch gerechtfertigt, obwohl der Schularzt es töricht gefunden hatte.
William stand wartend da, als der Zug auf ihn zuraste, geradewegs auf ihn zu, und dann an ihm vorbeidonnerte. Der schwere Privatwagen hielt fast vor ihm, im nächsten Augenblick wurde die Tür geöffnet, und der alte Negerdienstmann, der von jeher den Wagen bedient hatte, ließ die Treppe herunter. Gleich darauf kam Elise heraus; sie sah schöner aus denn je, das fiel ihm sofort auf. Sie war von Kopf bis Fuß in dunklen Pelz gehüllt, und an ihrem Kragen steckte eine rote Kamelie. Ihr blasses Gesicht mit den dunkelroten Lippen war kühl und angenehm, bis sie ihn erblickte. Da verschwand der kühle Ausdruck. Ihre dunklen Augen lachten, und sie rief: »William, wie unbeschreiblich herrlich! Das habe ich mir ja gar nicht träumen lassen – Ronnie, das ist William!«
Ein großer dünner Engländer mit gegürteltem Mantel tauchte hinter ihr auf, streckte eine lange magere Hand aus und begrüßte William mit einem so kräftigen Händedruck, daß es weh tat.
»Guten Tag«, murmelte er unter seinem kurzen blonden Schnurrbart hervor. Er sah genauso wie viele andere Engländer aus, die William an verschiedenen Orten der Welt zu Gesicht bekommen hatte, daß er nicht recht begreifen konnte, warum Elise gerade ihn unter allen auserkoren hatte. Aber dafür mußte es wohl einen Grund geben.
»Guten Tag«, grüßte William und zog die Hand zurück.
Er fragte sich unwillkürlich, ob Ronnie Elises Freude übelnahm. Denn als sie den Bahnsteig entlanggingen, machte sie keinen Hehl aus ihrer Freude. Sie war freimütiger als früher, als ob sie sich jetzt als verheiratete Frau keinen Zwang mehr aufzuerlegen brauchte.

»William, wenn man mich gefragt hätte, was ich mir am meisten wünsche, so hätte ich geantwortet: dich wiederzusehen!«

Er lächelte; er wußte nicht recht, wie er sich dazu verhalten sollte, und es nahm ihn wunder, ob er wohl, wenn Ronnies scharfes Profil nicht auf der anderen Seite dieses glühenden Gesichts gewesen wäre, eine passende Antwort gefunden hätte. Aber es fiel ihm leicht, Ronnie zu vergessen. Die große schlendernde Gestalt, deren Hände dauernd in den Taschen steckten, ragte liebenswürdig schweigend nur undeutlich im Hintergrund hervor, lachte unvermittelt, wenn ein Scherz gemacht wurde, beantwortete eine Frage mit der größtmöglichen Wortkargheit und äußerte nie etwas aus freien Stücken. Der Umgang mit Elise war viel leichter als früher. Sie fühlten sich frei in der Gesellschaft des andern, wohingegen sie früher beide nicht frei gewesen waren. William hätte nicht gedacht, daß sie so fröhlich sein könnte. Sie war mit ihm nie fröhlich gewesen, sondern immer von etwas belastet, das er nicht verstehen wollte. Jetzt aber tanzte sie mit ihm, sang zu seinem Klavierspiel mit einer weichen tiefen Altstimme, nahm seinen Arm, um mit ihm durchs Haus zu bummeln, setzte sich im Auto neben ihn, und eines Abends schmiegte sie zu seiner zitternden Erregung ihre Hand unter dem Pelzmantel in die seine. Er hielt sie sekundenlang ganz fest und ließ sie dann los, als er gerade hinter Elise Ronnies Schatten in der Dunkelheit wahrnahm. Doch war ihm in dieser Sekunde Zeit geblieben, über die schmale Hand zu staunen, die wie ein Häufchen Blütenblätter zerquetscht werden konnte. Diese Hand hielt er, aber Ruths kräftige, feste Hand hielt die seine ebenso fest wie er die ihre.

Am Sonntag, als Louise und Monty kamen, war die Gesellschaft vollzählig, das heißt, beinahe. Denn sie waren sieben bei Tisch, eine dumme Zahl, sagte die Mutter, aber sie müßten sich darein schicken. William saß zwischen Elise und Monty, und da er sich aus seinem Schwager nicht viel machte, widmete er sich zwanglos Elise. Niemand erwähnte Ruth. Er wartete darauf, daß Louise sich unter vier Augen nach ihr erkundigen würde, und er schuf immer wieder eine Gelegenheit, aber Louise machte von keiner einzigen Gebrauch. Er merkte schließlich, daß sie entschlossen war, nicht von Ruth zu sprechen. Vielleicht hatte die Mutter es ihr befohlen.

Am Sonntagabend wurde das Gefühl in ihm wach, daß jemand von Ruth reden müßte. Wenn niemand es tat, dann wollte er eben von ihr erzählen. Wenn er von ihr sprechen konnte, bewies er seine Treue zu ihr.

Aber als ob die andern die Möglichkeit spürten, daß ihr Name vor ihnen genannt werden könnte, begannen sie eine eifrige Unterhaltung, die seine Mutter vom Zaune brach, indem sie von einem Erlebnis berichtete, das sie vor vielen Jahren in England gehabt hatte. William hörte sie lachen.

»Ich bin ganz und gar nicht abergläubisch«, sagte sie, »aber ich war einmal in Fairfax – in dem Jahr, als ich bei Hofe vorgestellt werden sollte. Kennen Sie Fairfax, Ronnie?«

»Ziemlich gut«, antwortete Ronnie, die Pfeife aus dem Munde nehmend. Er sah unbestimmt begeistert aus, als ob er etwas äußern wollte; dann steckte er die Pfeife wieder in den Mund und sagte nichts.

»Ich stieg die große Treppe zu meinem Zimmer hinauf, um zu Bett zu gehen«, fuhr Frau Barton fort. »Ich erinnere mich, daß es recht spät war – wir hatten getanzt. Gerade als ich oben war, hörte ich ein Kleiderrascheln, keine Seide, und da waren zwei Nonnen. Ich war ganz erstaunt. Aber ich verneigte mich, und sie gingen lächelnd vorbei. Am nächsten Morgen fragte ich den alten Grafen: ›Wer sind die reizenden Nonnen?‹

›Nonnen?‹ sagte er, ohne im mindesten überrascht zu sein. ›Haben Sie sie gesehen?‹

›Ja, zwei‹, sagte ich zu ihm.

›Oh‹, sagte er, ›sie lebten hier vor neunhundert Jahren. Fairfax war damals ein Nonnenkloster.‹«

Ronnie nahm wieder die Pfeife aus dem Mund. »Es gibt in Fairfax ein Fenster, und niemand kann das dazugehörige Zimmer finden.«

»Wie meinst du das, Ronnie?« fragte Elise. Ihr belustigter Blick suchte Williams Augen.

»War dort einmal auf einer Gesellschaft«, antwortete Ronnie, der seine Pfeife sorgsam im Gleichgewicht hielt. »Wir gingen in jedes Zimmer des Schlosses und hängten aus allen Fenstern Handtücher. Dann gingen wir hinaus, und wahrhaftig, da war ein Fenster, aus dem kein Handtuch hing. Man sagte mir, viele Leute hätten das schon versucht, und es wäre immer das gleiche gewesen.«

Monty riß seine schläfrigen, langbewimperten Augen auf und schaute seine Frau an. »Ist das nicht der Ort, wo bei Tagesgrauen im Ballsaal Glocken läuten sollen?«

»Ja, ich habe sie selber gehört«, antwortete Louise. »Der Ballsaal war früher die Kapelle.«

»Ach, an alldem ist gar nichts Seltsames«, ließ sich der alte Barton vernehmen. »Die Menschen leben dort weiter, wo sie hingehören.«

»Wir wollen tanzen«, sagte Elise unvermittelt.

Und ein paar Sekunden später tanzte William mit ihr.

»Es nimmt mich wunder, ob ich mich getraue, in England zu leben«, sagte sie zu ihm. »Werde ich wohl auch an Gespenster glauben?«

»Ich kann es mir nicht gut vorstellen«, antwortete er und lächelte zu ihr nieder.

Und dann war sie diejenige von allen Menschen in diesem Hause, die mit ihm über Ruth sprach.

»Bist du richtig glücklich, William?«

»Meinst du – jetzt?«

»Nein, natürlich nicht. Ich meine mit deiner Frau. Heißt sie nicht Ruth?«

»Ja. Und ich bin glücklich.«
»Ganz richtig?«
»Vollkommen.«
»Würde ich sie gern haben?«
»Ich kann mir niemanden vorstellen, der sie nicht gern hätte.«
»Ob ich sie wohl mal kennenlernen werde?«
»Ich weiß nicht – das hängt von dir ab.«
»Jetzt nicht gerade, William. Vielleicht wenn ich nächstes Jahr zurückkomme. Ich komme nämlich jedes Jahr heim. Das hat Ronnie mir versprochen.«
»Aber England wird nun deine Heimat werden.«
»Woher weißt du das?«
»Weil ich – in gewissem Sinne – auch sehr weit entfernt lebe, obwohl es nur ein paar Kilometer sind.«
»Ist es ganz anders als hier?«
»Ja.«
»Aber es ist ein Heim?«
»Wo Ruth ist, da habe ich ein Heim.«
Sie seufzte daraufhin, und bald hielt sie im Tanz inne und erklärte, sie sei müde.
Sie streckte ihm die Hand hin. »Wann gehst du fort, William?«
Bis zu diesem Augenblick hatte er es nicht gewußt. Jetzt aber wußte er, daß hier alles für ihn zu Ende war, dieses Haus, diese Gesellschaft, dieses Leben.
»Morgen, gleich nach dem Frühstück.«
Sie blickten ihn alle an, als er das sagte, aber niemand sprach außer Elise.
»So leb denn wohl, William.«
»Leb wohl«, gab er zurück.
Er ging sehr bald danach hinauf. Niemand sonst nahm von ihm Abschied, und doch wußte er – und sie wußten es alle –, daß er sie nicht wiedersehen würde, nicht auf diese Weise.
Als er sich dann in dem Zimmer umsah, das in der Kindheit seine Zufluchtsstätte gewesen war, beschloß er plötzlich, unter diesem Dach nicht mehr zu schlafen, nein, nicht einmal heute nacht. Er zog sich um, und als das Haus still war, ging er hinunter, öffnete eine Nebentür zum Garten und kletterte über eine niedrige Mauer, worauf er sich in der ruhigen Seitenstraße westlich des Hauses befand. Einige Straßen weiter bekam er noch eine späte Straßenbahn, die ihn zum Bahnhof brachte. Er wartete eine Stunde und nahm dann einen Milchzug, der ihn an einem Ort absetzte, von dem aus er bis zur Farm nicht mehr weit zu gehen hatte.
Das Bauernhaus wurde nachts nie abgeschlossen. »Ich hab' in meinem Hause noch nie einen Schlüssel herumgedreht«, brüstete sich der alte Harnsbarger oftmals. »Nur Stadtleute schließen ab.« So waren die Türen offen, und William brauchte nur einzutreten. Aber er hielt einen Augenblick inne, ehe er

hineinging. Noch nie war die Nacht auf dem Lande so zauberhaft gewesen. Es wehte kein Wind, und jeder Baum, jeder Strauch stand still und hatte seine Form, und das Mondlicht floß hernieder, weiß und klar, so klar, daß er alle Dinge in der ruhigen, hellen Nacht wachsen fühlte. Dies war sein, diese Täler und Hügel, die Wälder und der Fluß und der kleine See am Fuße des Hügels, und hinter ihm war Ruths Heim, war Ruth.
Er öffnete die Tür und trat ein, und das Haus empfing ihn mit seinem vertrauten Geruch nach altem Holz, Kalktünche und Küchengewürzen. Er stieg die gewundene Treppe hinauf; Mondscheinflecke auf den Stufen leuchteten ihm den Weg. Dann drückte er auf die Eisenklinke der Schlafzimmertür und ging hinein. Vielleicht war Ruth wach und wartete auf ihn. Auf den Zehenspitzen bewegte er sich zu ihrem Bett und blickte auf sie hinab. Sie schlief; ihre beiden langen braunen Zöpfe lagen auf dem Kissen. Über der Rüsche ihres hochgeschlossenen Nachthemdes war ihr Gesicht lieblich wie das eines Kindes in seiner Ruhe. Aber es war kein Kindergesicht, es war Ruths Antlitz mit den roten, vollen und festen Lippen und der klugen, breiten Frauenstirn.
»Oh, meine Schöne«, flüsterte er.
Und jedes andere Gesicht auf der Welt, Elises Gesicht, verblaßte und verließ ihn. Dies war sein Weib.
Er entkleidete sich, legte sich in sein Bett neben ihr und schmiegte sich an sie. Sie erwachte, nicht um zu sprechen, nicht um wegen seiner Rückkehr in Ausrufe auszubrechen, sondern nur um ihn mit den Armen zu umschlingen, ihn zu empfangen und ihn sich wieder zu eigen zu machen.
Als er am Morgen aufwachte, wußte er, daß hier bei ihr sein Heim war, nur hier.

Er hatte Ruths Mutter vor ihrem Tode wochenlang nicht gesehen. Ruth wollte ihn nicht in ihr Zimmer lassen. »Es ist nicht gut für sie, jetzt Besuch zu bekommen«, erklärte Ruth kurz.
Aber eines Nachmittags, als er vom Fluß nach einem Maltag heimkehrte, ersah er aus ihrem ernsten, ruhigen Antlitz, daß der Tod ins Haus kam. Er fragte sich, ob er Ruth wohl helfen könnte, den Kummer zu tragen, und doch nahm es ihn wunder, ob es überhaupt Kummer war, so ruhig klang ihre Stimme, als sie sprach. Er brachte an diesem Abend die Rede auf den Tod, als sie sich zum Schlafen niedergelegt hatten, um zu erfahren, wie schwer sein Gewicht auf ihr lastete.
»Glaubst du, daß deine Mutter sterben wird, Liebste?«
»Ich weiß es – jeden Tag, jede Stunde kann es geschehen. Der Arzt hat es mir vorige Woche mitgeteilt.«
»Geliebtes, warum hast du mir das nicht gesagt?«
Er wartete, daß ihre Stimme ihm in der Dunkelheit antworten würde. Als die Stimme erklang, war sie voll ehrlicher Verwunderung.

»Oh, ich weiß nicht, William.«
»Ich möchte nicht, daß du deine Kümmernisse für dich behältst, Liebes.«
Darüber dachte sie nach. »Es ist sonderbar, aber es erscheint mir kaum traurig, daß die arme Mama sterben soll«, antwortete sie sanft. »Natürlich wünschte ich, es müßte nicht sein. Aber wenn ich sehe, wie sie jetzt ist – es kommt mir vor, als wäre der Tod gerade das Richtige für sie. Wäre sie noch jung, so würde es mich sehr, sehr traurig machen. Wenn etwas sein soll, dann ist es wohl kein Schmerz. Es ist nur natürlich.«
Sie sprach aus der tiefen Harmonie ihres eigenen Wesens mit allem Leben auf Erden, und er konnte nichts sagen. Er schmiegte sich an sie und atmete ihre Gesundheit und ihre Gelassenheit ein, und er fühlte, wie er wieder ruhig und einfach gemacht wurde. Dies war ihr Geheimnis, daß in ihrer Gegenwart alles, was in seiner verwickelten Natur störend und verwirrend war, sich zu Wesentlichem löste. Alles andere zählte nicht.
Daher machte sich am Todestag ihrer Mutter kaum ein Schatten über dem ruhigen Haus bemerkbar. Das Ende kam, das erwartete, vorhergesagte Ende. Ruth hatte dafür alles bereit. Es schien fast, daß sie sogar die genaue Stunde wußte. Sie trat früh am Abend, als sie gerade das Nachtessen beendet hatten, aus dem Zimmer ihrer Mutter und sagte: »Papa, Mama ist verschieden.«
Harnsbarger legte die Bauernzeitung hin und ging sogleich in das Zimmer seiner Frau. William stand auf und streckte die Arme aus, und Ruth kam in seine offenen Arme. Bei dieser Berührung fühlte er, wie ihr Körper sich einen Augenblick lang gegen Tränen verhärtete, und er sagte sehr milde: »Weine dich nur aus, Liebes.«
Da weinte sie, aber nur ganz kurz. Dann wischte sie sich die Tränen fort.
»Ich weine, glaube ich, um mich, nicht um sie. Es ging ihr gut, sie schloß bloß die Augen und seufzte und entschlief. Aber jetzt ist mir klar, daß ich nie mehr mit ihr sprechen werde.«
Sehr bald war sie wieder sie selbst, und er sah sie nicht mehr weinen, nein, nicht einmal in der kleinen Kirche, wo eine Trauerfeier stattfand, die ihn höchst unkultiviert anmutete, und wo alle einer Rede auf die tote Frau lauschten, die in dem offenen Sarg neben der Kanzel lag.
»Unsere Nachbarin war eine Frau von wenig Worten, aber vielen guten Taten«, rief der kleine Pfarrer. Sein rundes Gesicht und sein runder Bauch waren nicht unbedingt ein Beweis für Gefräßigkeit als vielmehr für die Tatsache, daß ihm sein Gehalt zum Teil in Lebensmitteln ausbezahlt wurde, und er mußte aufessen, was ihm gegeben wurde, Brote und Würste, Pasteten und Kuchen, Schinken und Kartoffeln. Frau Harnsbargers Hefegebäck würde ihm fehlen. Zweimal im Monat hatte sie ihm Hefegebäck gebracht und am Aschermittwoch eine doppelte Portion. »Sie liegt hier und hat die ewige Ruhe verdient«, sagte er feierlich am Ende einer Stunde.
Dann gingen sie in den klaren kalten Nachmittag hinaus und standen um

das Grab. Die Sonne schien fröhlich darauf und zeichnete die genaue Aufteilung des Bodens ab. Die dunkle, fruchtbare oberste Schicht reichte sechzig Zentimeter in die Tiefe. Darunter kam roter Lehm und darunter der Schiefer, auf dem jedes Haus in der Gegend ruhte. Der Boden des Grabes war Schiefer, aber Grundwasser sickerte hindurch, und damit der Sarg nicht im Wasser stand, hatte der alte Totengräber zwei rote Zedernstämme zurechtgesägt und sie seitlich ins Grab eingepaßt.
Sie standen um das Grab und sangen ein Kirchenlied und hörten der vorlesenden und betenden Stimme des Geistlichen zu. Er war kahlköpfig bis auf eine lange hellbraune Haartolle, und der Wind hob diese Tolle in die Höhe, wehte sie ihm in die Augen, bis der Pfarrer in seiner Tasche kramte und ein Käppchen hervorholte, das er aufsetzte, ohne sein Gebet zu unterbrechen. William war unfähig, das Haupt zu beugen, er beobachtete dies, und dann blickte er fort über die alten, tief eingesunkenen Grabsteine, über die gewellten Hügel und Täler. Gerade hinter der Kirche befand sich ein Steinbruch, in dem jetzt nicht mehr gearbeitet wurde. Die Gemeinde hatte einen Prozeß gegen den Eigentümer des Steinbruchs geführt, um zu verhindern, daß unter den Gräbern gesprengt wurde, und sie hatte den Prozeß gewonnen, worauf der Besitzer des Steinbruchs grollend fortgezogen war. William konnte von seinem Standort gerade den einige Meter entfernten Rand des Schachtes sehen.
Nach der Beerdigung kehrten sie auf den Hof zurück, wo die Leute Kuchen aßen und Wein tranken und ruhigen Tones von alltäglichen Angelegenheiten sprachen. Es gab sogar ein kleines, mildes Gelächter. Unter ihnen bewegte sich Ruth angemessen und selbstbeherrscht, indem sie darauf achtete, daß alles sich richtig vollzog. Bald danach verabschiedeten sich die Gäste.
»Es war ein netter Anlaß«, sagten sie.
»Alles war so, wie sie's gemacht hätte«, sagten sie.
Sie begaben sich nach Hause, wo jeder sein Leben wie zuvor wiederaufnahm, und auch in diesem Hause ging alles weiter wie früher, nur daß Ruths Bruder Tom ein paar Tage dablieb. Dann aber packte ihn die Unruhe; er strebte in sein Dorf zurück, vor allem weil er mit jedermann die Frage besprach, ob er sich mit dem neuen Automobilgeschäft befassen sollte, das jetzt dem Fuhrwerkswesen in die Quere zu kommen anfing.
»So eine neumodische Sache, die nicht lange dauern wird«, knurrte der alte Harnsbarger. »Es hat immer Pferde gegeben, und es wird sie immer geben.«
»Das sagst du«, gab Tom gutgelaunt zurück.
Ruths Bruder sah aus wie all die Männer im Tal. Er hatte nichts an sich, das ihn als Ruths Bruder kennzeichnete, und William hegte ihm gegenüber keine Verwandtschaftsgefühle. Doch was dies betraf, so fühlte er sich keinem Menschen verbunden außer Ruth.
Harnsbarger aber wurde plötzlich alt. Er verlangte jetzt von ihnen das Versprechen, daß sie immer auf dem Hof leben würden.

»Du hast ja keine regelmäßige Arbeit, William«, sagte er. »Was du tust, das kannst du ebensogut hier wie sonstwo tun.«
Die Veränderung, die in dem alten Mann vorging, war erstaunlich, und William sah sie mit schärfster Wahrnehmungsfähigkeit. Er hätte geschworen, daß die alte Frau Harnsbarger ihrem Gefährten seit Jahren nichts mehr bedeutet hatte. Sie hatten keine zwanzig Worte am Tag gewechselt, und sein Ton ihr gegenüber war ein gewohnheitsmäßiges Brummen gewesen, das sie nicht weiter beachtete. Und doch war er wie gelähmt, als sie starb.
»Ich hätte nicht gedacht, daß ich jemals Witwer würde«, sagte er kummervoll zu Ruth.
»Wenn du nicht Witwer geworden wärst«, entgegnete sie, »dann wäre Mama Witwe geworden.«
»Ja, gewiß«, sagte er beeindruckt, »aber nie hätte ich gedacht, daß es so käme.«
In den Tagen nach dem Begräbnis murmelte er diese Bemerkung gelegentlich vor sich hin, und er schien in ihrer Unvermeidlichkeit Trost zu finden.
»Was du sagtest, war sehr vernünftig«, äußerte er zu Ruth.
Danach geschah es, daß er mit William sprach.
Am Abend aber sprach Ruth mit William in jener zarten Offenheit, die sie ihm gegenüber in besonderem Maße an den Tag legte. Keinem andern Menschen gegenüber zeigte sie diese Mischung von Scheu, Offenheit und Holdseligkeit.
»Ich rede zuerst mit dir, William«, begann sie. »Wenn du fortziehn willst, dann gehn wir, und Vater kann jemanden dingen. Allerdings hoffe ich zu Gott, daß wir nicht in einer Stadt leben müssen.«
»Laß uns auf jeden Fall noch eine Weile bleiben«, antwortete er sachlich. »Vielleicht kann ich hier genauso gut arbeiten wie woanders.«
Eine Woche später ging das Leben im Hause weiter, als ob hier nie der Tod eingetreten wäre. Die alte Frau Harnsbarger schien gar nicht fortgegangen, sondern sie schien immer noch dazusein. William sann darüber nach und stellte fest, daß Ruth auf ihre eigene Weise nun auch ihre Mutter wurde. Sie hatte nichts von ihrer Mutter, und doch bewegte sie sich ruhiger. Sie lief weniger oft hin und her und sprang nicht mehr wie ein junges Mädchen von ihrem Sitz auf, sondern erhob sich anmutig langsam wie eine Frau, um das zu erledigen, was erledigt werden mußte. So leben die Toten vielleicht weiter.
Aber William liebte diese Ruth wenn möglich noch leidenschaftlicher als das einstige Mädchen Ruth. Allmählich wurde er etwas hilfloser als früher; er wartete darauf, daß sie für ihn kleine Handgriffe besorgte, die er sonst selber und sogar für sie getan hatte. So saß er am Tisch und wartete, bis sie ihm den Teller zum zweitenmal füllte oder ihm den Kaffeetopf vom Herd brachte, oder er wartete in seinem Zimmer, indes sie ihm morgens sein sauberes Hemd holte oder seine Mütze und seinen Mantel, wenn er hinausgehen

wollte. Er war sich dieser Wandlung nicht bewußt. Er wußte nur, daß sie alles für ihn tat und daß er jetzt nicht mehr ohne sie leben konnte.

Nie zuvor war sie so schön und so zufrieden gewesen. Aus ihrer Zufriedenheit war ihr Körper aufgeblüht, bis William zeitweise ihre Schönheit nicht ruhig zu ertragen vermochte. Er mußte dann um sie werben und sie besitzen, sogar wenn er sie tagsüber traf. Und hier im Schutz ihres Heimes erlaubte sie es ihm und gab sich ihm frei und freudig hin. Ihre Ehe fing von neuem an, als das Haus ihr Eigentum wurde. Es schien ihm, als entdeckte er zum erstenmal, wie tief leidenschaftlich sie war. Und dann empfing sie ihr erstes Kind.

Es war mittlerweile Frühling des zweiten Jahres ihres Zusammenlebens geworden. Er sagte nicht, daß sie bleiben wollten, aber er wußte, daß er sie um ihrer gegenseitigen Liebe willen niemals aus diesem Hause und dieser Gegend entführen würde. Hier war sie zu ihrer vollen Reife gelangt. Bei der Arbeit, die sie am meisten liebte, wurde sie so schön, so reich, daß er dieses heilige Wachstum nicht stören durfte.

Aus reiner Selbstsucht paßt es mir, sie vollkommen zu sehen, dachte er. Ich sollte arbeiten können — aus der Vollkommenheit heraus!

Er begann die Landschaft und die Menschen kritisch zu betrachten, um Motive zu suchen. Zweimal malte er Harnsbarger, einmal in dem alten hölzernen Lehnstuhl, in dem schon der Vater des alten Mannes gesessen hatte, und dann draußen mit der roten Scheune als Hintergrund, wo der Sommerwind seinen weißen Bart zauste. Er schickte die Bilder nach New York, und es hieß von ihnen, daß sie eine Wandlung in seiner künstlerischen Entwicklung verrieten. »In diesen Gemälden liegt eine Weichheit, die an William Bartons Arbeiten neu ist«, las er. Das verstimmte ihn.

Ich bin zu gut genährt, dachte er. Eine Weile sann er darüber nach, dann schob er es beiseite. Es war eine Überlieferung, daß bei Fülle und Geruhsamkeit keine Kunst gedeihen konnte. Aber Fülle und Geruhsamkeit enthielten Wertvolles, und warum sollte er nicht beweisen, daß sie einen ebenso fruchtbaren Boden für das Schöpferische darstellten wie anderes? Die Künste, wenn auch nicht die Kunst an sich, blühten, sobald die Menschen frei waren von Angst und Armut.

Er ergab sich dieser Landschaft, entschlossen, durch die volle Freude an all ihrer fruchtbaren Schönheit Besitz von ihr zu ergreifen. Aber er wollte keine Porträts mehr malen. Die Gesichter, die er in dem Städtchen und auf den Bauernhöfen erblickte, waren zu sanft, die Wangen zu glatt und voll. Die Weichheit der Landschaft hatte sie alle zum gleichen Schlage gemacht. Er malte Himmel und Hügel, mit den zornigen hellen Sykomoren, die der Wind verkrümmt, die jählings anschwellende Flüsse niedergezerrt und zu ertränken versucht hatten, Birken, die im Frühlingswald zitterten, unerwartete Felsen auf einer Erhöhung. Es gab nicht viele Felsen. Unter der fruchtbaren Ober-

schicht des Bodens lag das Grundgestein verborgenen Schiefers, welches das Felsenbett der Flüsse bildete. Die dicke dunkle Oberschicht verbarg jedoch jede Kante und Schärfe, nur an manchen Stellen brach das rote Felsgestein auf dem Gipfel eines Berges durch. Das Bild, das ihm in diesem Jahr Anerkennung eintrug, hieß »Roter Felsen in Pennsylvanien«.
Und doch wußte er, daß das Schieferbett, welches sich in dieser ganzen Gegend nördlich und westlich vom Bauernhaus unterirdisch erstreckte, nur einige Kilometer entfernt Eisen und Kohle enthielt. Wäre er bloß diese kurze Strecke gereist, so hätte er vielleicht wieder Gesichter erblickt, die sich zum Malen eigneten. Aber er ging nicht von Ruth fort.
Er wartete auf die Geburt seines ersten Kindes, um seiner selbst willen neugieriger als Ruths wegen Denn für sie war es etwas ganz Natürliches, ein Kind zu empfangen, der Mutterschaft entgegenzuwachsen, sich auf die Geburt zu freuen wie auf ein Fest, das nichts Fremdartiges hatte.
Er hingegen fühlte sich verwandelt bei dem Gedanken an ein neues Geschöpf, das mit ihm und Ruth in diesem Hause leben würde. Unwillkürlich wurde er in diese Generationen hineingezogen, als ob das Haus ihn absichtlich hergelockt und Ruth, nachdem er sie fortgebracht, wieder zurückgezerrt hätte, und ihn durch sie, bis es bekam, was es haben wollte: eine neue Generation.
»Sechs Generationen«, rühmte der alte Harnsbarger. »Es wird auch ein Junge sein. Das erste Kind ist bei uns immer ein Junge.«
Es war ein Junge William starrte auf ein rundes Gesichtchen nieder und versuchte sich klarzumachen, daß dies sein Sohn war. Aber er konnte in diesem Gesicht nur die Ähnlichkeit mit all den Generationen erkennen, die in dem Hause gelebt hatten.
Ruth ruhte heiter und frohlockend in den Kissen. Sie hatte recht gehabt, und William hatte sich geirrt. William hatte sie gedrängt, nach Philadelphia in eine Klinik zu gehen. Sie aber hatte gesagt, sie müsse und werde wie ihre Mutter daheim bleiben, und die alte Frau Laubscher würde schon für sie sorgen.
»Aber wenn etwas schiefgeht?« hatte William eingewandt.
»Ich weiß genau, daß das nicht der Fall sein wird«, hatte sie entgegnet. Und es war gutgegangen. Die alte Frau Laubscher hatte alles richtig gemacht, hatte sogar das Beil unter der Schürze hereingeschmuggelt, so daß William es nicht sah. Sie durchschnitt die Nabelschnur mit dem Beil, damit das Kind ein tüchtiger Holzhacker werden würde. Und Ruth hatte auf alles gehört, was die Hebamme ihr von ihrer eigenen Schwangerschaft erzählte. Sie hatte sich sogar unter die Wäscheleine gestellt, damit die Nabelschnur sich nicht um den Hals des Kindes wickelte. Von Anfang an ging alles richtig. Sie war überzeugt zu wissen, wo dieser Anfang lag: an einem Sonntag, als sie den ganzen Tag hindurch überaus glücklich gewesen war. Das Brot war am Samstag wunderbar geraten. Abends hatte sie sich frohgemut zu Bett gelegt.

»Dieses Kind ist bestimmt an einem Sonntag gezeugt worden«, sagte Frau Laubscher, als sie es betrachtete. »Es ist so kräftig.«
»Ja, das stimmt«, antwortete Ruth. »Und ich erinnere mich, daß ich lachte.«
»Darum ist der Junge schon so schön«, versicherte Frau Laubscher. Sie hatte ihn in ein Tuch gewickelt und hielt das rundköpfige Bürschchen in die Höhe. »Jetzt will ich seine Hände und Füße in Quellwasser tauchen«, sagte die Alte. Sie hielt die geballten Händchen, eins nach dem andern, in eine Schüssel mit Wasser, die auf dem Tisch stand, und dann tauchte sie die kleinen Füße hinein. »Nun wird er nie Frostbeulen bekommen«, erklärte sie.
Hierauf wusch sie das Kind und räumte das Zimmer auf, und als William hereinkam, eilte sie mit dem Mutterkuchen, den sie in einen Lumpen gehüllt hatte, hinaus. Im Garten vergrub sie ihn unter einem Rosenstrauch, damit Ruths Schönheit nicht verging.
Ein liebes, hübsches Geschöpf, dachte sie und glättete die Erde über den Wurzeln. Sie seufzte, denn sie war sehr dick, und dann stand sie auf und klopfte sich die Hände ab. Sie wollte dem neugebackenen Vater ein paar Minuten vergönnen, daß er seinen Sohn betrachten konnte, und dann wollte sie den Kleinen selber auf den Speicher hinauftragen, um sicherzugehen, daß er nach oben gelangte, ehe der Abstieg kam. »Die Leute vergessen das oft«, murmelte sie vor sich hin, »und nachher wundern sie sich, wieso sie Pech haben.«
Im Schlafzimmer stand William und betrachtete seinen Sohn. Er erkannte in diesem Augenblick, daß er kein guter Vater sein würde. Er empfand in diesem kleinen Wesen nichts Verwandtschaftliches.
»Ist es nicht ziemlich dick?« fragte er.
Ruth lachte. »Es ist ein schönes dickes Kind«, sagte sie freudig.
Er sah sie an anstatt des Säuglings. Sie war schöner denn je.
»Ich glaube, dir hat das einfach Vergnügen gemacht«, sagte er.
»O ja«, antwortete sie.
»Ich dachte, Frauen leiden angeblich dabei«, knurrte er mit spöttischem Vorwurf, und sie lachte wieder, so daß er sich gewaltsam davon abhalten mußte, sie in die Arme zu schließen.
»Wir wollen kein Kind mehr haben«, sagte er eifersüchtig.
»Was fange ich mit nur einem an?« gab sie zurück. »Es muß doch einen Spielkameraden haben.«
»Warum?« fragte er eigensinnig.
»Oh, du bist dumm«, erwiderte sie lachend. »Wie wollen wir ihn nennen, William?«
»Harold«, sagte er, »nach meinem Vater.«
Ruth dachte über den Namen nach. »Hier hat es noch nie einen Harold gegeben«, äußerte sie dann.
»Dann wird es jetzt einen geben«, sagte William.

Danach schenkte sie ihm noch zwei Kinder, beides Mädchen, eins nach dem andern, und dann erklärte sie, es genüge. Er sah sie durch die Kinder bereichert; ihre Schönheit erneuerte sich inmitten der drei kleinen Geschöpfe. Er malte sie einmal so, und es erstaunte ihn, daß die Kritiker keinen Fortschritt in seiner Arbeit verzeichneten.

»Es ist das beste Bild, das ich jemals gemalt habe«, sagte er ärgerlich zu Ruth.

»Das ist es auch«, stimmte sie mit Wärme zu. »Aber diese Leute meinen, alles müßte in New York gemacht werden, oder es ist nicht gut.«

»Richtig«, sagte er, im stillen verwundert über ihre Schlauheit.

Er beschloß dann in seinem Zorn, ihnen zu zeigen, was er konnte. Er wollte nie mehr ein Bild nach New York schicken. Er wollte eigene Ausstellungen veranstalten. Er wollte an diesem stillen Fleck leben und Bilder malen, daß jedermann herkam, um sie zu sehen.

Er malte fleißig, und jedes Jahr stellte er seine Bilder im Freimaurersaal des Dorfes aus. Schulkinder vom Lande wurden hingeführt, damit sie sie betrachteten, und die Dorfzeitung berichtete jedes Jahr getreulich darüber. Gewöhnlich kamen einige Kritiker aus Philadelphia. Einmal las er einen Artikel von einem großen Kritiker in einer New Yorker Zeitung, der seinen Verlust betrauerte. »William Barton, dessen Anfänge so verheißungsvoll waren, hat die in ihn gesetzten Erwartungen nicht erfüllt«, hieß es in dem Artikel. Er hatte seine eigene Todesanzeige gelesen, wenigstens schien es so an jenem Tag. Er verbrannte die Zeitung, so daß Ruth sie nie zu sehen bekam, aber er konnte sein Gedächtnis nicht zu Asche verbrennen, und dort blieben die Worte haften.

Immer wenn er erschlaffte und keine Anregung mehr fand, erinnerte er sich ihrer, und dann fing er ein neues Bild an. Acht Stunden am Tag seien sein Mindestmaß, erzählte er den Leuten, die ihn befragten.

»Ich arbeite regelmäßig«, sagte er, »weil das der einzige Weg ist, um zur Vollendung zu gelangen.«

Zwölf Jahre lang hatte er nun beharrlich gearbeitet, und mit derselben Beharrlichkeit weigerte er sich zu glauben, daß er mit jedem Jahr immer mehr in Vergessenheit geriet.

»Papa!« rief Jills Stimme von der Treppe her.

»Ja, mein Herz?« rief er aus seinem Zimmer zurück.

»Das Essen ist fertig. Ich hab' deine Pinsel gewaschen.«

»Schön, mein Herz.«

Er kämmte sich die Haare und rieb mit dem Pfropfen einer Terpentinflasche, die Ruth in seinem Zimmer aufbewahrte, einen Farbklecks aus seinem Hemd. Jill befand sich immer noch auf der Treppe. »Darf ich hereinkommen?«

»Natürlich«, antwortete er.
Sie trat in sein Zimmer, stand da und betrachtete ihn; es war ihr nicht ganz behaglich zumute, und doch sehnte sie sich nach einer sicheren Vertrautheit mit ihm. Aber er konnte sie ihr nicht geben. Infolge einer seltsamen Laune der bösartigen Natur hatte dieses Kind genau dieselben grauen Äuglein in seinem frischen Gesicht wie der alte Harnsbarger, und jedesmal wenn William seine Tochter anblickte, sah er die Seele des alten Mannes in ihren Augen. Das war unvernünftig, doch es war so. Wenn er auch Jills Verlangen, ihn zu lieben, spürte, so fühlte er sich doch abgestoßen.
»Papa, hast du heute nachmittag etwas Besonderes vor?«
Er hatte nichts geplant, aber als sie ihn fragte, kam ihm plötzlich der Gedanke, daß es an der Zeit sei, wieder einmal seine Eltern zu besuchen. Er ging viel zu selten hin, wenn man bedachte, wie alt sie jetzt waren.
»Ich glaube, ich muß in die Stadt«, sagte er.
»Oh«, versetzte sie enttäuscht.
Er machte sich im stillen Vorwürfe. »Wolltest du etwas?« erkundigte er sich.
»Ich meinte, du würdest dir vielleicht etwas Nettes ausdenken, das wir unternehmen könnten«, sagte sie.
Wäre sie ihm mit einem Vorschlag gekommen, an dem ihr viel lag, so hätte er unter Umständen nachgegeben. So aber dachte er ein wenig ungeduldig, daß sie phantasielos sei. Keins der drei Kinder hatte die geringste Phantasie.
»Ich sollte eigentlich meinen Vater besuchen«, sagte er freundlich.
Sie antwortete nicht, und er versuchte es wiedergutzumachen, indem er den Arm um ihre Schultern legte, als sie hinuntergingen. Er hatte die Kinder nacheinander zu seinen Eltern mitgenommen, doch war es ein Mißerfolg gewesen. Daheim sahen sie rosig und gesund aus, aber im Salon seiner Mutter wirkten sie tölpelhaft. Ihre Umgangsformen hatten sie von Ruth. »Es freut mich Sie kennenzulernen«, so hatte sie es ihnen beigebracht. Er fand nicht den Mut, ihr zu sagen, daß ihm diese Formel nicht beigebracht worden war, und daß die Augen seiner Mutter, als die Kinder voller Angst, sich richtig zu benehmen, den Satz hervorstotterten, in dem scharfen, schönen Gesicht einen spöttischen Ausdruck annahmen; immerhin äußerte die alte Dame nichts. Er hatte keins der Kinder mehr mitgenommen, seit Hal im vorigen Jahr das Weinglas des Großvaters über das Spitzentuch ausgegossen und seine Mutter gesagt hatte: »Laß nur, das Kind kann ja nichts dafür, es weiß es nicht besser.«
»Wo ist Hal?« fragte William einige Minuten später an seinem eigenen Tisch.
»Fortgelaufen«, erwiderte Ruth. Sie preßte die schönen vollen Lippen zusammen, während sie die Teller rasch mit Hühnerragout füllte. »Ich werde ihm eine Tracht Prügel geben, wenn er heimkommt, William, denn ich sagte ihm, er dürfte nicht weg, ehe er die Arbeit getan hätte.«
»Aber, Ruth«, wandte er ein, »ich hasse das Verprügeln.«

Sie war im Begriff, etwas zu sagen, doch unterließ sie es. »Jemand muß doch eingreifen«, hatte sie hinausschreien wollen. Aber sie hatte gelernt zu schweigen. Sie blickte über den Tisch, um sich zu überzeugen, daß alles in Ordnung war, und sie antwortete ihm nicht.

In der Bibliothek prüfte der alte Barton sorgfältig das Bild, das William am Vormittag vollendet hatte. In einem Anfall des Zweifels hatte William es mitgebracht. Es war gut oder vielleicht auch nicht. Sein Vater trat wortlos zurück.
»Eine ausgesprochen amerikanische Landschaft«, bemerkte William unbehaglich.
»O ja«, stimmte sein Vater zu.
»Es ist etwas Sonderbares geschehen«, sagte William. »Ein Schmetterling flog gegen die Leinwand. Der Flügelstaub blieb haften, und ich hatte das Gefühl, ihn in das Bild zu malen.«
Barton betrachtete seinen Sohn. Er hatte seine Brille weggelegt und setzte sich nun, um die Beine auszuruhen. Er war alt, und er hatte sich immer davor gefürchtet, unangenehme Dinge zu bereden. Aber er und seine Frau hatten oftmals ihre Meinung darüber geäußert, wie man mit William sprechen könnte.
»Es hat keinen Zweck, nicht die Wahrheit zu sagen«, hatte sie erst an diesem Morgen erklärt.
Das Alter hatte sie bitter und kalt gemacht und ihr den Glauben an das Gute genommen. Doch so wurden alle Frauen im Alter. Barton begriff das nicht. Er selber war, wie die meisten Männer, milder und warmherziger geworden, je älter er wurde.
In diesem Augenblick, als er mit seinem Sohn nach dem Nachtessen allein war, beschloß er plötzlich, mit ihm zu reden. Denn das Ende des Alters war der Tod, und dann gab es keine Möglichkeit mehr, zu sprechen.
»William«, begann er, »du bist begabt. Eine Zeitlang dachte ich, es sei vielleicht eine geniale Begabung.« Er sah ringsum die Wände seiner Bibliothek an. In dem fernen Winkel hing immer noch das kleine Bild.
»Ich träumte von dem Tag, an dem ich ein Bild von dir in meiner Galerie aufhängen würde«, fuhr er fort. »Ich wollte es an die Stelle hängen, wo mein letzter Corot ist. Ich hatte die Absicht, eine Zeremonie daraus zu machen, wenn ich den Corot herunternehmen und statt dessen dein Bild aufhängen würde.«
William versuchte zu lachen. »Eine solche Leistung könnte ich niemals vollbringen.«
»Warum denn nicht?« fragte der alte Kunstkenner. »Warum nicht?«
»Meine Begabung ist zweitrangig«, entgegnete William unbarmherzig und brachte seine eigene Wunde zum Bluten.

»Nein«, sagte der Vater, »nein – es ist ein außerordentliches Talent, das du mit Zufriedenheit zugedeckt hast.« Er betrachtete Williams neuestes Gemälde. »Der Boden ist zu reich, das Grün zu üppig. Die wesentliche Form ist verloren. Wenn keine Form da ist, fehlt auch die Bedeutung. Eine glänzende Technik, William, die nichts bedeutet.«
»Sprich offen«, erwiderte William fest.
»Das will ich. Geh allein irgendwohin und sieh zu, ob du malen kannst. Bald wird es zu spät sein.«
Barton erhob sich, und ohne Pose drehte er das Bild zur Wand um.
»Ich danke dir«, sagte William leise.
»Wollen wir wieder zu Mutter gehen?« fragte sein Vater.
»Ja«, antwortete William.

Erst spät abends verließ er das Elternhaus. Seine Schwester Louise kam noch mit ihrem Gatten und zwei Bekannten, einer dunklen jungen Frau und einem Mann. William traf Louise und Monty zwei- bis dreimal im Jahr, genügend oft, daß sie ihm vollkommen vertraut waren, und doch fühlte er sich heute einsam.
»Da bist du ja, William«, sagte Louise.
»Wie geht's?« murmelte Monty. Er streckte seine lange matte Hand aus. William übersah die Hand, wobei ihm plötzlich bewußt wurde, daß er Monty nicht mochte und nie gemocht hatte. Monty hatte allzuviel Erfolg, unverdienten Erfolg. Er war jetzt ein reicher Mann, durch nicht ganz klare Mittel und Wege. Internationale Bankgeschäfte hatten ihm anscheinend zur Wohlhabenheit verholfen. Er und Louise verbrachten die Hälfte des Jahres in Paris. Der alte Barton, der von Montys Reichtum hörte und als Beweis für die Richtigkeit dieser Gerüchte Louises immer fabelhafteren Schmuck sah, drängte ihn, Bilder zu kaufen.
»Es gibt keine bessere Kapitalanlage als ein gutes Bild«, belehrte er Monty ernst. »Es macht Vergnügen und läßt sich stets verkaufen.«
Aber Monty blieb kalt; seine blassen, hübschen Augen ruhten unaufmerksam auf den Gemälden, die sein Schwiegervater liebte. Monty widersprach nie einem Menschen, doch tat er nur, was ihm paßte. Gegen dieses blasse, schweigende Wesen hatte Louise angekämpft, ohne die Oberhand zu gewinnen. Sie war nun dahin gelangt, ihn hinzunehmen, wie er war, und sogar stolz auf ihn zu sein, zumal der Erfolg ihm recht gab. Seine Freunde bedeuteten eine Prüfung für sie. Er schloß mit merkwürdigen Leuten Freundschaft, wie mit diesen beiden Menschen, die sich heute hier befanden. Wo hatte er diese dunkle junge Frau wohl aufgetrieben und diesen Mann, der weder ihr Gatte noch ihr Bruder war?
»Hör mal, Lou, würden deine Eltern wohl etwas dagegen haben, wenn wir morgen zwei Leutchen zum Nachtessen mitbringen würden?« hatte er gefragt.

Das war alles, was sie von ihnen wußte. »Mutter hat Fremde nicht gern«, hatte sie kühl erwidert.
»Sag ihr, daß es Verwandte von mir sind.«
»Aber das ist ja gar nicht wahr, Monty!«
Er bedachte sie mit einem Seitenlächeln. »Du darfst nicht wie deine Mutter sein, Lou«, gab er freundlich zurück. »Es wäre mir schrecklich, wenn ich auch dich anlügen müßte, meine Liebe.«
Das war's, was sie befürchtete: Daß er eines Tages anfangen würde, sie anzulügen, und dann wäre er für sie verloren gewesen. So aber sagte er ihr – wenigstens vermeinte sie es – alles, was er tat oder plante, und er hörte ihr zu – wenigstens glaubte sie das –, wenn der Spielraum für die Ehrlichkeit nicht gering war.
»Du mußt ehrlich sein, Monty« sagte sie.
Er lächelte. »Natürlich«, pflichtete er ihr bei.
Aber der Spielraum war so gering, daß sie bisweilen, wenn sie allein saß, froh war, keine Kinder zu haben. Ihr einziges Kind war tot zur Welt gekommen, und sie hatte keine solche Schmerzen wie beim Gebären mehr erleiden wollen. Wenn sie Monty nur festhalten konnte, solange ihre Eltern lebten, vielleicht blieb ihr danach Weile zum Ausruhen. Allerdings wußte sie nicht, wie sie ausruhen könnte, ob nun mit oder ohne Monty. Doch wenigstens waren keine Kinder da.
Sie betrachtete William. Wo hatte er in all diesen Jahren gelebt? Sie war nicht sehr neugierig. Meistens fühlte sie sich zu müde, um sich mit anderen Menschen zu beschäftigen und über sie nachzudenken. Außerdem hatte sie die Worte ihrer Mutter, daß Williams Familie besser übergangen und vergessen würde, einfach hingenommen.
»William weiß, daß er hier in seinem eigenen Haus immer willkommen ist«, sagte die Mutter. Louise fand das bewundernswürdig.
Aber jetzt, dachte sie, sah William auch müde aus und zudem traurig. Wurde jeder Mensch einfach müde, sobald er nicht mehr jung war? Oder hatte William Sorgen und Schwierigkeiten? Sie konnte Monty kaum als Schwierigkeit bezeichnen, und doch war es beim Zusammenleben mit ihm, als ob man im Schatten eines Unwetters lebte. Man wußte nie, was werden würde – dieser Krieg zum Beispiel. Niemand dachte auch nur an den Krieg in Europa außer Monty. Irgendwie hatte er gehört, daß er kommen würde, und daran glaubte er.
»Ein Krieg, Monty?« hatte sie gerufen. »Aber es gibt doch keine Kriege mehr!«
»Nicht gleich, meine Liebe«, hatte er entgegnet. »Sagen wir, in ungefähr drei Jahren.«
»Woher weißt du das?« hatte sie gefragt.

Er hatte nicht geantwortet. Sie nahm an, daß er es von seinen Freunden in Konstantinopel, Wien, Berlin und Paris erfahren hatte.
Sie seufzte, und ihre schwache Neugier, die durch Williams Aussehen erregt worden war, schwand dahin. Sie hatte ihre eigenen Sorgen, da sie mit Monty durch die ganze Welt zog. Als ihre Mutter sich bei ihr erkundigte, wer denn diese beiden Menschen seien, hatte sie ebenso zungenfertig, wie Monty es getan hätte, geantwortet: »Es sind irgendwelche Verwandte von Monty, Mutter. Natürlich, wenn du sie lieber nicht im Hause haben willst – aber sie sind bei uns zu Besuch.«
»Wenn sie bei euch zu Gast sind, dann bring sie nur mit«, hatte ihre Mutter gebieterisch gesagt.
Louise merkte aber, daß sie sich über das dunkle Paar wunderte, wenn sie auch ihr Erstaunen verbarg und ihre ganze Begabung als berühmte Gastgeberin aufbot. Sie gab ihre Schweigsamkeit auf und zog alle ins Gespräch. Im Salon verbreitete sich gedämpfte Fröhlichkeit. Sogar William raffte sich auf und hörte zu, aber die Unterhaltung verlief für ihn zu schnell. Er vermochte der wechselnden Rede und Gegenrede nicht zu folgen. Der Mutter fiel sein Schweigen auf.
»Ach, William, du solltest aus deiner Zurückgezogenheit hervorkommen«, sagte sie mit einem Anflug von Bosheit. Sie wandte sich an die dunkle junge Frau: »Mein Sohn ist zur Scholle zurückgekehrt. Er hat eine Bauerntochter geheiratet und malt alles, was er von ihren Fenstern aus sieht.«
»Mutter!« rief er plötzlich. Noch nie zuvor hatte sie sich so ungeschminkt geäußert.
»Nun, es ist doch wahr, William«, versetzte sie. »Und du bist für alle ungemein langweilig geworden.«
Ihre Schärfe wurde gemildert durch die vorsätzliche Bosheit des satten Alters, doch spürte er ihre tiefe Unzufriedenheit, jene Unzufriedenheit, die ihn in seiner Kindheit gleich einem Wüstenwind ausgedörrt hatte. Sofort wurden Minderwertigkeitsgefühle in ihm geweckt, und erbitterte Demut erfüllte ihn, als die junge Frau ihn anredete.
»Sie sollten nach Österreich kommen. Dort ist das Leben malerisch«, sagte sie zu ihm. Sie kniff die Augen zusammen, während sie ihn ansah.
»Ich versichere Ihnen, ich bin wirklich nur ein zweitklassiger Maler«, erwiderte er und lächelte.
Danach konnte er nicht mehr lange bleiben. Das Gespräch wendete sich von ihm ab und berührte alles mögliche. Er hörte Namen von Orten und Menschen.
Er vernahm Louise mit ihrer hohen klagenden Stimme sagen: »Monty behauptet, daß es einen Weltkrieg geben wird.«
Alle blickten sie an, als sie dies vorbrachte, und der dunkle junge Mann errötete unvermittelt über und über, als ob er sich ärgerte. Er und Monty

sahen einander an, und Montys schmales blasses Antlitz wurde noch blasser.
»Unsinn«, entgegnete Frau Barton. »Wir sind keine Wilden mehr. Wie kommst du nur darauf, Monty?«
»So etwas hat man im Gefühl«, murmelte er.
»Ich würde mir gern einen Raffael kaufen, auf den ich schon ein Auge geworfen habe, wenn etwas Derartiges wirklich geschehen sollte«, bemerkte Barton.
»Wo ist das Bild?« fragte der dunkle Mann.
»Zufällig ausgerechnet in Spanien«, antwortete Barton. »Fast niemand hat eine Ahnung davon!«
»Spanien!« wiederholte der junge Mann. »Nein, Spanien ist unsicher, davon bin ich überzeugt.«
Von all dem fühlte William sich unendlich fern. Einige Minuten später stand er auf, verabschiedete sich und fuhr nach Hause. War ihm das Leben, das ihn zutiefst hätte befruchten können, entgangen?
Ob Ruth wohl etwas dagegen hätte, wenn ich eine Zeitlang fortgehen würde? fragte er sich. Er empfand plötzlich das Bedürfnis, sehr hart zu leben. Er wollte an einen Ort gehen, wo ungeschliffene Menschen litten, und sich in ihren Schmerzen baden. Die Gemütsbewegung, die ihn am Vormittag wegen eines Schmetterlings ergriffen hatte, erschien ihm jetzt lächerlich. Unwillkürlich dachte er an den strengen Ernst des Krieges, an die Entbehrungen, die Gefahr und das Opfer rein körperlicher Art. Auf diese Weise wurde der Geist aufwärts gezwungen. Wie sonst konnte er sich erheben?
Während er durch die Dunkelheit einer bereits lange schlafenden Landschaft glitt, spürte er seine eigene Seele. Unberührt lag sie in seinem Körper gleich einem Schwert in der Scheide. Obwohl er siebenundvierzig Jahre zählte, empfand er mit einem Male, wie jung und unverbraucht er noch war, wie unreif in seiner Arbeit, weil er selber unreif war. Sein Verstand war ungeschärft.
Wenn ich einfach Ruths Haus verlasse, ohne zu wissen, ob ich jemals zurückkehren werde, grübelte er, wohin würde ich dann gehen?
Das Haus erhob sich jetzt vor ihm in der weichen, warmen Dunkelheit. Die Küchenfenster waren erleuchtet. Er stellte den Wagen weg und schritt den Gartenpfad entlang. Dann öffnete er die Küchentür.
Da war Ruth. Sie hielt eine Peitsche mit beiden Händen vor ihrem Leib. Hal stand vor ihr, an den Tisch zurückgelehnt. Sie sprach gerade. Doch als William eintrat, hielt sie inne. Sie wandte ihm den Kopf zu.
»Geh hinaus, William«, sagte sie.
Er aber war angewidert und schrie, alles andere vergessend: »Nein, ich gehe nicht, Ruth. Du, so behandelt man keinen Jungen!«
Er sah, wie ihr Gesicht grimmiger wurde, als er sich jemals hätte vorstellen können, und zum erstenmal dünkte es ihn häßlich.

»Ich muß tun, was ich für richtig halte, genau wie ich es immer gemacht habe«, entgegnete sie ruhig.
Ehe er etwas sagen oder ihr Einhalt gebieten konnte, trat sie vor, und mit schneller Bewegung versetzte sie Hal drei feste, klatschende Hiebe über den Rücken. Hal zuckte zusammen und ließ den Kopf hängen.
»Ruth!« schrie William auf. Er sprang auf sie zu und entriß ihr die Peitsche.
»Laß sie in Ruhe«, bemerkte Hal unvermittelt. Er weinte nicht, aber seine Augen hatten sich mit Tränen des Schmerzes gefüllt. »Sie sagte, daß sie mich verhauen würde. Ich wußte, was mir bevorstand.«
»Ich kann es nicht ertragen«, erwiderte William kurz. Er warf die Peitsche auf den Boden. »Und ich begreife nicht, Hal, daß du es so hinnimmst.«
»Von einem andern würde ich es mir auch nicht gefallen lassen«, gab der Knabe zurück.
Auf seinem Hemd wurde ein dünner roter Streifen sichtbar.
»Zieh dein Hemd aus, Junge«, befahl Ruth. »Ich will nach deinem Rücken sehn.«
»Nein«, widersprach Hal, »es ist nichts.«
Trotzdem zog er sein Hemd aus, und Ruth holte eine Schüssel mit kaltem Wasser und einen weichen Lappen und tupfte den blauen blutenden Striemen ab.
»Ich mußte tüchtig zuschlagen, Junge, sonst hätte es keinen Wert gehabt.«
»Stimmt«, antwortete Hal.
Es war, als hätten sie William vergessen, als hätte Ruths Handlungsweise den Knaben ihr nähergebracht. Er ließ sie die Wunde waschen, bis das Blut gestillt war, und dann schlüpfte er wieder in sein Hemd.
»Heute nacht muß ich auf dem Bauch schlafen, Mama«, sagte er mit einem schiefen Lächeln. »Du hast wahrhaftig ordentlich Kraft in deinem Arm.«
Er küßte sie, und plötzlich umarmte sie ihn liebevoll.
»Ich muß einen Mann aus dir machen«, erklärte sie.
»Klar«, antwortete Hal. »Gute Nacht, Papa.«
Er nickte William zu und verließ die Küche, und sie hörten ihn schwerfällig die Treppe hinaufsteigen.
William hob die Peitsche auf und reichte sie ihr. »Ich möchte das nie wieder erleben«, sagte er.
Sie nahm die Peitsche wortlos entgegen und legte sie auf einen Schrank. Dann traf sie die üblichen Vorbereitungen für die Nacht, und sie gingen zusammen hinauf, immer noch schweigend.
Er schaute ihr zu, während sie sich entkleidete und wusch und ihr baumwollenes Nachthemd anzog. Er war vor ihr im Bett und sah zu, wie sie ihre langen Haare löste und bürstete, ehe sie sie in einen Zopf flocht. Jede ihrer Bewegungen bezauberte ihn auch heute noch, nach all diesen Jahren und trotz des heutigen Vorfalls. Es lag nicht nur daran, daß er sie liebte. Sie

konnte auf ihn auch abstoßend wirken. Er hatte sich das nie zuvor eingestanden, doch als sie an diesem Abend den Knaben schlug, erkannte er, daß sie in ihm Abscheu zu erwecken vermochte. Eine weniger robuste Frau wäre nicht imstande gewesen, die Peitsche dreimal so ruhig zu heben und sie so heftig niedersausen zu lassen, daß blutige Striemen entstanden. Nie wieder würde er ihr gegenüber das gleiche empfinden.

Und doch liebte er sie, weil alles, was sie tat, richtig war und ihrem Wesen entsprach und darum natürlich war. Er verglich sie mit der schlanken dunkeläugigen Frau, die er heute abend im Salon seiner Mutter getroffen hatte, und es wurde ihm klar, daß diese Frau neben Ruths starker Wirklichkeit zu nichts verblaßte. Wo Ruth war, da schuf sie Wirklichkeit. So erschien ihm der Abend, den er daheim verbracht hatte, leer und farblos. Dieser von der Petroleumlampe erhellte Raum, das große Bett, die altmodischen Möbel, die weißen, an den Fenstern flatternden Vorhänge waren der Mittelpunkt der Wirklichkeit. Sie beugte sich über die Lampe, um sie auszublasen, und er sah den vollen, weichen Umriß ihres Antlitzes plötzlich ausgewogen und wieder schön. Ihr Gesicht war jetzt ruhig, und er verglich es unwillkürlich mit dem Ausdruck, den es gezeigt hatte, als sie Hal schlug. Sie kann unglaublich hart sein, dachte er, sogar unbarmherzig. Dann ging das Licht aus, sie legte sich zu Bett, und er fühlte die glatte Festigkeit ihrer Hüfte an seiner Seite. Sie schob den Arm unter seinen Kopf.

»War's schön?« erkundigte sie sich, und ihre Stimme klang wie immer.

»Es waren ein paar Leute da«, antwortete er ausweichend.

Er erzählte ihr nie von diesen beunruhigenden Besuchen im Elternhaus. Sie stellte nie Fragen, und darüber war er froh, denn er fürchtete die langen Erklärungen, die er abgeben müßte, wenn er versuchen würde, ihr verständlich zu machen, was für eine Wirkung sie auf ihn ausübten.

»Geht's deinen Eltern gut?«

In all diesen Jahren hatte Ruth nie den Wunsch geäußert, seine Eltern zu sehen. Einmal hatte er ihr halben Herzens zugesetzt, mitzukommen, aber sie hatte sich geweigert.

»Ich würde mich mit deiner Mutter doch nicht verstehn«, hatte sie erklärt, und dann hatte sie hinzugefügt: »Wir sind beide stolz auf unsere eigene Lebensweise, und weder sie noch ich würde nachgeben. Deshalb bleibt jede besser für sich.«

Er hatte ihr nicht widersprochen.

»Ja, es geht ihnen gut«, erwiderte er jetzt.

Sie gähnte, und sie lagen einige Minuten schweigend. Sie war müde nach ihrem arbeitserfüllten Tag, und sie hätte sogleich einschlafen können. Aber ihm gegenüber war sie feinfühlig. Nach all diesen Jahren wußte sie, daß er immer verändert war, wenn er seine Eltern besucht hatte. Er war auch heute abend verändert. Sie spürte es an der Art, wie er neben ihr lag; sein Körper drückte sich an den ihren, und doch schien er es nicht zu wissen. Diese Wandlung in ihm machte sie stets eifersüchtig; gleichwohl kehrte er immer zu ihr zurück, und er würde auch immer zu ihr zurückkehren, das wußte sie nun; früher aber hatte sie gebangt, er könnte vielleicht eines Tages nicht wiederkehren. Sie fragte sich oft, ob er jemals eine Frau geliebt hatte, die ganz anders war, eine Frau aus seiner eigenen Gesellschaftsschicht. Sie hatte das so sehr gefürchtet, daß sie ihn nie zu fragen wagte. Jetzt spielte es keine Rolle mehr, was er getrieben hatte, ehe er sie kennenlernte. Er gehörte ihr. Sie wollte gar nicht wissen, was sich ereignet hatte, ehe er sie kennenlernte. Es war zu dumm, daß er heimgekommen war, bevor sie mit Hal abgerechnet hatte. Aber dagegen ließ sich nichts mehr machen. Sie wandte sich ihm zu und schmiegte sich mit ihrem biegsamen Leib an ihn. Sie liebte ihn immer mehr im Laufe der Jahre, liebte ihn über alles. Aber zu ihrer Verwunderung blieb er kalt. Er rührte sich nicht. Da erfaßte sie plötzlich eine heftige Eifersucht auf den Abend, den er fern von ihr verbracht hatte. Die ganze alte vergessene Eifersucht lebte in ihr auf.

»Was ist mit dir?« fragte sie und zog sich ein wenig von ihm zurück.

»Ruth«, erwiderte er, »mein Vater meint, ich sollte einmal fortgehen.«

Sie konnte nicht gleich antworten, während sie dies aufnahm. Ihr von Zärtlichkeit erfüllter Körper wurde steif vor Entsetzen. Das war es, was sie immer befürchtet hatte. Wenn er sie verließ, dann wurde ihm klar, was ihm in der Ehe mit ihr alles gefehlt hatte. Denn ohne selbst zu wissen, was es war, wurde sie im Laufe der Zeit immer mehr von der Angst beherrscht, er könnte es eines Tages merken. Voller Eifersucht erinnerte sie sich an sein altes Elternhaus, das er ihr einmal auf einer Fotografie gezeigt, und sie entsann sich auch, wie vornehm sie es gefunden hatte. Sie scherzte darüber. »Da möchte ich nicht putzen müssen«, hatte sie gesagt. »Ich möchte nicht dort leben, das ist ja wie ein Hotel.« Sie wartete dann, bis er achtlos versetzte: »Mir gefällt dieses Haus hier auch besser.« Meistens glaubte sie ihm, weil ihre Lebensweise ihr die einzig richtige schien, zumal sie keine andere kannte. Doch manchmal kam es ihr in den Sinn, daß er in dem andern Haus aufgewachsen war.

»Weshalb?« gab sie schließlich zurück. »Du bist doch nicht krank, William. Übrigens, wohin sollten wir gehn, und wie könnten wir überhaupt fortgehn, wo jeden Tag die Drescher mit ihrer Arbeit anfangen werden?« fragte sie mit trockener Kehle.

»Mein Vater meint, ich sollte allein fortgehen.«

»Weshalb?« fragte sie abermals voller Zorn auf seinen Vater.

»Er findet, daß ich nicht weiterkomme und daß ich Anregung brauche«, erklärte er.

Er fühlte, daß er sie verletzte, aber heute fiel es ihm wegen des Auftritts mit Hal leichter denn je, sie zu verletzen. Er konnte nicht vergessen, wie entschlossen sie die Peitsche dreimal hatte niedersausen lassen, während er widerstrebend dagestanden und zugesehen hatte, ohne eingreifen zu können. Er vermochte ihr noch nicht zu verzeihen, teils weil sie einfach ihren Willen durchgesetzt, vor allem aber weil sie ihm gezeigt hatte, daß sie unbarmherzig sein konnte.

»Wenn du mich verläßt, wirst du nie mehr zu mir zurückkehren«, sagte sie.

»Doch«, entgegnete er, »natürlich komme ich zurück.«

»Nein, ich weiß es genau.«

Sie hatte ihren pennsylvanischen Tonfall beinahe verloren, doch wenn sie aufgewühlt war, kam er wieder zum Vorschein. William war leicht gerührt.

»Sei kein Dummerle, Liebste«, sagte er sanft.

»Ich tu' alles für dich«, sagte sie. »Etwas andres kümmert mich kaum. Du hast zwar alles für mich aufgegeben, William, aber ich habe auch alles für dich aufgegeben.«

»Ich bitte dich, Ruth, du machst aus nichts eine große Sache. Schließlich reisen die meisten Maler überallhin, und ihre Frauen sind dann unglücklich. Ich bin sehr treu gewesen, finde ich.« Er versuchte spielerisch zu sein.

Er spürte, wie sie sonderbar zitterte, diese robuste, starke Frau mittleren Alters, die sein Weib war.

»Aber, mein Herz!« rief er, drehte sich um und schloß sie in die Arme, von einer Zärtlichkeit gepackt, die nur deshalb etwas Ungewöhnliches hatte, weil sie beschützend war. Nie zuvor war Ruth schutzbedürftig erschienen.

»Aber, mein Kleines ...« murmelte er. So hatte er sie noch nie gekannt. Und da fing sie plötzlich an zu weinen und sprach sich alles von der Seele, wovon er nie eine Ahnung gehabt hatte.

»Oh, ich weiß, meinetwegen willst du fortgehn! Ich bin nicht gut genug für dich. Deshalb wünscht dein Vater, daß du fortgehst. Als ich dich heiratete, da wußte ich schon, daß ich das nicht durfte. Ich fürchtete immer, daß ich es nicht dürfte. Ich hätte einen meinesgleichen heiraten sollen, dann hätte ich helfen können und nichts zerstört. Ich habe mich damit verbraucht, es wettzumachen, habe versucht, alles so zu tun, wie es für dich nötig war, und habe nicht im geringsten danach gefragt, was für mich richtig gewesen wäre. Wenn du mich verläßt, ist alles sinnlos!«

»Leise!« flüsterte er. »Leise, Ruth! Die Kinder hören dich sonst.«

»Ach, das ist mir ganz gleich!« rief sie.

Er ließ sie weinen und hielt sie im Arm, doch war er stark genug, ihr nicht zu versprechen, daß er bleiben würde. Er war zutiefst erschüttert, aber er zeigte ihr nicht, wie sehr. Er wußte ja selber nicht, wie groß seine Erschütterung war. Denn sein Vater hatte ihn ebenfalls erschüttert, und wer ihn mehr ergriffen hatte, sein Vater oder Ruth, das wußte er noch nicht. Morgen wenn er dann allein den Hügel hinaufging und nachdachte, würde er Klarheit erlangen.

Und als sie sich ausgeweint und auf sein Versprechen, nicht fortzugehen, vergebens gewartet hatte, wurde sie von panischer Angst erfaßt. Und aus ihrer Angst heraus verlangte es sie leidenschaftlich danach, ihn auf die tiefste Weise, die sie kannte, zu besitzen.

»Oh, liebe mich«, hauchte sie, »liebe mich – liebe mich . . .«

Aber sogar in der Liebe versprach er es ihr nicht. Er hielt halsstarrig an seinem Entschluß fest, bis zum Morgen zu warten und vorher nichts zu entscheiden. Auch als er sie ansah, wie sie jetzt zärtlich und schön war, konnte er nicht vergessen, daß sie die Peitsche auf Hal hatte niedersausen lassen. In diesem einen Augenblick war sie ihm fremd und verhaßt geworden, und ein Augenblick hatte ihm genügt, um sich eine Trennung von ihr vorstellen zu können.

Ruth lag noch lange wach, indes er schlief. Er war verändert, und sie ängstigte sich. Sie ängstigte sich immer, wenn seine Stimmung sich von dem, was sie kannte, im geringsten unterschied. Seinen Geist kannte sie nicht, und sie war außerstande, ihn zu ergründen, aber seinen Körper kannte sie ganz und gar, und an seinem Körper ermaß sie seinen Seelenzustand. Wenn er aß und trank und schlief, wenn er sie stürmisch begehrte, dann war sie zufrieden. Seine Malerei konnte sie insgeheim nicht als Arbeit betrachten. Er verkaufte im Jahr einige Bilder, doch das reichte nicht weiter als für seinen eigenen Bedarf. Sie verdiente den Lebensunterhalt durch die Farm; das erfüllte sie mit Stolz, zumal sie wußte, daß viele Leute sie bedauerten, weil ihr Mann nicht fähig war, für sie zu sorgen. Diesen Leuten gegenüber äußerte sie das, was ihre Kinder nicht aussprechen durften.

»Williams Vater ist ein sehr reicher Mann. William wird nach dem Tode des Alten reich sein.«

So milderte sie ihr Mitleid und flößte ihnen außerdem eine merkwürdige Achtung vor dem ihnen unverständlichen Künstler ein. Sie starrten seine Bilder an und wunderten sich, warum er gerade einen bestimmten, vom Frühlingsregen aufgeweichten Feldweg auf der Leinwand verewigt hatte.

»Man sollte meinen, daß es schönere Dinge gibt«, murmelten sie.

Und auch Ruth empfand dieselbe Mischung von Achtung und Verachtung für seine Malerei. Immerhin wußte sie, daß er malen mußte, um glücklich zu sein. Ihr selber war es am wohlsten zumute, wenn er ein neues Bild anfing. Er war dann immer angeregt, glücklich und hoffnungsvoll. Er arbeitete in solchen Augenblicken angespannt, aber je mehr die Arbeit fortschritt, desto mehr ließ auch seine Hoffnung nach, und so fürchtete sie sich jedesmal vor der Vollendung eines Bildes. Am Schluß war er nie befriedigt, und wenn er unzufrieden war, wurde er ruhelos. Und alles, was sie sagte, half nichts.

»Ich finde, daß es ebenso gut wie deine andern ist«, hatte sie erst heute morgen gesagt. Sie selber vermochte kaum Unterschiede zwischen seinen Bildern zu erkennen.

»Oh, Ruth!« hatte er gestöhnt, und da merkte sie, daß sie wieder etwas Verkehrtes gesagt hatte. Es war so schwer, zu wissen, was für Äußerungen er von ihr erwartete.

Seine Unruhe konnte sie nur durch Liebe stillen. Manch einen Tag hatte sie in der Hoffnung auf die Nacht überstanden. Heute abend aber hatte die Liebe zum erstenmal nicht genügt. Sie spürte, daß er ihr immer noch fern war. Sogar im Schlaf hatte er sich jetzt von ihr abgewandt. Während sie dalag, überlegte sie trotz ihrer Angst auf ihre gerade, praktische Weise.

Es sind heute zu viele Dinge zusammengekommen, die sich gegen ihn verschworen haben – er hat sein Bild fertiggemalt und seine Eltern besucht; dann kam er heim, und er begreift ja nie, was mit Hal los ist. Ich muß es morgen irgendwie wiedergutmachen.

Sie drehte sich behutsam um und legte den Arm über ihn. Der Mond war spät aufgegangen und schien nun ins Zimmer, sie konnte Williams Umrisse in dem fahlen Licht erkennen. Zärtlich betrachtete sie ihn. Wie sie ihn liebte! Es spielte keine Rolle, daß er nicht für seine Familie zu sorgen vermochte und daß er auch bei der Erziehung der Kinder versagt hatte. Was den Hof betraf, so konnte sie sich immer bei Henry Fasthauser Rat holen. Er hatte die angrenzende Farm gekauft und war ein guter Nachbar, obwohl er ein armes, untüchtiges Mädchen geheiratet hatte, das nicht imstande war, das Haus sauberzuhalten.

»Wir beide hätten heiraten sollen.« Das pflegte er hin und wieder zu ihr zu sagen, wenn sie die Frage besprachen, wann ausgesät werden sollte, oder wie man den vom Regen durchnäßten Boden pflügen könnte.

»Halt den Mund, Henry«, antwortete sie dann jedesmal.

»Es ist mir Ernst«, hatte er erst gestern gesagt. »Du hast einen untüchtigen Mann, und ich hab' eine untüchtige Frau.«

»Halt den Mund«, hatte sie abermals entgegnet.

Niemals hätte sie diesen großen derben Burschen lieben können, nachdem sie William kennengelernt. Und keine Frau hätte William wie sie lieben können. Andere Frauen mußten ihn vor ihr geliebt haben, Frauen wie jene, denen sie vor langer Zeit in New York begegnet war. Steckte jetzt eine Frau hinter seinem Wunsch fortzugehen? Das mußte der Fall sein, denn nur eine Frau konnte bewirken, daß sein Körper sich dem ihren gegenüber kalt verhielt. Sie hatte Ehefrauen miteinander sprechen hören. »Wenn er nicht wie sonst will, dann mach die Augen auf, und du wirst sehn, was los ist.«

Ihr Herz klopfte schmerzvoll vor eifersüchtiger Liebe. Oh, die andern waren in der Lage, die Augen aufzumachen und zu sehen, aber sie?

»Mein Geliebter«, flüsterte sie. Er fand Koseworte für sie, doch dies war alles, was sie sagen konnte. Wenn sie nur das eine Wort geäußert hatte, schwoll ihr Herz, und sie erstickte vor Liebe.

Sie wollte ihn nicht fortlassen.

Am nächsten Morgen, einem Sonntag, warteten sie am Frühstückstisch auf Hal. Die Mädchen trugen ihre frischen Musselinkleider für die Sonntagsschule, und Ruth hatte ihr hellbraunes Leinenkleid an, darüber eine Schürze, damit es sauber blieb. William ging nie in die Kirche. Er liebte es, am Sonntagvormittag allein im Haus zu sein. An diesem Morgen war er sofort hellwach gewesen und dachte an den vor ihm liegenden Entschluß, und er war dankbar, daß einige Stunden des Alleinseins vor ihm lagen. Heute vormittag wollte er sich entscheiden. Er erwog im stillen ruhig die Möglichkeit – und mit dem Steigen der Sonne festigte sich immer mehr der Entschluß in ihm –, den Rat seines Vaters zu befolgen und fortzugehen.

Wenn ich mich jemals mit dem, was ich habe, zufriedengeben soll, sagte er sich, dann muß ich erst wissen, was ich woanders ausrichten kann.

Ruth war wie stets frühzeitig aufgestanden und, während er noch schlief, in die Küche hinuntergegangen. Er war allein im Schlafzimmer, aber das Haus lebte rings um ihn. Es bot Sicherheit und Behaglichkeit, war schön in seiner Schlichtheit. In diesem Augenblick duftete es nach Speck und Kaffee, und er hörte die Stimmen der Mädchen, die, solange er noch nicht erschienen war, nur gedämpft erklangen.

Er lag in dem breiten alten Bett; er fühlte sich leicht, gehoben und frei. Eine Fessel war gelöst. Am vergangenen Abend hatte er es erkannt. Zum erstenmal während ihres Zusammenlebens hatte er nicht um Ruth geworben, sondern sie um ihn. Darin tat sich eine so tiefgreifende Wandlung kund, daß er sie nicht ganz zu erfassen vermochte. Dadurch wurde er frei, die Worte seines Vaters bis in alle Einzelheiten zu überlegen. Hätte sein Vater gesagt, daß es Zeit für ihn sei, zu der ihm angestammten Welt zurückzukehren, so hätte er es zornig abgestritten. Hingegen hatte sein Vater gesagt, es sei an der Zeit, daß er zu sich selbst zurückkehre – ehe es zu spät war. Was er bedenken mußte, das war nicht die eine oder die andere Welt, sondern sein wirkliches Selbst. Gestern war dieses Selbst bei seines Vaters Worten auferstanden gleich dem Geist eines Toten.

Er erhob sich schließlich, wusch sich, zog sich an und begab sich zum Frühstück hinunter. Ruth und die Mädchen warteten auf ihn. Wie sehr er sich auch verspäten mochte, Ruth bestand darauf, daß die Kinder auf ihn warteten. Es gehörte zu ihren häuslichen Anordnungen, daß alle bei den Mahlzeiten vereint sein mußten. »Eine Familie darf ihr Essen nicht einfach beliebig einnehmen«, sagte sie immer.

Aber Hal war noch nicht da.

»Wo steckt der Junge nur?« fragte Ruth ungeduldig. »Mary, lauf hinauf und hol ihn.«

»Er ist müde nach dem gestrigen Abend«, bemerkte William anzüglich.

Er nahm Platz, dann setzte Jill sich und dann Ruth. Ruth antwortete ihm nicht, und sie wich seinem Blick aus.

»Warum soll er nicht einmal ausschlafen?« fuhr er fort.
»Er hat gestern nichts getan, wodurch er müde sein könnte«, gab Ruth zurück.
Da vernahmen sie Marys Schrei. »Mutter!« schrie sie.
Ruth sprang auf, eilte hinaus und stürzte die Treppe empor.
»Was ist nun schon wieder los?« knurrte William. Er stand auf und folgte ihr, Jill hinter ihm drein. Von oben hörte er Stimmen.
»Er ist nicht hier!« stieß Mary hervor.
»Er muß doch hier sein!« sagte Ruth laut.
Sie befanden sich in Hals Zimmer, als er sie einholte. Das Bett war unberührt. Ruth riß die Tür des Schrankes auf, in dem Hal seine Kleider aufbewahrte. Der Schrank war leer.
»So töricht kann er nicht sein!« rief sie. Aber sie wurde ganz blaß, und ihre Lippen waren grau.
»Ich will schnell nachsehn, ob sein Rad noch da ist«, rief Jill und lief hinunter.
Im Nu kehrte sie zu den andern zurück. »Es ist nicht da«, meldete sie.
»Oh, der dumme Junge«, stöhnte Ruth.
Ihre Augen schweiften durchs Zimmer auf der Suche nach einer hinterlassenen Nachricht. Aber da fand sich nichts.
Sie begaben sich hinunter, und William überlegte, was zu tun wäre.
»Wir sollten sofort die Polizei verständigen«, sagte er zu Ruth.
Sie aber hegte eine bäuerliche Abneigung gegen Polizei und öffentliche Aufmerksamkeit. Außerdem wurde sie böse auf Hal, als ihr aufging, was er getan hatte.
»Bis zum Abend ist er zurück«, erklärte sie. »Ich sage euch, wenn ihn der Hunger plagt, kommt er wieder.«
Aber keiner von ihnen mochte zur Kirche gehen. Ruth stieg die Treppe hinauf und zog ihr altes blaues Werktagskleid an, und als die Mädchen darum baten, zu Hause bleiben zu dürfen, erlaubte sie es ihnen.
Sie blieben den ganzen Tag beisammen und beschäftigten sich mit diesem und jenem. William konnte nicht malen, doch um wenigstens etwas zu tun, reinigte er seine Palette und seinen Malkasten. Er rückte ein Tischchen zum Fenster, mit der Erklärung, daß er Licht brauche, aber in Wirklichkeit geschah es, weil er von diesem Fenster aus die Straße übersehen konnte.
»Jungen laufen oft von daheim fort«, sagte er aufmunternd zu Ruth.
Aber er selbst war als Kind niemals auf den Gedanken verfallen, fortzulaufen. Er hatte brav von einem Tag zum andern gelebt und die von seiner Mutter vorgeschriebenen Erziehungsmaßregeln befolgt. Plötzlich fiel ihm ein, daß er an dem Tage fortgelaufen war, als er Ruth zum erstenmal erblickte. Sein ganzer lange aufgestauter Fluchtwunsch hatte ihn zu einem Sprung bewegt, dessen Spannung bis jetzt angehalten hatte. So sahen seine Eltern es

an, wie er erkannte. Zweifellos glaubten sie daran, daß William eines Tages zurückkehren würde.

»Es ist besser, wenn man als junger Mensch seinem Impuls folgt«, sagte er zu Ruth, verschwieg ihr jedoch, was er gedacht hatte.

»Hal hatte gar keinen Grund wegzulaufen – er hat es ja gut zu Hause«, entgegnete sie kurz angebunden.

Sie rieb die Möbel blank, wischte die Treppe auf und stieg zu dem sauberen Speicher hinauf, weil sich ihr von den hoch angebrachten Fenstern aus eine weite Sicht bot. William kam mit, um die aufgestapelten alten Zeitschriften durchzusehen. Er machte Ruth keine Vorwürfe, weil er wußte, als hätte sie es ihm mit Worten gesagt, daß sie sich selber Vorwürfe machte.

Sie brach unter ihren Selbstvorwürfen beinahe zusammen, als die Abenddämmerung sich herabsenkte. Er brauchte es ihr nicht noch zu erschweren. Ihr Zorn schwand, und am Abend bebte sie vor Angst. Noch nie hatte er sie in dem Zustand gesehen, in den sie dann geriet, als schließlich die Dunkelheit die Straße verhüllte und der Junge immer noch nicht heimgekommen war. Auf dem Speicher, der keinen Flecken mehr zeigte, wandte sie sich ihm zu und suchte Schutz an seiner Brust.

»Ich bin ein böser, starrköpfiger Mensch«, flüsterte sie. »Ich habe ihn gestern nicht um seinetwillen verhauen. Ich tat es, weil ich wütend auf ihn war, und Gott hat ihn mir genommen, um mich zu strafen.«

Er entblößte sein Herz von allem außer dem großen Ansturm neuer, beschützender Liebe, die er für die zusammengekrümmte Frau in seinen Armen fühlte.

»Unsinn, mein Liebes«, sagte er. Er tröstete sie, streichelte ihr Haar und legte seine Wange an ihre Stirn. »Wir haben ihn ja noch gar nicht gesucht.« Es hatte keinen Zweck, mit ihr über Gott zu streiten, das wußte er. Sein leichter Rationalismus hatte Ruths Glauben an einen unbarmherzig gerechten Gott nie zu erschüttern vermocht. »Wir wollen die Polizei benachrichtigen«, fuhr er fort. »Die Polizei kennt alle möglichen Mittel und Wege, verlorengegangene Personen aufzuspüren.«

Er führte sie hinunter und setzte sie im Wohnzimmer in den Schaukelstuhl. »Ruh ein bißchen aus«, riet er ihr. »Du hast den ganzen Tag angespannt gearbeitet, dich aufgeregt und fast nichts gegessen.«

Dann rief er die Polizei an.

Es erschütterte ihn ziemlich, als er Hals Aussehen schildern mußte. Nie hatte er seinen Sohn so klar gesehen ... »Groß für sein Alter, rötlichbraunes Haar und braune Augen, Sommersprossen über der Nase, rote Wangen und volle Lippen ...« Fast hätte er hinzugefügt: »Wie seine Mutter«, aber er zügelte sich.

Seine Lippen zitterten, als er zu Ruth zurückkehrte. Sie hatte die Familienbibel auf dem Schoß und starrte darauf.

»William!« rief sie. »Er hat etwas in die Bibel geschrieben.«
Er trat zu ihr und blickte über ihre Schulter. Und da standen in Hals kindlicher Schrift unter dem Datum seiner Geburt diese Worte:
»Verließ sein Elternhaus am 13. Juli 1913.«
»Ich nahm die Bibel, um darin Trost zu suchen«, schluchzte Ruth. »Und das hat sich daraus ergeben!«
Das schwere Buch glitt zu Boden, und sie weinte laut. Und er kniete neben ihr und hielt sie umschlungen, indes sie weinte.

Einen Monat lang durchsuchte die Polizei die Gegend und den Staat nach einem braunhaarigen, braunäugigen Knaben. Sechs Monate lang und dann ein Jahr lang suchte man, aber er wurde nicht gefunden.
William ging keine Stunde von Ruth fort. Wenn er malte, stieg er den Hügel hinauf, und sah er sie dann nicht aus der Küche kommen und mit der Schürze winken, so begab er sich wieder hinab und schaute überall im Hause nach, bis er sie fand.
»Wie geht es dir, Liebste?« fragte er etwa.
»Oh, gut, William«, antwortete sie immer ruhig.
Er wußte natürlich, daß sie damit meinte, es gehe ihr so gut, wie es den Umständen nach möglich sei, solange Hal noch nicht gefunden war. Insgeheim befürchtete William, und bisweilen glaubte er auch, daß Hal tot sei, doch äußerte er dies Ruth gegenüber nie. Sie sprach von ihm stets als von einem Lebenden. Selbst in der Tiefe ihres Herzens rechnete sie nicht mit der Möglichkeit, daß er tot sein könnte. Sie hielt das Zimmer für ihn bereit, sonnte das Bett, wusch von Zeit zu Zeit die Leintücher, als ob der Junge in seinem Bett geschlafen hätte. Eines Tages würde er hereinkommen, mit seinem mutwilligen Lächeln. Sie lächelte vor sich hin, wenn sie daran dachte.
»Worüber lächelst du, Mutter?« fragte Jill.
Sie war gewachsen, seit Hal das Elternhaus verlassen hatte, und ihr Wissen um das Leid im Hause beeinflußte ihr Gemüt. Sogar ihr Benehmen hatte sich verändert, auch ihre Redeweise, mit der sie jetzt den Vater nachahmte.
»Ach, nichts«, gab ihre Mutter geistesabwesend zurück.
Äußerlich schien Ruth ganz die gleiche, aber innerlich änderte sie sich. Sie zeigte sich William gegenüber sanfter denn je, und sie wurde abhängiger von ihm; hingegen schlug sie den Mädchen gegenüber einen schärferen Ton an. Manchmal war sie so streng, daß William es nicht ertragen konnte, aber er machte ihr keine Vorwürfe wie damals, als sie Hal schlug. Denn sie hatte seinen Vorwurf nicht vergessen. Mitunter erwachte er des Nachts und spürte, daß sie neben ihm wach lag.
»Kannst du nicht schlafen?« erkundigte er sich.
»Ich muß nachdenken«, erwiderte sie. Dies bedeutete immer, daß sie an ihren Sohn dachte. »Hätte ich doch nur auf dich gehört«, sagte sie schwer-

mütig. »Wenn ich nur das getan hätte, was du mir an jenem Abend rietest, und ihn nicht angerührt hätte ...«

»Ruth, du darfst nicht immerzu an den Abend denken«, mahnte er sie. »Übrigens war der Junge dir gar nicht böse. Ich weiß noch, wie sehr es mich beeindruckte, daß er so – so einsichtsvoll war und begriff, warum du es nötig fandest, ihn zu bestrafen.«

»Deshalb hat er mich verlassen«, stöhnte sie. »Wäre ich rasend geworden, dann hätte er es überwunden und gar nichts dabei gefunden. So aber ging er zu Bett und rechnete sich aus, daß er ganz anders ist als ich und daß wir überhaupt nicht miteinander auskommen können.«

Ihr Scharfsinn erstaunte ihn. Ob Hal wirklich so klug gewesen war? Er konnte es von diesem unachtsamen Jungen kaum annehmen. Aber vielleicht hatte sie recht.

»Wenn er dich so gut versteht, dann weiß er auch, wie sehr du ihn liebst, und wird zurückkommen. Ruth, liebe Frau, gräme dich nicht. Ich brauche dich.« Er zog sie an sich. »Liebling, dies ist unsere schönste Lebenszeit. Wann sollen wir jemals glücklich sein, wenn nicht jetzt?«

»Du hast Hal nie so geliebt wie ich«, sagte sie.

Er ließ sie los. »Ich glaube, das stimmt. Ich habe wohl keins der Kinder so wie du geliebt. Aber vielleicht habe ich dich mehr geliebt als du mich. All meine Liebesfähigkeit habe ich auf dich verwandt.«

Sie lauschte seinen Worten, und sie erschrak wie stets, wenn er etwas äußerte, das ihr Fassungsvermögen überstieg.

»Ich weiß wirklich nicht, wie jemand einen Mann mehr geliebt haben könnte«, entgegnete sie.

Es fiel ihr so schwer, ihm geradeheraus ihre Liebe zu gestehen, daß er plötzlich ungeduldig mit ihr wurde. Er richtete sich im Dunkel auf und beugte sich über sie.

»Sag, daß du mich liebst!«

»William, sei doch nicht so ...«

»Liebst du mich, ja oder nein, Ruth?«

»Natürlich liebe ich dich.«

»Warum sagst du es dann nicht? Ich sage es dir jeden Tag zehnmal.«

»Bei uns zu Hause wurden nicht viel Worte gemacht, wir sind nicht so erzogen.«

»Findest du, daß es nur Worte sind, Ruth?«

»Nein, aber ...«

»Dann sag: ›Ich liebe dich, William.‹«

»Würde ich mich sonst für dich so abschuften?« Ihre Stimme bebte, als ob sie zornig wäre. »Keine Frau muß sich derartig abplagen wie ich! Das Haus, der Hof und die Kinder, alles lastet auf mir. Würde ich das tun, wenn ich – es nicht gern täte?«

»Du meinst ich bin dir keine Hilfe, tauge nichts?«
»Nein, aber du bist anders als die Männer hier.«
»Du meinst, ich bin anders als Henry Fasthauser.«
Er staunte über sich selbst. Er war nicht im geringsten eifersüchtig auf Henry. Seit Jahren wußte er, daß Ruth sich bei Henry Rat holte. Aber der Mann war solch ein Klotz, er war kahlköpfig, vierschrötig und derb, und schon aus Hochmut hätte William sich nicht dazu herabgelassen, eifersüchtig zu sein. Nie betrachtete er Henry Fasthauser, ohne sich voll Vergnügen seiner eigenen schlanken, biegsamen Gestalt und seiner dichten, schön ergrauenden Haare bewußt zu sein.
Ruth antwortete mit Würde. »William, ich schäme mich für dich. Du weißt, daß ich keine Frau bin, die jemals an einen andern Mann denken würde.«
Er fühlte sich sogleich gedemütigt. Er legte die Wange auf ihren Busen. »Ich weiß es, Ruth.«
Aber er hörte ihr Herz rasch schlagen, und sie schlang die Arme nicht um ihn.
»Wenn du das von mir denkst«, fuhr sie fort, »dann ist alles, was ich für dich getan habe, zwecklos, obwohl ich alles nur für dich tue. Ich führe den Haushalt so, wie du ihn meiner Ansicht nach haben möchtest. Nie rühre ich einen Kuchen oder stelle den Brotteig auf, ohne zu denken: Es ist für William. Tag und Nacht ist das mein Gedanke.«
Während all der gemeinsam verbrachten Jahre hatte sie nie so etwas gesagt.
»Ich weiß«, flüsterte er. »Liebste, sprich nicht weiter. Ich verstehe dich. Ich bin so unvernünftig. Du gibst mir alles.«
»Ich möchte es«, antwortete sie, »aber wenn du auch Worte haben willst...«
»Nicht, Liebling – sag nichts mehr!«
»Wenn du Worte haben willst«, wiederholte sie entschlossen, »nun dann...«
Sie sprach mit solcher Überwindung, daß er ihre Scheu und Scham mitlitt. »Ich – liebe dich.«
Es war, als hätte sie sich um seinetwillen selber verwundet. Er legte die Hand unter ihre Brust und fühlte, wie sie schwitzte. Aber er war erheitert und auch erregt. Er hatte sie dazu gebracht, es auszusprechen. Er hatte sie aus sich selbst, aus ihrem Schweigen herausgezwungen. Er hatte sie dazu gebracht, zu ihm zu kommen. Er lachte laut.
»Oh, du süßes Wesen!« rief er. Diese zurückhaltende Frau, die mit ihrem Haushalt und ihren Kindern alle Hände voll zu tun hatte, war ein scheues, einsames Mädchen, und er allein wußte, wie sie war.
Er zündete die Nachttischlampe an und streifte ihr das hochgeschlossene Nachthemd ab. Und sie lag so schön in ihrer Blüte, so viel schöner noch, als sie in ihrer Mädchenzeit gewesen war.
Nicht nur sie war stark, auch er. Nicht nur sie stand in ihrer Blüte, auch er. Die Leidenschaft ihrer Jugend dünkte ihn klein und schwach im Vergleich

zu dem mächtigen Drang, der sie jetzt beseelte. Gemeinsam sanken sie in die Tiefe des Abgrunds. Gemeinsam stiegen sie daraus empor.
Als er um Mitternacht friedlich dalag, lachte er im stillen beim Gedanken daran, daß er jemals erwogen hatte, Ruths Haus zu verlassen, um auf die Suche zu gehen nach – was eigentlich? Um sich selbst zu suchen, hatte er gesagt, sich selbst, hatte er gedacht. Wäre er jedoch fortgezogen, so hätte er sein wirkliches Selbst zurückgelassen. Er war an dem Tage, als Hal durchbrannte, nicht von Ruth gegangen, weil er nicht konnte. Jetzt erkannte er, daß er niemals von ihr gehen würde, weil er nicht wollte. Dies, dies war er.

Weitere Jahre vergingen, ohne daß ein Gerücht, ein Brief oder eine Karte von Hal kam. William war jetzt vom Tode des Jungen überzeugt, doch sprach er nicht mit Ruth darüber. Mary und Jill hatten beinahe vergessen, wie ihr Bruder aussah. Sie wußten nur, daß der Vater ihn für tot hielt und daß die Mutter nicht daran glaubte.
»Was meinst du?« fragte Jill ihre Schwester Mary.
»Ich bin der gleichen Meinung wie Mama«, antwortete Mary.
»Ich teile Vaters Meinung«, sagte Jill.
In allem wollte sie es ihrem Vater gleichtun. Sie verehrte ihn und befürchtete immer, nicht hübsch genug zu sein, um ihm zu gefallen. Sie wollte so gern hübsch sein. Weder sie noch Mary war wirklich hübsch, aber Mary war hübscher als sie. Sie wollte für ihren Vater hübsch sein, weil sie wußte, wie sehr er die Schönheit der Mutter wahrnahm. Bisweilen geschah es, daß er mitten im Essen, oder wenn sie abends am Kamin saßen, plötzlich sagte: »Ruth, du bist wunderschön.« Dann blickten alle Ruth an und sahen, wie schön sie war mit dem braunen Haar, das sich um ihre Stirn und ihre kleinen Ohren lockte, den roten Wangen und den blauen Augen. Wenn sie merkte, daß sie angestarrt wurde, errötete sie.
»Schaut mich nicht so an«, sagte sie etwa. »William, du solltest vernünftiger sein.«
»Wieso?« fragte er lachend.
»Vor den Mädchen!« rief sie.
»Aber sie wissen ja, daß du hübsch bist!«
»Das meine ich nicht«, entgegnete sie und errötete noch mehr.
»Was denn?«
»Oh – William!«
Sie fühlte sich immer gehemmt, wenn er sie zwang, sich in Worten auszudrücken. Und dann neckte er sie.
»Meinst du, sie dürfen nicht wissen, daß ich in dich verliebt bin? Das sollten sie aber wissen – es ist gut für sie, es zu wissen. Sie müssen allmählich erfahren, was Verliebtheit ist.«
»William!«

Erst wenn Ruths Ton eine gewisse Seelenangst verriet, hörte er auf, sie zu necken.
Es war jedoch nicht nur Neckerei. Oh, das wußten sie alle beide, sie und Mary! Nachher sprachen sie darüber. Mary aber ergriff stets für die Mutter Partei.
»Papa sollte nicht so reden. Sie hat es nicht gern«, tadelte sie.
»Ich finde es entzückend! Andere Männer sind so langweilig. Sieh dir den dikken Henry Fasthauser an. Ich möchte wetten, er spricht nie von andern Dingen als vom Vieh und von der Ernte.«
»Ellie sagte mal, er sei auch in Mama verliebt gewesen«, erwiderte Mary verschmitzt. Ellie war Toms Frau.
Jills graue Äuglein starrten die Schwester an. »Du meinst — er hätte unser Vater sein können?«
Mary nickte.
»Oh, das wäre entsetzlich!« rief Jill.
»Wir hätten nichts anderes gekannt.«
»O doch, ich wohl! Wenn wir unsern wirklichen Vater nicht hätten!«
Aber insgeheim war Jill nie ganz sicher, ob William wirklich ihr Vater wäre. Kummervoll betrachtete sie sich im Spiegel, um eine Ähnlichkeit mit ihm zu entdecken. Aber sie fand keine.
»Sieht keins von uns Vater ähnlich?« fragte sie Ruth eines Tages beim Geschirrspülen.
»Nur Hal«, antwortete die Mutter kurz. »Aber im Grunde gleicht er ihm nicht — nur äußerlich.«
Niemand war jedoch auf Hals erschreckende Ähnlichkeit mit William vorbereitet, als er eines Tages plötzlich in der halbgeöffneten holländischen Tür erschien. Es war ein Samstag, und sie saßen beim Mittagsmahl. Zufällig verhielten sie sich in diesem Augenblick still. Ruth zerteilte einen Kirschkuchen.
Eine träge Stimme erklang: »Gibt's was zu essen für einen Landstreicher?«
Sie blickten auf. Da stand ein junger Mann. William erschrak. Er gewahrte sich selber. Dieses Gesicht — es war ihm vertrauter als dasjenige, welches er jetzt jeden Morgen im Spiegel sah! Ruth schrie zum erstenmal in ihrem Leben auf.
»Hal!«
Hal schwang ein langes Bein über die untere Türhälfte, dann das andere.
»O Hal!« Ruth erhob sich halb und sank wieder zurück; ihr braungebranntes Gesicht war fahl. Unvermittelt fing sie an zu weinen.
William sprang auf. »Kümmert euch um Mutter, ihr Mädchen!« rief er. Er nahm sein Weinglas und hielt es ihr an die Lippen. »Schäm dich«, fuhr er seinen Sohn wütend an, »sie nach all den Jahren so zu überfallen!«
Er war plötzlich von wilder Wut auf Hal erfaßt, weil er Leid über das Haus gebracht hatte, weil seine Rückkehr an Ruths Erschütterung schuld war, vor allem weil er, dies wußte William mit aller Schärfe, genauso aussah, wie er

selbst vor dreißig Jahren ausgesehen hatte. Oh, er zürnte Hal deswegen sehr! Ruth aber fuhr ihn an. »Schäm du dich, William! Oh, Hal, Hal, du bist wieder da!«

Die Tränen strömten ihr immer noch über das Antlitz, und sie machte sich von Williams Arm los, hob die Hand und streichelte Hals Wange.

»Natürlich, Mama. Du wußtest doch, daß ich irgendwann einmal wiederkommen würde. Aber, Mama, ich wär' niemals für immer fortgegangen.«

»Das hättest du ihr schreiben können«, sagte William trocken.

Der Junge war größer als er und allzu hübsch. Ob er selber wohl ebenfalls in seiner Jugend so hübsch gewesen war? Er erinnerte sich, wie Elise einst vor vielen, vielen Jahren in ihrer hemmungslosen, geraden Art zu ihm gesagt hatte: »Du bist allzu hübsch, um ein guter Mensch zu sein, William. Was steckt eigentlich hinter dir?«

»Du meine Güte, ich bin kein großer Briefeschreiber«, lachte Hal. »Ich hatte immer die Absicht zu schreiben, und irgendwie kam ich einfach nicht dazu.«

»Hal, wo warst du die ganze Zeit?« rief Ruth.

»Überall«, antwortete er. »Verschont mich mit Fragen, bis ich was gegessen hab'.«

Der Gedanke, daß er hungrig war, brachte sie zu sich. »Setz dich«, befahl sie ihm. »Mary, Jill, holt einen sauberen Teller und schneidet Fleisch auf – holt alles, was wir haben. Ich bin froh, daß ich den Kuchen gebacken habe. Gerade deinen Lieblingskuchen, mein Junge. Als ich ihn heute vormittag machte, dachte ich immerzu an dich. Aber, Hal, oh, daß du mich nicht benachrichtigt hast!« Ihre roten Lippen zitterten wieder.

Er hatte den Mund voll Brot, hörte jedoch auf zu kauen. »Hast recht, Mama«, murmelte er und schluckte. »Ich sehe jetzt ein, wie abscheulich das von mir war. Aber, Teufel noch mal, die Zeit verging so schnell – immer war was los.« Er schnitt sich noch eine Scheibe Brot ab.

»Was hat dich jetzt nach Haus geführt?« erkundigte sich William in strengem Ton.

Er nahm wieder am oberen Tischende Platz. Es war ihm unmöglich, freundlich zu sprechen. Hal aber blickte ihn mit offenen, unverhüllten Augen an.

»Der Krieg, Vater«, erwiderte er. »Wir werden in den Krieg eingezogen werden.«

Drei Jahre, hatte Monty gesagt. Es war schneller gegangen. Vor nahezu drei Jahren hatte der Krieg in einer kleinen europäischen Stadt angefangen und sich wie ein Krebsübel über die Länder ausgebreitet. Doch dieser Krieg war für William nie etwas Wirkliches gewesen, denn alles, was für ihn Wirklichkeit bedeutete, spielte sich hier in Ruths Haus ab. Zwei- oder dreimal in der Woche überflog er die Schlagzeilen des Bezirksblattes, und manchmal kaufte er sonntags die Zeitung von Philadelphia. Ohne besondere Anteilnahme las er, wie ein ihm bekannter Ort nach dem andern vor den Deutschen kapitulierte.

Deutschland hatte ihm gut gefallen. Eine einmonatige Fußwanderung durch den Schwarzwald gehörte zu seinen angenehmsten Erinnerungen. Und wenn Deutschland schon seine Grenzen erweiterte? Der Krieg blieb ein Schattenspiel am andern Ende der Welt, und die Jahre glitten über ihn hinweg gleich einem Strom klaren lauwarmen Wassers, so daß er sie weder gesehen noch gefühlt hatte.

Nun blickte er erschrocken ringsum, und er gewahrte ihr Mal an seinen Kindern. Hal war ein Mann geworden, Mary eine Jungfrau und Jill ein hochaufgeschossenes vierzehnjähriges Mädchen.

Er richtete den Blick auf Ruth, und sogleich überflutete ihn wiederum der von ihr ausgehende Trost. Sie war nicht gealtert. Die Jahre hatten sie unberührt gelassen. Ihre Haare waren braun wie ehedem, ihre Augen blau wie je. Jetzt spiegelten diese blauen Augen hellen Schrecken. »Der Krieg geht uns doch nichts an, Hal?« fragte sie.

»Vielleicht doch«, antwortete er.

Der Teller vor ihm war vollgehäuft, und auf seiner Gabel steckte ein Bissen. Er benutzte den Daumen, um das Stück Fleisch, das von der Gabel gefallen war, wieder aufzuspießen.

»Ich glaube es nicht«, sagte Ruth. Sie legte ihre Gabel hin.

»Vielleicht aber doch«, wiederholte er. »Deshalb bin ich heimgekommen. Ich hab' mich freiwillig gemeldet.«

»Hal!« Ruths Schrei war scharf.

Er blickte auf, sah ihre Miene und ließ die Gabel sinken.

»Mama, man hätte mich ohnehin geholt. Die allgemeine Wehrpflicht wird eingeführt werden.«

»Das ist kein Grund, zu gehen, bevor du mußt.«

»Doch, Mama – außerdem möchte ich gehen, ich bin immer gern von Ort zu Ort gezogen.«

»Aber nicht an einen Ort, wo du den Tod findest!«

Hal lachte. »Ich werde nicht fallen, Mama! Man fällt erst, wenn eine Kugel für einen bestimmt ist.«

William mischte sich ein: »Aber was hast du denn gegen die Deutschen, Hal?«

»Gar nichts«, antwortete Hal fröhlich. »Nicht das geringste. Ich geh' zum Vergnügen.«

Er lachte, und Mary und Jill, von seinem Leichtsinn angesteckt, stimmten in sein Lachen ein. Ruth und William hingegen blickten einander ernst an.

»Warum lacht ihr?« fragte William streng.

Ernüchtert hielten sie inne und sahen vom einen zum andern. Weshalb waren die Eltern so ernst?

»Da gibt's nichts zu lachen«, sagte Ruth.

Er sagte sich, daß Ruth wieder die alte sein würde, sobald Hal gegangen wäre. Er bemühte sich, Geduld mit ihr zu haben. Dieser Frau stand es bevor, ihrem einzigen Sohn für Monate, für Jahre Lebewohl zu sagen, und dahinter dämmerte der Schatten eines Abschieds für immer. Er schämte sich seines eigenen widerspruchsvollen Wunsches, daß Hal schon fort und daß Haus und Alltag wieder im gewohnten Geleise sein möchten, und er verbarg seine Selbstsucht, als er sie erkannte, mit einem Schuldgefühl vor Ruth. Es war ihm klar, daß er Ruths Abwendung von seiner Person törichterweise übelnahm. Eifersucht quälte ihn, weil sie diesem großen, allzu hübschen Burschen, der sein eigener Sohn war, ihre Aufmerksamkeit schenkte. Am liebsten hätte er ihn aus dem Haus gewiesen, damit er nicht ihre Gemeinschaft teilte und damit er Ruth wieder ganz für sich hätte. Er sah es ungern, und seine Ungeduld wurde durch Widerwillen verstärkt, wenn sie über Hals dumme Späße und Streiche lachte. Hal machte mit Vorliebe handgreifliche Witze, und nur Jill verübelte ihm das. William fühlte sich zu der verständigen Jill hingezogen.

»Laß uns einen kleinen Spaziergang machen«, sagte er eines Abends nach dem Abendbrot zu ihr.

Seine erzwungene Zurückhaltung Hal gegenüber ließ ihn ruhelos werden. Was sollte ein Mensch tun, fragte er sich, wenn er merkte, daß er den Typus, als der sich sein eigener Sohn erwies, besonders verabscheute?

Jills unschönes Gesicht erhellte sich. »Oh, wie gern«, antwortete sie.

Sie gingen über den Rasen und dann den Pfad entlang, und es rührte ihn, zu sehen, wie ängstlich sie sich bemühte, sich ihm anzupassen. Sorgfältig zügelte sie ihren Schritt, um wie er müßig zu schlendern, obwohl sie gewöhnlich eine Art Hundetrab anschlug.

»Gehe ich dir zu langsam?« fragte William.

»O nein«, entgegnete sie eifrig. »Ich gehe sehr gern langsam – dann sieht man alles. Wenn ich allein bin, gehe ich jetzt manchmal absichtlich langsam, damit ich alles sehn kann.«

Es fiel ihm schwer zu sprechen, und er war überzeugt, daß es ihr noch schwerer fiel, obgleich sie tapfer einen Gesprächsgegenstand nach dem andern aufgriff. Er ließ sie gewähren. Nie hatte er seinen Kindern gegenüber Neugier empfunden, und doch wußte er instinktiv, daß Jill die einzige von den dreien war, bei der sich eine Forschung lohnen würde.

Endlich schwieg sie; es bedrückte sie, wie er erkannte, daß es ihr nicht gelang, ihn zu unterhalten. Er beschloß, sie aufzurütteln.

»Du weißt wohl, daß ich dich recht gern habe – als Mensch, nicht nur weil ich dein Vater bin«, sagte er.

Sie blickte zu ihm auf; ihr Gesicht strahlte vor ungläubiger Freude. So wird sie eines Tages aussehen, dachte er, wenn der Mann, den sie liebt, ähnliche Worte zu ihr spricht.

»Oh, wirklich?« stieß sie hervor. Sie nahm seinen Arm. »Es hat mich oft wundergenommen. Weil wir – Mary und ich, meine ich – gedacht haben, daß dir vielleicht nichts an uns liegt. Du bist zwar wunderbar zu uns, aber das bist du eigentlich zu allen Menschen.«

Dies belustigte ihn. »Ich will nicht mehr sagen, als du verstehen kannst«, versetzte er. »Es gehört zu meinen Grundsätzen, einen Menschen nicht nur deshalb zu lieben, weil er ein Verwandter ist. Der Gedanke, daß du mich einfach liebst, weil ich dein Vater bin, wäre mir nicht angenehm. Es ist reiner Zufall, daß ich es bin.«

Sie hatten den Zaun erreicht, und dahinter sahen sie Henry Fasthauser, der seine Kühe für die Nacht auf die Weide trieb.

»Der Mann dort zum Beispiel könnte ebensogut wie ich dein Vater sein – nur zufällig ist er es nicht geworden«, fuhr William fort.

Sie schmiegte sich an ihn. »Wenn der alte Fasthauser mein Vater wäre, würde ich sterben«, murmelte sie.

»Er ist nicht älter als ich.«

»Du wirst nie alt sein!« rief sie leidenschaftlich. »Du wirst immer derselbe sein wie jetzt, der beste Mann, den ich kenne!«

Er lachte. »Behaupte nicht zuviel. Spar das für den jungen Mann auf, dem du vielleicht morgen schon begegnest. Mag sein, daß er mir überhaupt nicht gleicht.«

»Dann will ich ihn nicht«, erklärte sie. »Er muß genauso wie du sein.«

Er lachte abermals; dieses junge Mädchen, das seine Tochter war, wärmte sein Herz, belustigte und rührte ihn und machte ihn jetzt auch ein klein wenig neugierig. In der Dämmerung strahlten ihn ihre Äuglein bewundernd an, und ihr Mund war zärtlich.

»Ich wünschte, ich könnte meine Gefühle für dich ausdrücken. Du bist anders als alle übrigen. Du erweckst andere Gefühle in mir. Ich möchte nicht wie alle übrigen sein – weil du mein Vater bist. Darauf bin ich ungeheuer stolz.«

Er drückte die heiße junge Hand, die auf seinem Arm lag. »Manchmal finde ich, daß ich nichts Besonders bin«, erwiderte er.

Das wollte sie nicht wahrhaben. »Doch, du bist es! Alle sehen zu dir auf und – und denken wie ich. Sie wissen alle, daß du – dich von ihnen unterscheidest.«

Er seufzte. Ja, der Unterschied! Er sonderte ihn ab. Er fühlte sich auf einmal etwas einsam.

»Der Abend wird kühl«, sagte er. »Wir wollen hineingehen und Mutter suchen.« Er spürte ihre Enttäuschung und tätschelte schnell ihre Hand. »Du bist ein liebes Mädchen, ein sehr liebes Mädchen.«

Aber er wußte, daß keins seiner Kinder jemals an ihm teilhaben könnte.

Als er das Haus betrat, rief er: »Ruth, wo bist du? Ruth! Ruth!«

»Hier!« erklang ihre Stimme sehr schwach vom Speicher.

Er stapfte die Treppe hinauf, ein wenig fluchend, und fand sie vor einem Kof-

fer knien. Eine Kerze, die auf einer Untertasse stand, flackerte neben ihr.
»Was, um alles in der Welt, treibst du am Abend hier oben?« fragte er. »Du wirst mit der Kerze noch das Haus in Brand stecken.«
»Ich mache diesen Koffer für Hal leer«, gab sie zurück.
»Koffer! Er kann doch keinen Koffer ins Feld nehmen!«
Sie kauerte sich hin. »Geht das nicht?«
Sie sah so schön aus, wie sie da vor ihm saß, von unten von der Kerze beleuchtet. Er bückte sich, packte sie und riß sie mit festem Griff an sich.
»Ich habe das alles nachgerade satt«, sagte er. »Es wird Zeit, daß du dich ein bißchen um mich kümmerst.« Er fühlte ihre Hand an seiner Wange, am Hals. »Was glaubst du eigentlich, wozu ich dich geheiratet habe?« Er küßte sie heftig und doch zart.
»Ich weiß nicht«, antwortete sie halb lachend.
»Nicht wegen der Bälger«, sagte er, »nur um meinetwillen ...«
Eine Weile preßte er die Lippen fest auf ihren Mund. Dann hob er den Kopf und schüttelte Ruth leicht. »Ich will eine Frau, die mein Weib ist«, sagte er.
»Was wäre dann mit den Kindern?«
Er lachte sie an. »Was hat das mit dir und mir zu tun?« versetzte er und ging wieder hinunter.
Gerade das, dachte sie, indes sie allein auf dem Speicher kniete, war der Unterschied zwischen Mann und Frau. Die Frau fühlte sich verantwortlich. Angenommen, sie kümmerte sich nur um William, wer sorgte dann für die Kinder und für den Hof? Aber um den Hof mußte sie sich bloß kümmern, weil William es nicht tat. Hätte sie Henry geheiratet, so brauchte sie sich um den Hof nicht zu kümmern, nur um Henry. Henry hätte jedoch ebenfalls gewünscht, daß sie in erster Linie für ihn da wäre, und das hätte sie nicht gekonnt. Ich bin froh, daß ich einen Mann geheiratet habe, den ich an erster Stelle sehen möchte, dachte sie. Es muß schrecklich sein, wenn man dazu gezwungen ist, ohne es zu wollen.
Als sie in die Küche hinunterkam, war sie grundlos gegen Hal gereizt, der untätig neben dem Herd saß. Sie sah William draußen auf dem Rasen auf und ab gehen und die abendliche Pfeife rauchen. Seine Gestalt hob sich klar vom Abendhimmel ab, an dem die untergegangene Sonne nachglühte.
»Zünde im Wohnzimmer für Vater das Licht an«, sagte sie. »Draußen wird es feucht, und wenn er Licht sieht, kommt er herein.«

Die beiden Mädchen gingen zu Bett. Ob ein Gespräch in Gang kam oder nicht, das hing von Jill ab. Wenn sie anfing, entstand eine Unterhaltung. Schwieg sie, so zog Mary sich wortlos aus, wobei sie ab und zu schläfrig gähnte. An diesem Abend verhielt Jill sich still. Sie entkleidete sich hurtig, wusch sich das Gesicht, putzte die Zähne, steckte ihre langen, um den Kopf gelegten Zöpfe ab und rollte ihr rotes Haarband auf. Dann kletterte sie ins

Bett und deckte sich zu. Mary war weitaus langsamer. Jill warf einen Blick auf die mollige hübsche Gestalt ihrer Schwester. Mary war verliebt in Joel Fasthauser, den zweitältesten von Henrys Söhnen. Das wußte Jill, weil Mary es ihr gesagt hatte. Mary wartete nur auf seinen Heiratsantrag. Über diesen Antrag hatten sie miteinander gesprochen und gerätselt, wann und wie er stattfinden würde.
»Mary, du mußt es mir erzählen, wenn Joel um dich anhält!« hatte Jill ausgerufen. »Du darfst nicht so niederträchtig sein und es mir verheimlichen, nachdem wir soviel darüber geredet haben!«
Mary aber, über und über rot, hatte sich geweigert, das Versprechen abzulegen. »Vielleicht mag ich nicht einmal dir genau erzählen, was er sagt«, hatte sie entgegnet.
»Das ist einfach gemein«, hatte Jill erklärt.

So hatte sie es bis jetzt empfunden. Heute abend jedoch verstand sie es irgendwie. Denn sie hätte Mary nicht von diesem Spaziergang mit ihrem Vater erzählen können, hätte ihr nicht sagen können, was sie fühlte, nicht gerade ihrem Vater gegenüber, sondern irgend jemandem gegenüber, jemandem, den sie noch nie gesehen, der ihrem Vater glich, aber viel jünger, im übrigen jedoch genauso wie er war. Ein zartes, tiefes Verlangen und Streben, besser, feiner, gescheiter und schöner als jetzt zu sein, erfüllte ihr ganzes Wesen.
Nie, niemals könnte ich einen solchen Mann wie Joel heiraten, dachte Jill. Aber wie hätte sie Mary das sagen dürfen?

Für William und Ruth nahm der Krieg in Hal körperliche Gestalt an. William war sich dessen bewußt, Ruth hingegen nicht. Die Verwandlung vollzog sich am letzten Tag seines Aufenthalts im Elternhaus. Sie hatten Hal nie in Uniform gesehen. Daheim trug er stets ein altes blaues Hemd mit offenem Kragen und Hosen, deren ursprüngliche Farbe längst nicht mehr zu erkennen war. Das rotbraune Haar war ebenso struwwelig wie in seiner Kindheit, und im Hause lief er barfuß herum. So saß er auch am letzten Tag bei Tisch. Niemand konnte ihn sich anders vorstellen, diesen schlaksigen, lächelnden, unbekümmerten jungen Mann, dem es Spaß machte, seine Schwestern und sogar seine Mutter zu foppen und zu zwicken. William mußte einen Anfall von wirklicher Wut in sich unterdrücken, als Hal sich vorlehnte und seine Mutter an ihrem kleinen anliegenden Ohr zupfte.
»Laß Mutter in Ruhe«, sagte William unvermittelt.
Alle blickten ihn erstaunt an.
»Das ist keine Art und Weise, mit deiner Mutter umzugehen«, fuhr William mit ungewöhnlicher Strenge fort. Er bemerkte in Ruths Miene dieselbe Verwunderung wie in den Gesichtern der Kinder. »Ich hätte mir im Traum keine solchen Vertraulichkeiten mit meiner Mutter gestattet.«

»Mir macht das nichts«, sagte Ruth verblüfft. »Ich weiß, wie Hal es meint – er meint es gar nicht schlimm.«
»Stimmt, Mama«, lachte Hal. »Ich finde, du hast ganz recht.«
Er sprach in seinem lässigen Ton, seine starke Stimme klang liebenswürdig. Diese Stimme traf William wie ein Schlag. Ehe Hal fortging, hatte er die brüchige, unausgeglichene Stimme eines Halbwüchsigen gehabt. Diese Unsicherheit hatte fast rührend gewirkt. Jetzt lag in der starken, derb tönenden Stimme keine Unsicherheit mehr. Es war die Stimme eines Mannes, und zwar eines Mannes, William wußte es, der ihm immerdar fremd sein würde.
Nach dem Mittagessen begab Hal sich in sein Zimmer, um die Uniform anzuziehen. In einer knappen Stunde mußte er das Haus verlassen, um in Hasser's Corners an einer Parade teilzunehmen. Zwei andere junge Männer zogen mit ihm in den Krieg: ein Freund von Hal sowie ein Bekannter dieses Freundes. Der eine hatte den andern überredet, sich freiwillig zu melden.
»Die drei Musketiere, was?« hatte William leutselig bemerkt, als er davon hörte.
»Gewiß«, hatte Hal mit ausdruckslosen Augen erwidert.
William hatte seine unwillkürliche Gereiztheit unterdrückt. Hal, der nie ein Buch las, der nie auch nur nach einem Buch fragte, der nicht einmal einen Blick auf die von William im Hause aufgestellten Bücherschränke geworfen hatte, kannte »Die drei Musketiere« nicht. Warum sagte er das nicht? Er hatte die ganze bäurische Entschlossenheit, sich nichts zu vergeben.
William hatte sich von ihm abgewandt. »Das ist ein Buch, Hal. Daher nehme ich an, daß du keine Ahnung hast, wovon ich rede.«
»Ich dachte es mir«, hatte Hal erwidert, ohne etwas einzugestehen.
Keiner von ihnen war auf jenen Hal vorbereitet, der jetzt aus seinem Zimmer kam.
Ruth machte nach dem Abwaschen in der Küche Ordnung. Jill war hinaufgegangen, und Mary kehrte die Krumen auf dem Fußboden des Eßzimmers zusammen. William stand in der halboffenen Haustür und prüfte die Eigenschaft des Nachmittagslichtes über dem Rasen, das er gerade im Bild festhalten wollte.
Die Tür öffnete sich, und Hals Stimme erklang: »Na, wie gefalle ich euch?« Alle drehten sich zu ihm herum, und William erblickte seinen Sohn, wie er ihn noch nie zuvor gesehen – einen fremden jungen Mann, adrett, elegant, scharf umrissen in seiner neuen Uniform, mit glatt gebürstetem Haar, breiten Schultern, einem gesunden Gesicht, das braungebrannt und sauber war.
»O Hal!« rief Ruth.
Sie trat zu ihm; die strahlenden blauen Augen ruhten mit warmem Glanz auf ihrem Sohn. Sie konnte sich nicht enthalten, ihn da und dort zu berühren, um sich zu vergewissern, daß alles stimmte, obwohl sie wußte, daß nichts zu

wünschen übrigblieb. Dann legte sie die Hände auf seine Schultern und schaute ihm in die Augen. Er war einen Kopf größer als sie.
»Sei ein guter Junge, Hal«, bat sie. Ihre Stimme bebte. »Denk an alles, was ich dir gesagt habe, und sei brav.«
»Gewiß, Mama«, antwortete er. Er bückte sich und schmiegte seine Wange an die ihre. »Du riechst so süß, Mama — genau wie immer. Ich erinnere mich aus meiner Kindheit daran. Damals schnupperte ich oft an deinen Kleidern, die im Schrank hingen.«
»Ach, Hal, wirst du auch daran denken, brav zu sein?« stöhnte sie.
»Gewiß, Mama.«
Und plötzlich konnte William es nicht mehr ertragen, mitansehen zu müssen, wie Ruth diesen jungen kräftigen Mann liebte, der ihr näherstand als irgendein anderer, weil er ihr Blut in den Adern hatte.
Das war der Grund, warum Männer Eifersucht auf ihre Söhne empfanden, ging es ihm jetzt auf, weil die Söhne blutsmäßig dem Herzen der Mutter näherstanden, während ein Gatte immer ein Fremder blieb. Und Blut war das Band der Frau.
Er trat zu Ruth und zog sie sacht an sich. »Hal muß nun gehen«, sagte er. »Es wird Zeit für uns alle, wenn wir die Parade sehen wollen.«
Vorher hatte er sich über die Parade lustig gemacht und keineswegs die Absicht gehegt, sie sich anzusehen. Doch jetzt war er entschlossen, hinzugehen. Er wollte bei Ruth sein, bis Hal fort war.
»Kommst du denn auch, Papa?« fragte Hal.
»Doch, ja«, gab William zurück.
»Fein!« rief Hal.
William antwortete darauf nicht, sondern ertrug schweigend ein Gefühl der Selbstverachtung. »Du siehst sehr gut aus, Hal«, bemerkte er schließlich.
»Nicht allzu schlecht, würde ich meinen«, versetzte Hal.
So gingen sie zur Parade, und mit starkem, wenn auch verheimlichtem Zynismus sah William die kleine Abteilung, der die Stadtmusik voranschritt, durch die einzige Straße des Dorfes ziehen. Ruth weinte. Er legte den Arm um sie, während er dastand und seine Pfeife rauchte, und er merkte, daß Mary die Tränen zurückhielt. Jills Gesicht war unbeweglich. Er vermochte ihre Gedanken nicht zu ergründen. Sie sahen die drei Soldaten mit der Eisenbahn davonfahren, und dann begaben sie sich still nach Hause. Ruth brach das Schweigen.
»Hal war noch schöner als die andern, nicht wahr?«
»Ja, das stimmt«, antwortete William.
Sie kamen zu dem Rasen, an dessen Ende sich das schwer und fest gebaute Haus erhob. Immer noch betrat er es manchmal, wie auch jetzt, mit geheimem Schrecken. Wie seltsam war es doch, daß er vor vielen Jahren durch reinen Zufall hierher geraten, weil es ihn nach einer einzigen Mahlzeit gelüstet hatte, und dann geblieben war, um für den Rest seines Lebens gefüttert zu werden!

Von einem Zufall hatte er sein Leben bestimmen lassen, und infolge des Zufalls eines Augenblicks hatte er Ruths Leben geformt und die drei Leben der Kinder geschaffen, die nun ihrerseits die kleinen Wellen dieses Zufalls weitertragen würden. Wenn also der Zufall der wahre Anfang all dieser Menschenleben war, wer sollte dann jemals nach dem Sinn ihres Daseins fragen?
»Woran denkst du, Vater?«
Jills frische Stimme, das einzig Schöne an ihr, rief ihn zurück. Er sah sie an und schaute wieder fort. Sie stellte in diesem Augenblick, so jung und verschieden sie auch war, so ganz das Ebenbild von Ruths totem Vater dar, daß es geradezu gespenstisch wirkte. Die Jungen sollten nicht das Aussehen und Gehaben der Alten haben. Sie sollten völlig neu geboren werden. Was war das wieder anderes als Zufall? Hätte er Elise geheiratet, dann wäre einfach nur die Wahl zwischen Elises Vater und dem alten Barton gewesen.
»William!« Ruths Stimme kam wie aus weiter Ferne. »Hast du Jill nicht gehört?«
William lächelte leicht. »Ich überlegte, ob eine römische Nase besser als eine Kartoffelnase wäre«, sagte er.
Verdutzt blickten sie einander an.
»Vater, so etwas Dummes hast du bestimmt nicht gedacht!« rief Jill.
»Doch«, beharrte William. »Und wenn ihr es nicht glaubt, dann wißt ihr eben nicht, wie dumm ich bin.«
Die Mädchen lachten, aber Ruth blieb ernst. Ihre Gedanken glitten fort wie stets, wenn William so sprach. Sie duldete diese Reden, obwohl sie sie töricht fand, weil sie verrieten, daß er sich glücklich fühlte, und wenn er glücklich war, mußte sie sich seinetwegen keine Sorgen machen. Dann konnte sie sich mit den hunderterlei Dingen befassen, die im Hause getan werden mußten. Sie seufzte, als sie, wie so häufig, daran dachte, daß sie in Anbetracht von Hals Wesen gut noch einen Sohn hätte brauchen können. Sie wünschte oft, sie hätte noch ein viertes Kind bekommen. Aber William war in bezug auf Kinder recht sonderbar. Er begriff nie, daß eine Frau ihre Kinder so ungemein lieben mußte, und sie konnte sich doch nicht dauernd in zwei klar geschiedene Teile spalten. Sie tat es wirklich, doch was Zeit und Denken anbelangte, mußte sie den Kindern mehr geben. Nur wenn sie sich um William ernstlich Sorgen machte, vergaß sie seinetwegen die Kinder gänzlich. Sie bangte immer noch um ihn, obwohl er nie mehr davon gesprochen hatte, weggehen zu wollen. Das hatte sie Hals Durchbrennen zu verdanken. Sie seufzte abermals, als sie an all die Jahre dachte, in denen Hal fort gewesen war. Was hatte er erlebt und getrieben? Sie hatte versucht, ihm die Erlebnisse dieser Jahre zu entlocken, aber anscheinend hatten sie keinen Eindruck bei ihm hinterlassen. Er war umhergezogen, hatte überall den ganzen Weg längs der Küste und zurück leicht Arbeit gefunden und sich nirgends lange aufgehalten. Ein Jahr lang war er sogar in Alaska gewesen.

»Ich hatte es wahrhaftig recht schön auf diese Weise«, hatte er erklärt. »Und hast die ganze Schule versäumt!« hatte sie vorwurfsvoll gerufen. Er hatte sie mit seinen rotbraunen Augen mutwillig angesehen. »Immerhin hab' ich eine Menge gelernt«, hatte er entgegnet und sich geweigert, ihr Näheres zu sagen.

Nun, jedenfalls war er nie ins Gefängnis gekommen, das hatte er ihr versichert. Und jetzt war er Soldat. Das Soldatenleben dürfte wohl für einen Jungen wie Hal das beste sein. Da gab es zu tun, und den jungen Leuten wurde gesagt, was sie machen mußten, um nicht von schlechten Weibern angesteckt zu werden. Zwecklos, William zu bitten, mit dem Jungen zu sprechen, obwohl sie sich deswegen an ihn gewandt hatte. William hatte nur geantwortet: »Er hat sich nie von mir beraten lassen – warum also in diesem Punkt?« So hatte sie den Jungen ziehen lassen und ihn nur ermahnt, brav zu sein. In der Armee würde man ihn ohnehin aufklären.

Da fiel ihr auf einmal ein, daß ihre nächste Pflicht auf dem Hof darin bestand, drei von ihren Ayrshire-Kühen decken zu lassen. Henry Fasthauser hatte ihr gesagt, daß er sich in diesen Tagen einen neuen Ayrshire-Stier zulegen würde, und wenn sie wolle, könne sie die Kühe hinüberbringen, und er würde ihr behilflich sein. Auf diese Weise sparte sie die Kosten für die Miete eines Stiers. Hätte sie eine männliche Hilfe auf der Farm, so hätte sie sich einen eigenen Stier gehalten. Aber sie begnügte sich mit Aushilfskräften und mit dem Beistand der Mädchen. Sie griffen tüchtig zu, vor allem Jill, obwohl sie noch in die Schule gingen. Sie fragte sich manchmal, ob William wohl eine Ahnung hatte, wieviel Arbeit zu bewältigen war, auch wenn sie einen Teil des Landes verpachtete.

Sie warf ihm einen Seitenblick zu. Er pfiff leise eine Melodie, die sie ihn schon einmal hatte pfeifen hören, ohne sich an die Umstände erinnern zu können. Er wurde immer schöner, dachte sie, je älter er wurde. Hal hatte sein gutes Aussehen von William geerbt.

»Was ist das für eine Melodie?« fragte Jill und nahm seinen Arm.

»Genieße des Lebens, es schwindet so bald«, erklärte er.

»Aber woraus ist das?« beharrte sie.

»Aus ›Samson und Dalila‹«, sagte er.

»Aus der Bibel?«

»Das gleiche Paar, aber nicht aus der Bibel – ich muß dich demnächst einmal in die Oper mitnehmen.«

»Oh, wirst du das wirklich tun?« Jill drückte seinen Arm.

»Vielleicht.«

Wie würde sich die Rückkehr nach New York gestalten? Zweifellos ähnlich wie Rip van Winkels Erlebnis, jenes alten Rip, der bald darauf gestorben war, nachdem er gesehen hatte, wie die Welt ohne ihn fortgeschritten war. Vermutlich hatte er bedauert, daß er überhaupt aufgewacht war.

Eine Kuh brüllte plötzlich in den Abend hinaus.
»Warum brüllt die verdammte Kuh?« fragte William. Er konnte Kühe nicht ausstehen.
»Ich will mich morgen um sie kümmern«, antwortete Ruth.
Beide Mädchen wußten sicherlich, wonach es die Kuh verlangte, aber um nichts in der Welt hätte Ruth es vor ihnen William erklären können. Eigentlich vermochte sie es ihm überhaupt nicht zu sagen. Er liebte es nicht, brünstige Tiere zu sehen. Sie fand das seltsam in Anbetracht der Tatsache, daß es doch nur etwas ganz Natürliches war. Aber daran ließ sich nichts ändern. Einmal waren sie beide bei einem Spaziergang durch den Obstgarten auf die Hunde gestoßen, und voller Abscheu war William davongelaufen. Gerade vorher hatte er sie umarmt, und dann schien ihn das plötzlich auch abzustoßen.
»Nur wenig hinter die Engel gestellt«, hatte er gesagt.
Es mußte nun einmal alles so sein, wie er es wünschte.
Darüber sann sie nach, während sie das Abendessen zubereitete. Für ihn mußte alles einen zarten Anstrich haben. Manchmal wäre sie am Abend gern herzlich und geradeaus gewesen und nachher gleich eingeschlafen. Aber sie hatte gelernt, daß dies für ihn unmöglich war. Das Licht mußte auf eine bestimmte Weise brennen, nicht zu schwach, nicht zu hell, und sie mußte ihm viel Zeit lassen und durfte keine Müdigkeit zeigen.
Die Kuh brüllte abermals durch die stille Dämmerung.
Ruth wandte sich an Jill: »Hol die Kuh und bind sie im Obstgarten an einem Baum fest, möglichst weit weg. Mit ihrem Gebrüll geht sie Vater auf die Nerven.«
Und Jill lief folgsam hinaus.

William hatte mit ungewöhnlichem Eifer wieder zu arbeiten angefangen. Nachdem Hal nicht mehr da war, schien das Haus erleichtert und befreit zu sein.
Nach dem Frühstück gab William Ruth einen Kuß und ging fort, mit der Absicht, den blauen Himmel, die weißen Wolken, die Landschaft mit ihrem leuchtenden Grün und den unten liegenden fein gezeichneten Häusern und Kirchtürmen, die wie winziges Spielzeug waren, auf der Leinwand festzuhalten. So hatte er die Welt erblickt, als er an diesem Morgen zum Fenster hinausschaute.
Hier ist das Universum, hatte er gedacht, lauter Himmel über einem Streifen Grün und Puppenhäusern.
Als er dieses Universum auf dem Hügel hinter dem Haus malte, sah er mitten am Vormittag einmal zum Hof hinunter und gewahrte Henry Fasthausers derbe Gestalt, die sich auf halbem Wege zu ihm befand. Er legte Pinsel und Palette hin. Er hörte ein Gebrüll. Dann erkannte er, daß Henry ihm durch Zeichen bedeutete, hinunterzukommen.

»Warum kommt der verfluchte Dummkopf nicht herauf?« murmelte er vor sich hin.
Er hatte keine Lust, sein Bild gerade jetzt im Stich zu lassen. Die frische Farbe begann dann zu trocknen, und er mußte von vorn beginnen. Aber es blieb ihm nichts anderes übrig. Henry stand dort und fuchtelte mit den Armen in der Luft herum. Erst als er sah, daß William herunterschritt, kam er ihm entgegen. Als er ungefähr in Rufweite war, rief er etwas, und William hörte Ruths Namen – Ruth? Er begann zu laufen.
»Was ist los?« schrie er.
»Sie ist verletzt – schwer verletzt!« rief Henry.
Da lief William noch schneller, und gleich darauf rannten sie miteinander dem Haus zu. William, schlank und beweglich, lief leichtfüßig voraus. Hinter ihm keuchte der beleibte Bauer.
»Sie führte heute früh ihre Kühe herüber. Wenn ich Bescheid gewußt hätte, dann hätte ich ihr meinen Stier gebracht. Meine Güte, eine Frau, die alles allein machen muß . . .«
Er war so wütend auf William, daß er beschlossen hatte, ihm einmal zu sagen, was er von einem Manne hielt, der die Frau eine Kuh herüberbringen ließ, damit das Tier gedeckt wurde! Ruth hatte sich deswegen selber geschämt.
»Wenn du nicht wärst, Henry, könnt ich's nicht schaffen«, hatte sie gesagt. »Ich hatte nicht damit gerechnet, daß die Kuh so bald schon soweit sein würde. Hal hätte helfen können, wenn ich gestern daran gedacht hätte. Aber die Kuh hat erst am Abend zu brüllen angefangen, und William kann das nicht ertragen . . .«
»Sie sagte, Sie könnten das Gebrüll nicht ertragen«, rief er William zu. »Deshalb brachte sie die Kuh herüber, das arme Ding. Wollte nicht, daß die Mädchen – und sie weiß, daß sie auf mich zählen kann.«
»Verdammt noch mal, was ist denn eigentlich geschehen?« William hatte sich herumgedreht und blickte ihn voller Zorn an.
»Sie ist schwerverletzt, das ist sie!« brüllte Henry zurück. »Ich sagte ihr, sie solle schnell aus dem Verschlag des Stiers rausgehn, aber sie ging nicht schnell genug raus. Der Stier stieß sie mit den Hörnern in den Rücken, schmiß sie in die Luft, und sie fiel auf den harten Boden. Dann hob ich sie auf.«
»O Gott«, stöhnte William.
Er rannte wie einst als sportlich gewandter Läufer den Hügel hinunter, durch den Obstgarten und den Blumengarten und dann durch die Küche. Kein Laut war im Hause zu hören.
»Oh, verdammt noch mal!« stöhnte er abermals. »Ruth – Ruth!«
Jill lief mit blassem Gesicht die Treppe herab.
»Mutter ist schwerverletzt«, sagte sie. »Der Arzt ist schon da. Er sagt, wenn der Stoß nur einen Zentimeter weiter nach rechts gegangen wäre, dann hätte sie einen Nierenriß bekommen.«

Er beachtete Jill nicht, sondern stürzte zum Schlafzimmer hinauf.
Da lag sie bäuchlings im Bett, seine Ruth, und der Arzt untersuchte die schreckliche Wunde. Mary war ganz bleich und hielt mit bebenden Händen eine Schüssel. Der Arzt schaute nicht auf, als William eintrat.
»Ist es – gefährlich?« rief William.
»Das kann ich noch nicht sagen.« Der Arzt, ein dicker Mann mittleren Alters, tastete mit zwei kurzen Fingern die Wunde ab.
Ruth ächzte, und William beugte sich über sie.
»Oh, meine Liebste«, flüsterte er.
»Sprechen Sie nicht mit ihr«, befahl der Arzt.
So stand William da und starrte auf Ruths dunkle Wimpern, die sich von ihrem blutleeren Antlitz abhoben. Sie war plötzlich in Ohnmacht gefallen. Das freute ihn für sie, aber was hatte es zu bedeuten? Er durfte keine Fragen stellen, bis der Arzt die Wunde behandelt und den Riß genäht hatte. Dann folgte er ihm hinunter. Henry Fasthauser wartete immer noch unten im Vorraum, aber William wandte sich an den Arzt.
»Ich möchte genau wissen, ob meine Frau in Gefahr ist.«
»Ihr Zustand wäre ernster, wenn der Stoß mehr nach rechts oder links gegangen wäre. Glücklicherweise sind nur Muskeln getroffen worden und weder das Rückgrat noch die Nieren. Aber sie braucht Pflege. Sie würde am besten ins Krankenhaus kommen, zumindest muß sie eine Schwester haben.«
»Sie wird zu Hause bleiben wollen – schicken Sie also eine Pflegerin – oder zwei, wenn es notwendig sein sollte. Ist sie in Lebensgefahr?«
»Keineswegs, wenn alles normal verläuft.«
»Dafür werde ich sorgen.«
Henry Fasthauser knurrte: »Bißchen spät, scheint mir.«
Williams Angst um Ruth bewirkte, daß er die Beherrschung verlor. »Zum Teufel, machen Sie, daß Sie hinauskommen!« rief er.
Henrys gelblichgraue Augen funkelten in seinem runden roten Gesicht. »Ich? Nicht, bevor ich Ihnen die Meinung gesagt habe, Herr! Erstens einmal wäre das Ganze überhaupt nicht geschehn, wenn Sie hier die Männerarbeit getan hätten! Eine Frau sollte nicht all das tun müssen, was Ruth getan hat. Wäre sie meine Frau geworden – und das wäre sie geworden, und zwar längst, wenn Sie nicht mit Ihren feinen Kleidern, Ihrem Malzeug und Ihrem städtischen Getue dahergekommen wären, um sich von ihr durchfüttern zu lassen... Warum haben Sie sie nicht in Ihr eigenes großes Haus gebracht, warum haben Sie nicht für sie gesorgt und geschaut, daß sie ein gutes Leben hat?«
Williams Stimme schnitt kalt in diesen ungestümen Ausbruch ein. »Das hätte ich mit Freuden getan, aber sie wollte unbedingt hierbleiben. Möchten Sie sich jetzt gefälligst um ihre eigenen Angelegenheiten kümmern?«
Der Arzt war damit beschäftigt, in seinem Medikamentenkoffer zu kramen. Seit dreißig Jahren lebte er in diesem Tal, und er wußte über jedermann ge-

nau Bescheid. Er war hier im Hause ein und aus gegangen, wenn den Kindern etwas fehlte oder sonst eine Krankheit herrschte – nur leichte Fälle zwar, denn die Familie war gesund. Er hatte sich manchmal gefragt, ob William wohl glücklich wäre. Die Frau war es natürlich. Frauen sahen nicht aus wie Ruth, wenn sie unglücklich waren. Er hatte sie schon als Kind gekannt, als gesundes, hübsches Mädchen, das immer seinen Kopf durchsetzen wollte. Er konnte sich vorstellen, wie sie erklärte, daß sie hier leben wollte, und daß sie es dann auch tat.
»Also, ich gehe nun«, sagte er gelassen. »Ich werde eine Pflegerin schicken – eine genügt. Unsere Pflegerinnen sind an Arbeit gewöhnt. Geben Sie Ihrer Frau drei von diesen Pillen. Das wird ihr die Schmerzen lindern. Ich glaube zwar nicht, daß sie starke Schmerzen haben wird. Eine Wunde kann sehr tief gehen, und man spürt es kaum – sonderbare Sache! Geist und Körper hängen nicht so eng zusammen, wie manche Menschen glauben.«
Er bedachte jeden der beiden Männer mit dem gleichen Gruß und ging. Hoffentlich muß ich nicht wiederkommen und einen von ihnen zusammenflicken, überlegte er. Er sann über die beiden ein wenig nach, während der Geschwindigkeitsmesser seines alten Wagens um siebzig herum zitterte. Ich wußte schon immer, daß Henry diese Frau liebt, dachte er. Gott wird milde mit ihm sein müssen, weil er seines Nachbarn Weib begehrt. Er meinte, Ruth gehöre zu ihm. Bestimmt hätten die beiden besser zusammengepaßt.
Er hielt in einem Dorf an, um nach einer Pflegerin zu telefonieren, und fuhr dann weiter zu einem kleinen unangestrichenen Bauernhaus, wo er eine Frau von einem gesunden Jungen entband. Längst konnte er nicht mehr zählen, wie oft er Geburtshelfer gewesen war. An diesem Tag sagte er: »Wir werden sie wohl alle brauchen, wenn der Krieg weitergeht.«
William hatte indessen seine Selbstbeherrschung zurückgewonnen. Er verabscheute diesen massigen Bauern, und es widerte ihn an, daß der Mann auf seine plumpe Art wahrscheinlich immer noch in Ruth verliebt war. Aber er hegte keine Eifersucht. Er wußte, daß Ruth die Seine war. Wer konnte Henry Fasthauser ihm vorziehen? Die Hände des Mannes waren abscheulich, Fleischklumpen ohne jegliche menschliche Form, nicht dazu geeignet, den Leib einer Frau zu berühren. Er steckte seine eigenen sehr schönen Hände in die Taschen und hob stolz den Kopf.
»Herr Fasthauser, ich bezweifle, daß es einen Zweck hat, wenn wir uns noch länger unterhalten.«
»Ich tu' es nicht, weil ich einen Zweck verfolge, sondern um ihretwillen. Wer wird jetzt den Hof besorgen?«
»Wir stellen im Frühjahr ohnehin immer jemanden ein. Wir werden es schon schaffen.«
»Wenn Sie diesen Gelegenheitsarbeiter, Gus Sigafoos, meinen – der kommt erst nächste Woche her.«

»Danke, wir schaffen's schon. Ein bißchen tauge ich vielleicht doch, obwohl Sie so eine schlechte Meinung von mir haben.«

»Ich mache mir keine Sorgen um Sie, sondern um Ruth«, entgegnete Henry gewichtig. »Und ihretwegen werde ich meinen Sohn Joel jeden Tag herschikken, bis Gus Sigafoos kommt.«

Am liebsten hätte William geantwortet, daß dies nicht notwendig sei. Aber er war zu ehrlich, als daß er die Notwendigkeit abgestritten hätte. Vor der Wirklichkeit mußte er die Waffen strecken, und er lächelte unvermittelt.

»Ich möchte ja gern sagen, daß ich Joel lieber nicht hierhaben würde, aber ich wäre ein Narr, wenn ich das täte. Ich wünschte, mein Bildungsgang hätte sich auch auf das Melken von Kühen und das Füttern von Schweinen erstreckt, doch war das leider nicht der Fall.«

Und Henry, der Williams Zorn so stark widerstanden hatte, sah sich unfähig, ein Wort zu sagen, als William lächelte und in entspannter Haltung, die Hände in den Taschen, groß und schlank vor ihm stand. Er starrte William an, und langsam dämmerte in ihm die Erkenntnis ihrer Verschiedenheit. Die Frauen wollten Männer, die aussahen wie William, und Ruth war eine Frau. Männer wie er selbst benutzte sie, und sie kam ja auch zu ihm, wenn sie bei Aussaat und Ernte Hilfe brauchte. Aber dieser andere war der Mann, den sie im Hause haben wollte. Die Wut verließ ihn, als ob sie seine Stärke wäre. Er fühlte sich müde und schwach.

»Na, ich geh' also«, murmelte er. »Hab' eine Menge zu tun.«

»Ich danke Ihnen für alles, was Sie getan haben«, sagte William freundlich.

»Nichts zu danken. Ich schicke Joel herüber.«

»Danke vielmals«, wiederholte William.

Henry hätte am liebsten gesagt: Lassen Sie mich wissen, wie es ihr geht, aber er brachte es nicht über sich. Aus eigenem Willen hatte Ruth diesen Mann gewählt. Sie war ihrer Wahl treu geblieben. »Also, Wiedersehn«, sagte er.

»Auf Wiedersehen«, gab William zurück.

Voller Mitleid und Frohlocken sah er den derben gutmütigen Mann aus dem Hause stampfen. Als Henry fort war, sprang er die Treppe hinauf und kniete neben Ruth nieder. Ihre Lider zitterten, sie öffnete die Augen und erblickte ihn.

»Was ist geschehn?« hauchte sie.

»Liebste, sei still. Du hättest niemals allein hinübergehen sollen — wenigstens hättest du mir es sagen müssen.«

»Ich wollte dich nicht damit belästigen.«

»Liebes, wieso wäre das eine Belästigung gewesen?« Zärtlich streichelte er ihre Hand. »Ich bin so ein schlechter Ehemann, mein Herz.«

Sie lächelte schwach. »Du bist der einzige, den ich will.«

Er beugte den Kopf über ihre Hand. Ja, das stimmte. Infolge des seltsamen Zufalls, der ihn zum erstenmal in dieses Haus geführt und hier festgehalten hatte, waren sie einander alles.

Außerhalb des Hauses wirbelte die Welt in den Krieg hinein. Ruth ermaß die Geschwindigkeit durch Hal. Sie lag im Bett und dachte über seine kurzen Briefe nach. Der Krieg war weit entfernt, weil Hal sich immer noch in Nord-Carolina in einer Kaserne befand. Er kam näher, weil Hal vielleicht mit dem nächsten Regiment nach Europa ausrücken mußte.

An dem Tage, an dem Hal in See stach, kam er sehr nahe. Ruth war genesen, mußte nicht mehr das Bett hüten, aber der Arzt erlaubte ihr noch nicht, das Zimmer zu verlassen. Sie legte gerade ihre weiße Baumwollwäsche in die Kommodenschublade, als Hal auf seinem letzten Urlaub erschien. Er trug seine neue Uniform, und die Tränen schossen ihr in die Augen, als sie ihn sah. Er bückte sich, um ihr einen Kuß zu geben, und mit einer seltenen Gebärde der Liebe umarmte sie ihn.

»Na, Mama, du machst wieder einmal Ordnung! Immer putzt du und machst Ordnung, wahrhaftig!«

»Ich muß doch etwas tun. Ach, Hal, mußt du wirklich gehn?«

»Ich will es selber, Mama ...«

William, der sie miteinander sah, erkannte, daß sie auf eine Art und Weise eines Fleisches waren, wie er und Ruth es niemals sein konnten. Er vermochte nicht zu arbeiten, weil er sich vereinsamt fühlte. Seltsam, daß ein Mann einer Frau in Liebe einen Sohn schenken und sich damit selber berauben konnte! Hal war seines Fleisches, als sein eigenes Ebenbild geschaffen, ohne jenen Teil, der Ruth an William fremd war. Hal war ein in diesem Hause geborener und aufgewachsener, nach Ruths Lebensweise erzogener William. Alles, was ihr bei William fremd war, das hatte Hal nicht. Sie verstand diesen jungen Mann, der Williams Körper und ihren Geist hatte, voll und ganz.

Es wurde Abend, ehe William heimkam. Im Stall melkte Joel die Kühe, und Mary trug die Milcheimer hinein. William traf sie; in jeder Hand hielt sie einen schäumenden Eimer. Ihr friedliches Gesicht war von einem Lächeln aufgerührt, etwas Ungewöhnliches bei ihr. Sie gewahrte William erst, als er sie anrief.

»Mary!«

Sie schrak zusammen, und die Milch schwappte über.

»Vater! Wo hast du gesteckt? Mama hat nach dir gefragt. Sie hat sich um dich geängstigt.«

»Ich dachte, Hal wäre hier.«

»Er ist längst fort. Wo warst du denn?«

»Bin nur ein bißchen spazierengegangen.«

Mit ihren runden blauen Augen starrte sie ihn an. »Warum?«

»Ich wollte mir ein Motiv suchen.«

»Oh! Möchtest du essen?«

»Ich hole mir etwas.«

»Mama hat ihr Abendbrot schon gehabt.«

»Gut.«
Ihre Augen verloren die Anteilnahme, und sie ging mit den Eimern weiter. Im Stall begann Joel plötzlich zu pfeifen, laut und klar wie eine Spottdrossel. William begab sich ins Haus und stieg die Treppe hinauf. Oben begegnete ihm Jill.
»Vater! Oh, wo warst du nur?«
Eifrig umschlang sie ihn mit den dünnen gebräunten Armen, und für einen Augenblick legte er den Arm um sie.
»Nirgends war ich, bin bloß spazierengegangen.«
»Mutter hat schon zwanzigmal nach dir gefragt. Sie hat sich wieder hingelegt. Hal ist fort.«
»Ich weiß.«
Auf den Zehenspitzen ging er ins Schlafzimmer, und Ruth rief: »William, bist du's?«
»Ja, Liebes.«
»William, wo warst du nur?«
Er setzte sich neben sie aufs Bett.
»Ich dachte, du würdest ganz gern ein bißchen mit Hal allein sein. Mein Herz, du fühlst dich doch hoffentlich nicht schlechter?«
Sie blickte zu ihm auf mit ihren klaren blauen Augen; jung waren diese Augen wie das erstemal, als er hineingeschaut hatte.
»Ich bin müde, weiter nichts. Aber weshalb sollte ich mit unserm Jungen allein sein wollen?«
»Ich dachte es halt.«
»Ich habe dich vermißt. Du hättest beim Abschied hiersein sollen.«
»Er hat mich nicht vermißt.«
»Aber ich.« Ihre volle Unterlippe zitterte, und ihre Augen füllten sich mit Tränen. »Oh, William, wenn er fällt! Ich kann nicht anders, immerzu muß ich daran denken – vielleicht hab' ich ihn zum letztenmal geküßt. Ach, dieser entsetzliche Krieg! Ich hätte weniger dagegen, wenn wir auf unserm eigenen Boden für etwas kämpfen müßten – aber in die fremden Länder zu gehn!«
»Die Länder, aus denen unsere Vorväter stammen, Liebes. Sie sind uns also nicht ganz fremd.«
Er hielt ihre Rechte in seinen Händen. Ihre Hand, die mit den Jahren noch fester geworden war, lag warm und kraftvoll zwischen seinen umschließenden Händen, die immer viel geschmeidiger waren als ihre.
»Sie sind mir ganz gleich«, entgegnete sie rebellisch. »Was kümmert mich das Schicksal von lauter Fremden? Mich kümmert, was in unserm Hause geschieht. Er ist nicht aufgeboten worden.«
»Liebes, jeder junge Mann wird sehr bald einrücken müssen. Es ist Krieg.« Er sah es in ihrem schönen Antlitz zucken, und er lehnte sich vor, um sie in die Arme zu schließen. »Nicht, Liebling!«

Aber sie schluchzte an seiner Brust, wortlos vor Kummer, und er hielt sie fest und ließ sie weinen. Im Kummer kehrte sie zu ihm zurück. Sie war so stark für das Leben und die tägliche Arbeit, so selten zeigte sie Schwäche oder weinte sie, daß dieser Augenblick, der sie ihm wiedergab, etwas Ekstatisches hatte. Sie schluchzte eine Weile, dann lag sie still, die Wange an seiner Schulter.

»Der Krieg ist in dieses Haus gekommen«, sagte sie schließlich mit der gebrochenen Stimme eines Kindes.

»Der Krieg ist in viele Häuser gekommen«, antwortete er sanft, »und er wird noch in viel mehr kommen.«

»Ich denke nur an meins«, erklärte sie eigensinnig. Dann schloß sie ihn leidenschaftlich in die Arme. »Aber ich habe dich«, rief sie. »Nichts kann dich mir nehmen, William!«

»Nichts«, gab er ernst zurück, »nichts im Leben.«

»Wir werden nicht sterben!« rief sie. »Wir werden immer und ewig leben.«

»Ja«, stimmte er zu.

Er hielt sie, und er fühlte, wie sie ihn hielt, und er spürte, wie in all ihren Adern, Nerven und Muskeln sich wieder die Leidenschaft für ihn sammelte.

»Du Süße«, flüsterte er.

Sie legte die Hand auf ihre Brust und hob die Augen. Dieser langsame Aufschlag der dunklen, dichten Wimpern peitschte sein Herz auf. Diese Vereinigung von Fleisch mit Fleisch, wie unendlich viel reicher war sie jetzt denn je! Einst war schierer Hunger zu befriedigen, zuerst der Hunger des Leibes, der Hunger des Blutes. Dann war es der Hunger nach Kindern gewesen. Jetzt aber war es mehr als einfacher Hunger. Das Fleisch war längst befriedigt, und es sollten keine Kinder mehr kommen. Dies – galt der Gemeinschaft; Leib zu Leib, Herz zu Herz, Geist zu Geist, Sinnbild und Zeichen zweier in eins verschmolzener Menschenwesen.

Die Dunkelheit war lange schon hereingebrochen, als er sich endlich erhob, den Holzriegel an der Türe zurückschob und hinausging. Das Haus lag in Dunkel gehüllt. Die Mädchen waren zu Bett gegangen. Nein, unter Jills Tür am Ende des Flurs sah er ein dünnes Lichtband. Aber er ging nicht zu ihr. Er wollte mit niemandem sprechen.

Er begab sich in die Küche hinunter, wo er eine Lampe anzündete. Er suchte sich Wein, Brot, Käse und Apfelmus zusammen und aß. Dann stand er auf, gähnte und streckte sich. Er löschte die Lampe, trat zu der offenen Küchentür und blickte in die milde schwarze Nacht hinaus. Die Sommernächte waren immer mild. Der Fluß machte die Luft feucht und weich, so daß man gut schlafen konnte. Die Luft blieb unbewegt. Unmöglich, zu glauben, daß irgendwo auf Erden der Wahnsinn von Kampf, Lärm und Tod tobte! Nichts davon war Leben. Das Leben war hier, in diesem Hause, zwischen ihm und Ruth.

Er ging leise hinauf, und leise stahl er sich ins Schlafzimmer.

»Schläfst du?« fragte er.
»Nein«, antwortete sie. »Ich habe auf dich gewartet.«

Als Ruth völlig genesen war und wieder hinaus durfte, sah sie auf den ersten Blick, was William während eines Monats nicht gesehen hatte. Mary und Joel liebten einander. Sie war durchaus zufrieden, als sie das erkannte. Sie hatte Joel, der durch und durch der Sohn seines Vaters war, gern. Die untüchtige Mutter war bei seiner Erschaffung nichts als ein Werkzeug gewesen, eine Wiege für seinen Körper. Sie hatte ihn geboren, er war frei von ihr und hatte nichts mehr mit ihr zu tun. Er war ein kräftiger Bursche mit einem offenen Gesicht, das nichts von der Dummheit seiner Mutter zeigte, und er verstand sich auf Ackerbau und Viehzucht.
»Mein Junge, der erzielt immer eine gute Ernte«, brüstete sich Henry. »Ihm schlägt nie etwas fehl, was er auch anpackt.«
Als Ruth wieder dazu imstande war, ging sie durch Garten und Ställe und über die Felder und prüfte alles genau. Und um alles stand es noch besser als früher. Die Kühe waren sauber und friedlich, die trächtigen gesund, zwei weitere gedeckt. Nur zwei wurden immer noch gemolken. Drei Säue hatten geworfen, und bloß zwei Ferkel waren eingegangen. Kleinigkeiten, für die Ruth nie Zeit gefunden, waren erledigt worden, die Hühnerställe gesäubert, die Holzschuppen gefüllt, die Wassertröge gescheuert, die beiden Pferde frisch beschlagen.
Als Joel abends zum Melken herüberkam, ging sie zu ihm hinaus.
»Du hast alles wundervoll gemacht, Joel«, sagte sie. »Das werde ich dir nie vergessen, und auch dein Vater soll es von mir erfahren.«
»Schon gut«, erwiderte Joel. Er bohrte der Kuh den Kopf in die Flanke, während er melkte. »Ich tat ja nur, was ich konnte.«
»Du kannst eben allerhand«, sagte sie.
In diesem Augenblick brachte Mary die Eimer, und Ruth sah, wie Joel bei ihrem Eintritt schnell den Kopf hob und sie anschaute. Da wußte Ruth, daß er Mary liebte. Ja, aber wie stand es um Mary?
Ihre Tochter näherte sich ihr schüchtern.
»Mutter, darfst du so lange draußen sein?«
»Ich halte es nicht aus, einfach stillzusitzen.«
Mary lachte Joel an. »Mit Mutter wird man nicht leicht fertig!«
»Bist du nicht genauso?« lachte er zurück.
Das Lachen, die raschen, flüchtigen Blicke der jungen Augen sagten Ruth Bescheid. Sie liebt ihn, glaube ich, auch, dachte sie.
»Also, ich gehe hinein«, erklärte sie unvermittelt.
Das war eine ungeheure Entdeckung. Ob William es wohl wünschen würde? Ja, er mußte es wünschen, denn es war richtig. Mary und Joel, diese Verbindung war recht. Sie selbst hatte Joels Vater nicht heiraten können, weil Wil-

liam eines Tages gekommen war, aber für Mary gab es keinen zweiten William. Merkwürdig, wie sehr ihr Mary ähnelte! Aber die Ähnlichkeit beschränkte sich auf das Äußere. Mary hätte niemals irgendwo einen William wahrgenommen.
»Leg dich ein bißchen hin, Mama«, bat Mary.
»Ja, vielleicht«, antwortete Ruth.
Sie kehrte ins Haus zurück, legte sich im Eßzimmer aufs Sofa und wartete auf Williams Heimkunft. Jill hielt sich in der Küche auf, wo sie das Abendessen zubereitete. Wußte Jill Bescheid? Aber sie wollte zuerst mit William sprechen, vorher mit niemandem.
Während sie dalag, dachte sie an Henry. Sonderbar und seltsam war es, wie in der Geschlechterfolge Blut zu Blut kam! Ein Teil von ihr sollte nun durch Mary mit Henry vereint werden. Sie hatte nichts dagegen. Mary war der Teil, der sich ohnehin mit Henry hätte vereinen können, wenn William nicht gekommen wäre.
Durch die geöffnete Tür sah sie jetzt William den Pfad entlangschlendern; er hatte seinen Malkasten umgehängt. So mußte er an dem Tage ausgesehen haben, als er zum erstenmal über den Pfad schritt. Aber jetzt war sein dunkles Haar silbern. Sie beobachtete ihn, zufrieden mit ihm. Seit Jahren hatte er sie nicht mehr verlassen, nicht einmal um in die Stadt zu fahren. Daß sein Vater und auch andere ihm bisweilen schrieben, wußte sie, aber sie beachtete diese Briefe nicht. Manchmal fand sie sie in seinen Taschen, wenn sie seine Anzüge säuberte, aber sie fühlte sich nicht versucht, sie zu lesen. Sie hatten nichts mit ihr zu tun. Briefe! Sie bedeuteten so wenig. Erst durch das Zusammenleben wurden die Menschen wirklich. Da fiel ihr plötzlich etwas ein, woran sie seit vielen Jahren nicht mehr gedacht hatte: der Brief, den William ihr einstmals geschrieben. Bis zu ihrer Hochzeitsnacht hatte sie ihn um den Hals getragen.
Er kam herein, und sie zog ihn mit ihrem Lächeln zu sich.
»Worüber lächelst du?« fragte er.
»Über etwas Merkwürdiges!«
Er legte den Malkasten ab und trat zu ihr, um sich neben sie zu setzen. »Was denn Merkwürdiges?«
»Erinnerst du dich noch an einen Brief, den du mir einmal geschrieben hast, als du in New York warst?«
»Der einzige, den ich dir jemals schrieb, und du hast ihn überhaupt nicht beantwortet!« erwiderte er.
»Ich hatte Angst!« Sie überlegte einen Augenblick, ob sie ihm den Grund angeben sollte. Bis zu diesem Tage hatte er sie noch nie schreiben sehen. Sie hatte niemals einem Menschen geschrieben außer Hal. »Du weißt alles von mir, so kann ich es dir wohl sagen – ich hatte einfach Angst, dir zu antworten.«
»Warum denn?«

»Du schriebst so schön, und das konnte ich nicht, und ich befürchtete, daß du von mir gering denken würdest.«
»Ruth!«
Es rührte ihn, sich das demütige junge Mädchen vorzustellen, das sich vor ihm fürchtete, weil es ihn liebte!
»Ich konnte nicht einmal deinen ganzen Brief lesen.«
»Wirklich nicht, mein Geliebtes? Was tatest du da?«
Mit seinen farbenbekleckten Fingern streichelte er ihre Wange, ihren Hals, ihre Brauen. Er kannte die vornehme Form dieses Kopfes durch sein Betasten so gut, daß es ihm mitunter vorkam, als hätte er ihn gebildet, wie ein Bildhauer aus Ton einen Kopf bildet.
»Ich wickelte ihn in ein rotes Seidenband und machte ein Amulett daraus.«
Sie lachte über das Mädchen, das sie gewesen und das sie noch immer war, halb beschämt und nicht ganz sicher, ob er sich nicht auch ihrer schämen würde.
Aber er war nur bewegt.
»Warum hast du mir das nie gesagt? All die Jahre hindurch hast du mir etwas verheimlicht! Ich werde dich nie kennen – was hast du mir sonst noch vorenthalten?«
»Ich hatte es halb vergessen.«
»Wieso ist es dir jetzt eingefallen?«
»Ich weiß nicht. Ja, ich glaube, Mary und Joel haben mich daran erinnert. William, die beiden lieben sich!«
»Wirklich?« Er zog schnell die Hand zurück. Er hatte nichts bemerkt. »Haben sie es dir gesagt?«
»Nein, das war gar nicht nötig!«
Er dachte über die Angelegenheit nach und blickte dabei auf sie nieder. »Ich weiß nicht, ob es mich freuen würde, mit dem alten Fasthauser verwandt zu werden.«
»Es handelt sich ja nicht um ihn, sondern um Joel.«
»Er gleicht seinem Vater.«
»Mary gleicht mir.«
»Deshalb gefällt mir die Sache nicht besser!«
Er stand auf und begann im Zimmer hin und her zu gehen; die Hände hatte er in die Hosentaschen gesteckt.
»Auf diese Weise machst du deine Taschen immer mit Farbe schmutzig!« rief sie.
Er nahm die Hände heraus. »Dieser Tölpel!«
»Joel ist ein wirklich guter Farmer«, entgegnete sie.
Er antwortete nicht. Es war ihm nie in den Sinn gekommen, daß Ruths und seine Kinder jemals heiraten würden.
»Wen würde Mary heiraten, wenn nicht einen Mann wie Joel?« fragte Ruth.

»Wo könnte sie einen andern kennenlernen?«
Darauf vermochte er nichts zu erwidern. Wenn er selber anders gewesen wäre, wenn er Ruth von hier fortgenommen hätte, anstatt mit ihr auf dem Hof zu leben, dann hätten seine Töchter vielleicht Männer kennengelernt, die anders waren als Joel.
»Ich glaube, du hast recht«, sagte er schließlich. »Nun ja, da kann man nichts machen.«
Er ging in die Küche, um sich die Hände zu waschen, zumal er im Augenblick nichts mehr zu sagen wußte; und hier fand er Jill, deren Gesicht vom Herd gerötet war, aus dem sie soeben einen flachen Apfelkuchen herausnahm.
»Was weißt du von deiner Schwester und Joel?« fragte er sie brüsk.
Jill setzte den Kuchen auf den Boden, schloß die Tür des Backofens und sah ihn aus ihrer knienden Stellung an.
»Es ist schrecklich!« gab sie zurück. »Ich werde Mary nie verstehen, nie! Er riecht so – nach Kuhstall! Und seine Hände, seine Hände sind mir widerlich!«
Sie hob den Kuchen auf und setzte ihn auf den Tisch. »Vater, kannst du es nicht verhindern?«
Er wusch sich die Hände am Ausguß. »Was könnte ich Mary denn Besseres bieten?«
»Aber er ist so abstoßend!«
»Ich nehme an, daß sie das nicht findet. Und Mutter ist mit ihm einverstanden, weil er tüchtig ist.«
»O ja, tüchtig ist Joel! Aber ihn heiraten . . .«
Sie zögerte, und er sah, daß sie damit kämpfte, die Zartheit ihrer Fleischeslust in Worte zu fassen. Das plötzliche Erfassen dieser Zartheit erschreckte ihn. Was für einen Sinn hatte Zartheit in diesem häßlichen Rahmen? Was für ein nutzloses Ding hatte er dieser Tochter vererbt!
»Jill, wie steht es denn mit dir?«
»Mit mir? Wie meinst du das?«
»Was willst du werden?«
»Ich weiß es nicht.«
»Ich möchte dir helfen, daß du das werden kannst, was du dir ersehnst.«
»Ich wußte, daß du das tun würdest, Vater. Mein Kummer ist nur, daß ich selber noch keine Ahnung habe. Mary hat immer gewußt, was sie werden wollte.«
Er bemerkte, daß sie leicht zitterte. Sie wandte den Kopf ab und blickte aus dem Fenster, das sich hinter dem Tisch befand, an dem sie stand.
»Willst du damit sagen, daß Mary jetzt das tut, was sie sich schon immer ersehnt hat, du aber nicht?«
»Nun ja, sie hat von jeher erklärt, daß sie einen Farmer heiraten möchte. Aber ich bin anders.«
Er ging zu ihr und legte den Arm um ihre schmalen Schultern.

»Anders, Jill?«
»Ja, ich sehe die Dinge nicht so klar.«
»Was für Dinge?«
»Vielleicht – mich selber.«
Sie richtete die verwirrten grauen Äuglein auf ihn, und da ließ er den Arm sinken. Wie merkwürdig unverfälscht Ruths und sein Blut in ihrer beider Kinder war! Man konnte sie auseinandernehmen – die Augen dieses Kindes und Marys Gesicht stammten aus Ruths Blut, Marys Gestalt von ihm, und sein Geist, oder wenigstens ein Teil davon, war in Jills Kopf ganz verschieden von dem seinen; Hals Äußeres, abgesehen von den Händen, die er von Ruth hatte, und die Ruhelosigkeit in dem Jungen waren alles, was Williams Blut ihm hatte geben können! Wenn er sie doch nur alle auseinandernehmen und sie wieder zusammensetzen könnte, um ganze Menschen aus ihnen zu machen!
In der Tasche trug er in diesem Augenblick einen Brief von Elise. Sie hatte ihm in all diesen Jahren nicht geschrieben. Nun teilte sie ihm mit, daß ihre beiden Söhne in Frankreich standen; und sein Sohn würde auch hinkommen. Vielleicht begegneten sie einander. Ob er seinem Jungen nicht die Namen ihrer Söhne angeben wolle?
Sie hatte die Bilder der beiden beigelegt. Lange hatte er sie betrachtet; der eine war blond, der andere dunkel, beide sehr englisch und sehr fröhlich.
Er wollte Hal die Bilder nicht schicken. Besser, wenn sie sich nicht begegneten, sein Sohn und Elises Söhne.
»Ich möchte dir gern helfen«, sagte er zu seiner Tochter Jill.
Hingerissene Bewunderung flammte in ihren leidenschaftlichen Äuglein auf. »Ich wußte es«, antwortete sie, »das wußte ich schon immer.«

Der Krieg wuchs und breitete sich aus, aber Hal lebte. Solange er am Leben blieb, ließ der Krieg sich ertragen. Ruth fragte nicht, wer in den fremden Ländern in der Ferne siegte. Es kümmerte sie nicht, wer gewann oder verlor. Das ganze Ergebnis dieses Krieges, in dem Millionen von Männern verwundet wurden und fielen und in dem Nationen gleich Schiffen untergingen, alles war in der Gestalt des einen Mannes vereinigt, den sie geboren hatte. Hal lebte noch. Also gewann sie den Krieg. Wenn Hal fiele, dann wäre für sie der Krieg verloren gewesen.
Auch Joel mußte jetzt einrücken. Alle jungen Männer wurden eingezogen. Erst sollte noch die Hochzeit stattfinden, damit er und Mary eine Woche zusammenleben konnten.
»Wir wollen hierbleiben«, sagte Mary. »Wir wollen keine Hochzeitsreise machen. Ich will nur zu ihm übersiedeln, weiter nichts. Ich bleibe dann bei seiner Familie, wenn er fort ist.«
Wieder einmal fand in dem Bauernhaus eine Hochzeit statt, und William stand

als Brautvater in dem Zimmer, in dem er vor so vielen Jahren als Bräutigam gestanden hatte. Zufällig trug Mary ein blaues Hochzeitskleid, und sie sah im Augenblick der einstigen Ruth geradezu erschreckend ähnlich.
Mit einem sonderbaren Unbehagen hatte er das Gefühl, als ob er dem untersetzten jungen Farmer im neuen schwarzen Anzug Ruth zur Frau gäbe. Aber er entledigte sich seiner Pflicht anmutig und mit leichtem Humor. Nach der Trauung war ihm zumute, als hätte es zwischen ihm und Mary eine klare Scheidung gegeben. Das Band zwischen Vater und Tochter, immer schon dünn und leicht zerreißbar, war durchschnitten, als er sie in der kleinen Gruppe der Gäste neben ihrem Gatten stehen sah. Sie dachte jetzt an niemand mehr außer an sich selbst und Joel. Sie würde nie mehr an einen andern Menschen denken.
Er nahm die Jungvermählte, die in all diesen Jahren seine Tochter gewesen, mit plötzlicher Klarheit wahr – ein enges, kleines Herz in dem Körper, bei dessen Erschaffung er geholfen, ein kleines Herz, das sich nur dem, was ihm gehörte, opfern konnte. Mary würde durch dick und dünn zu ihrem Mann stehen, weil er ihr gehörte; sie würde ihre Kinder lieben, nicht weil es Kinder waren, sondern weil es ihre Kinder waren. Die kleine Treue, die sie Vater und Mutter gegenüber gezeigt hatte, übertrug sich von nun an nur auf das, was ihr gehörte. Wortlos nahm sein Herz Abschied von ihr und ließ sie ziehen.
Es war nicht allzu leicht getan. Da handelte es sich um den Verlust eines Kindes, das hätte sein können, wenn sie es auch nie gewesen war. Schmerzlich sehnte er sich nach einem wirklichen Kind seines eigenen Wesens, zu dem er aus stummem Verstehen heraus sprechen könnte.
Seine Einbildungskraft flog zu Jill. Sie brachte gerade Weingläser und Teller herein; ihr breiter, dünner Mund spannte sich fest durch die Inanspruchnahme ihrer Aufgabe. Aber er ging nicht zu ihr. Die Leute begannen allmählich zögernd mit ihm zu reden. Sie scheuten sich immer noch in seiner Gegenwart, diese Leute, unter denen er all die Jahre als ein Fremder gelebt hatte. Doch hatte er gelernt, wie er sich ihnen gegenüber verhalten mußte, wie zuhören, lächeln, einige ganz alltägliche Worte erwidern. Gescheitheit erschreckte sie, und so hatte er gelernt, keinen Witz zu zeigen.
»Nun, Herr Sieger, wie geht es Ihrem prächtigen Enkel?«
Er sprach mit dem Metzger, dessen rotes Gesicht sich zu einem Lächeln verzog.
»Großartig! Er läuft schon seit einem halben Jahr. Hoffentlich bekommen Sie als ersten auch so einen tüchtigen Jungen, Herr Barton!«
Ein Enkel! An Enkel hatte William gar nicht gedacht. Er und Ruth Großeltern! Aber natürlich war das unvermeidlich.
»Ja, ich hoffe auch, daß ich solches Glück haben werde, Herr Sieger.«
»Wüßte nicht, warum nicht«, schmunzelte Sieger. »Die beiden sind ein kräftiges, gesundes Paar, möchte man meinen.«

William lächelte. Sein Blick folgte den hellblauen Augen des Metzgers. Ja, Joel und Mary waren ein gesundes Paar. Bei dieser Verbindung entstanden sicher keine Verwicklungen. Doch was, wenn sein eigenes Blut, das in Mary gebändigt war, sich frei machte? Es war die mutwillige Art der Natur, hinter dem Rücken ihrer sich paarenden Menschenkinder zu lachen!
Inmitten der buntfarbigen, stark riechenden Landleute fühlte er sich auf einmal unerträglich einsam. Ruth befand sich am andern Ende des Raumes, wo sie zusah, wie Mary den Hochzeitskuchen anschnitt. Er gewahrte ihr Antlitz, das gerötet und gesammelt war. Sie hatte den Hochzeitskuchen selber gebacken wie einst ihre Mutter vor langer Zeit. Das Rezept war das gleiche, aber ob das Ergebnis wohl ebenso gut war?
Unbemerkt schlüpfte William durch die Menge, bis er zur Treppe gelangte. Er stieg hinauf und ging zu dem Zimmer, wo er seine Bilder und Keilrahmen aufbewahrte. Hier stand auch ein Schreibtisch, an dem er sich nun niederließ und überlegte, zu wem auf der Welt er wohl sprechen könnte. Dann ergriff er plötzlich einen Briefbogen und begann an Elise zu schreiben.

Hal war fort, und Mary war fort, und das Haus schloß sich über dieser Lücke, als ob die beiden nie da gewesen wären.
Joel rückte ein, und Ruth und Mary führten lange Gespräche miteinander, an denen niemand teilhatte. Aber sooft Mary auch in das Haus zurückkehrte, nie gehörte sie mehr dazu, und William wußte zudem, daß es nie mehr der Fall sein würde.
»Wie geht es dir, Vater?« fragte sie, wenn sie ihn traf.
»Sehr gut, danke«, antwortete er ruhig.
Die Monate verstrichen, und er sah, daß sie mit einem Kind ging, aber ihm bedeutete das nicht mehr, als wenn er irgendeine Farmersfrau in diesem Zustand gesehen hätte. Das gehörte zu den Dingen, die Ruth nie erwähnte. Eines Tages würde sie hereinkommen und ruhig sagen: »Mary hat einen Jungen . . .« Oder ein Mädchen.
Und er würde ebenso ruhig erwidern: »Ist alles gutgegangen?« Und das war dann alles.
Jills Anwesenheit bemerkte er kaum, weil er in diesem Jahr sehr fleißig malte. Er fühlte sich besonders gut und tatkräftig; vielleicht lag das zum Teil daran, daß es ein trockenes Jahr war. Er schrieb auch regelmäßig an Elise, und ihre langen, engbeschriebenen Briefe regten ihn geistig an. Im April erhielt er einen Brief von ihr, in dem sie ihm mitteilte, daß ihr jüngster, Reginald, der Blonde, gefallen war.
Er holte die kleine Fotografie hervor, die er Hal nie geschickt hatte, und betrachtete sie genau. So schnell hatte dieses junge Leben sein Ende erreicht! William empfand das seltsame Gefühl eines schmerzlichen Verlustes, weil Elise ihren letzten Nachrichten einige Briefe ihrer Söhne beigelegt hatte – sie

nannte sie Don und Rex. Es waren, fand William, außergewöhnliche Briefe; einen glänzenden Gedankenfluß hatten diese jungen Soldaten, die sich prachtvoll ausdrücken konnten, die, des Lebens und des Todes so gewärtig, aller Schönheit ringsum so bewußt waren. Er sah manchmal die Briefe, die Hal an Ruth schrieb. Der Junge schrieb nur seiner Mutter – kurze, gleichmütige Briefe, die in der Hauptsache davon handelten, was er aß und trank, wo er seinen letzten Urlaubstag verbracht hatte und was man ihm schicken sollte. Aber sie befriedigten Ruth, weil sie ihr sagten, daß er lebte und nicht verwundet war.

William, allein in seinem kleinen Zimmer, las Rex' Briefe alle noch einmal. Da der junge Mann jetzt tot war, mußte er sie Elise zurückgeben. Sie bedeuteten wohl etwas Kostbares für sie. Aber er verbrachte einige Stunden damit, einige Seiten daraus abzuschreiben, Abschnitte und Sätze, die ihm die junge Seele widerzuspiegeln schienen, obwohl der Körper zerbrochen und fort war.

»Das Leben ist jetzt, wo ich weiß, daß jeder Augenblick den Tod bringen kann, so wunderbar köstlich. Es ist so viel mehr wert als alles übrige, daß ich mich bisweilen frage, warum ich nicht mein Gewehr hinwerfe und einfach weglaufe. Ich könnte es tun. Das Gelände hier kenne ich gut. Ich könnte mich eines Nachts, wenn ich Wache habe, verirren, meine Uniform abstreifen, französisch oder deutsch sprechen, wenn sich die Notwendigkeit ergibt. Ich beherrsche beide Sprachen ebenso gut wie Englisch. Ich weiß, daß ich im Grunde das Leben höher schätze als alles andere, als Vaterland oder Ehre oder sonst ein großes Wort. Ich schätze meine fünf Sinne, meinen Körper, mein leibliches Sein. Und doch weiß ich, daß ich deshalb nicht desertiere; weil es etwas gibt, das mir noch mehr bedeutet. Ich tue meine Pflicht, nicht weil ich ein Patriot bin – das bin ich nicht –, auch nicht, weil ich ein Ehrenmann im herkömmlichen Sinne bin, sondern weil ich, würde ich desertieren, etwas anderes in mir zerstören würde.«

»Heute abend ist ein Sonnenuntergang, Mutter. Nichts hebt sich davon ab außer Ruinen, aber er flammt gleichwohl. Es ist das Ewige in diesem Weltall – es setzt sich fort, trotz allem, was wir auf Erden tun.«

»Ich wünschte, ich hätte wirklich geliebt, ehe dieser Krieg mich erwischte. Ich meine nicht irgendeine Verliebtheit. Ich meine die richtige Liebe, Ehe, Kinder, das Wahre, das immer weitergeht. Ich ersehne mir etwas Schönes, das immerdar bleibt, über mich hinaus.«

Immer wieder schwang in den Briefen diese Sehnsucht nach einer Ewigkeit.

William schrieb die feine gerade Handschrift des jungen Mannes nach und dachte über dieses Bedürfnis nach. Fühlte er jetzt Zufriedenheit in der endlosen Dunkelheit, in die er eingegangen war? Wer wußte es?

Er sandte die Briefe mit einem Begleitschreiben an Elise zurück, das unpersönlich war wie alle Briefe, die sie wechselten, und doch zweifelte er nicht, daß seine Worte sie trösten würden. Denn sie bedurften nicht mehr des persönlichen Wesens des andern. Was sie einander gaben, das war die Bestätigung von Geist zu Geist.

»Ich weiß, daß Du imstande bist, den Tod zu umfassen, Elise«, schrieb er. »Es ist nicht notwendig, daß ich von Rex' Hinschied spreche. Was mich viel mehr beschäftigt, das ist das Fortbestehen seines Wesens. Das Wesen wirkt weiter, glaube ich, wenn der Geist positive Eigenschaften hat, die über den Körper hinausreichen. Auf welche Weise, das kann ich ebensowenig bestimmen wie sonst ein Mensch. Aber ich bin fest überzeugt, daß einige Menschen – nicht alle – weiterleben, nachdem der Körper das Zeitliche gesegnet hat, und einer von ihnen ist, das weiß ich, Dein Sohn.«

An diesem Abend ging er mit jenem sonderbaren Gefühl der Einsamkeit hinunter, das ihn immer bedrängte, wenn er sich von Ruth weit entfernt hatte.

»Ruth! Ruth!« rief er durchs Haus.

Sie war draußen im Gemüsegarten, wo sie Maiskolben für das Nachtessen zusammensuchte.

»Ja!« rief sie zurück. »Wo hast du gesteckt, William?«

»Oben.«

Sie hielt in ihrer Tätigkeit inne und musterte ihn scharf. »Fühlst du dich auch wohl? Du siehst ein bißchen sonderbar aus, so benommen. Du hast doch heute nicht zuviel Sonne abbekommen?«

»Ich brauche dich«, sagte er.

Sie wußte nie so recht, was er damit meinte, aber sie wußte, wie sie sich daraufhin zu verhalten hatte.

»Hilf mir doch bitte die Maiskolben zurechtmachen. Ich habe mich heute verspätet. Ein Huhn hatte sich hinausgestohlen, und ich mußte es suchen.

»Und hast du es gefunden?«

»Ja, hinter dem Schweinestall in dem alten Trog, den wir nicht mehr benutzen.«

Er setzte sich neben sie auf die Bank, die aus einem auf vier Beinen ruhenden Balken bestand, und zog dem hellgelben Mais langsam die grünen Blätter ab.

»Wie schön das ist«, sagte er. Die seidigen Haare lagen glatt an den Körnern, und er streifte sie ab, Strang um Strang, und warf die Ewigkeit fort.

Hätte ich wohl, fragte er sich an diesem Abend, so mit Elise schlafen können, Nacht um Nacht, und daran Freude gehabt?

Er wußte, daß das nicht möglich gewesen wäre. Ruths Schlichtheit war der Born, an dem er sich erfrischte.

Schweigend saß er neben ihr, weil er gern herausgefunden hätte, worin die Eigenart der Ruhe, die sein Geist bei ihr fand, eigentlich bestand. Sie wirkte beschwichtigend und einschläfernd, sie umhüllte ihn, nicht mit einer harten, genauen Substanz, sondern mit warmer Flüssigkeit, die sich seinem Wesen ergab. In Ruths Beisein brauchte er weder zu denken noch Fragen zu stellen, noch Wortgefechte zu führen; er brauchte nicht zu sprechen, solange er kein Verlangen danach hegte. Sie redeten sehr wenig miteinander, immer seltener im Verlauf der Jahre. Wenn sie sprach, lauschte er, ohne zuzuhören, und was sie mit ihrer vollen, weichen Stimme sagte, vertiefte nur die Ruhe, die sie ausströmte. Mit der Zeit war er in allem von ihr abhängig geworden, außer in dem ruhelosen Kern seines Gemüts. Jetzt war Elise wieder aufgetaucht. Der Krieg hatte sie in sein Leben zurückgeworfen.

Aber Elise hätte ihm keine Rückkehr von sich selbst vermitteln können, wie er von sich selbst zu Ruth zurückkehrte, weil er Elise nicht hätte verlassen dürfen. Wohin er auch ginge, da wäre Elise mitgegangen; sie wären immerzu zusammen gewesen, er wäre sie gewesen, und sie wäre er gewesen, und in der Unvermeidbarkeit ihrer unbedingten Einheit hätte es weder Ruhe noch Entspannung gegeben. Besser für sie beide, daß der Ozean dazwischen lag!

In einem großen englischen Garten hinter einem Haus Kents saß Elise und las Williams Brief, der an diesem Tag gekommen war und dem die von William zurückgesandten Briefe ihres Sohnes beilagen.

Sie las sein Schreiben immer wieder, weil es den einzigen Trost enthielt, den ihr ein Mensch seit dem zweiten furchtbaren Augenblick am gestrigen Vormittag hatte spenden können. Sie war genau wie jetzt im Garten gewesen, denn das Haus vermochte sie nicht zu ertragen, wenn sie so angsterfüllt war, daß sie weder schlafen noch essen konnte. Es herrschte prächtiges Wetter, Tag für Tag, ohne Wind, klar, mild. Aber wenn es geregnet hätte, dann hätte sie einen Regenmantel angezogen und wäre draußen geblieben. Lag das auch zum Teil daran, weil Ronnie sich im Hause aufhielt? Sie und Ronnie waren einander zugetan, aber sie hatte gelernt, die Stille zu teilen, in der er lieber lebte, und es fiel ihr leichter, still zu sein, wenn sie sich allein draußen befand.

Aber keine Stille, keine künstliche Ruhe, keine erzwungene Gelassenheit beim Gespräch hatte irgendwelchen Zweck gehabt. Sie sah das Mädchen das zweite Telegramm bringen, und sie erkannte, als sie es gewahrte, daß sie schon immer gewußt hatte, es würde kommen. Ja, sie hatte es gewußt, obwohl sie beim Lesen des ersten Telegramms als erstes wild gedacht hatte, daß es wenigstens nicht Don war. Jetzt auch Don.

Sie las das Telegramm, die amtliche Mitteilung, in der ihr mit dem Ausdruck des Bedauerns davon Kenntnis gegeben wurde, daß ihr Sohn Donald im Felde gefallen sei.

Ihre Lippen wurden steif, und ihr Kinn begann zu zittern.

»Ja, Minnie. . .«, versuchte sie zu sagen.

»Meine Güte«, schrie Minnie auf, »doch nicht der junge Herr Donald!«

Elise nickte; ihr Kinn zitterte immer noch.

Sie machte sich auf den Weg zum Haus. Ronnie mußte Bescheid erhalten.

Beide Male hatte sie das Telegramm entgegennehmen müssen. Diesmal brauchte sie nichts zu sagen. Sie wollte ihm nur das Telegramm hinstrecken. Rex war sein Liebling gewesen, und damals hatte sie das Gefühl gehabt, ihn trösten zu müssen. Diesmal gab es einfach keinen Trost.

So ging sie schnell die Stufen zur Terrasse hinauf und über die Fliesen zu den geöffneten Fenstertüren der Bibliothek, wo er lesend saß, und sie reichte ihm das Telegramm. Er las es. Dann stand er auf, das Buch fiel ihm vom Schoß, und er schloß sie in die Arme. Sie legte die Wange an seine Schulter und hielt sich mit geschlossenen Augen atemlos an ihm fest. Wenn sie jeden Muskel, jede Sehne spannte, mußte sie vielleicht nicht weinen.

»So ist es, meine Gute«, murmelte Ronnie. »Nicht weinen. Wir wollen tapfer sein, nicht wahr? Jetzt haben wir den Boden erreicht – nichts mehr zu verlieren!«

Ja, das war es. Sie hatte nichts mehr zu verlieren. Ihre beiden Söhne waren hinübergegangen. Der Gedanke enthielt keinen Trost, sondern war bitter und beklemmend. Sie preßte ihr schwellendes Herz zusammen, und nach einer Weile lösten sie sich voneinander, jeder im Bewußtsein, daß der andere ohne weitere Äußerung standzuhalten vermochte. Ronnie nahm seine Lesebrille ab und säuberte sie langsam; sein schönes alterndes Gesicht war dabei recht traurig.

Sie setzte sich und starrte auf den Teppich.

»Nachdem das geschehen ist«, sagte Ronnie, »werde ich wohl auch gehen müssen.«

»Was willst du denn tun?« Ihre Augen suchten sich ein fortlaufendes dunkelrotes Fädchen in dem feingemusterten Perserteppich aus.

»Es gibt allerhand, was ich tun könnte. Aber du? Ich lasse dich ungern in diesem großen Haus allein zurück.«

»Es ist allzu groß, findest du nicht?« erwiderte sie. »Hättest etwas dagegen, wenn ich heimginge?«

»Heim?«

»Nach Amerika.«

»Du willst doch nicht – dort bleiben?«

»Natürlich nicht – nur eine Zeitlang.«

»Das wäre vielleicht das beste.«

So wurde es beschlossen, aber da Ronnie nie etwas sofort in Angriff nehmen konnte, sollten sie erst in zwei Wochen fortgehen. Das Haus wollten sie als Lazarett zur Verfügung stellen. Einige Sachen schloß sie fort, den Rest ließ sie zurück, weil ihr klar wurde, daß sie sich aus nichts etwas machte.

Dann saß sie wieder im Garten und las und las Williams Brief. Hätte er auch über Don so schreiben können? Rex hatte ihr oft geschrieben, Don nur selten, und doch liebte sie Don, ihren Ältesten, am meisten. Gehörte Don zu

den Geistern, die fortlebten? Wenn nicht, dann hatte die Ewigkeit für sie keinen Wert.
Ich werde William fragen, dachte sie bei sich.
Und dann saß sie in dem milden englischen Sonnenschein und dachte an William. Wenn sie William sah, würde sie weinen und weinen. Ronnie wollte sie nie weinen lassen, aber bei William durfte sie sich gewiß ausweinen. »William – William!« murmelte sie, und beim Klang seines Namens sprangen ihr die Tränen in die Augen.

Hal wurde nicht verwundet. Das erste Kriegsjahr war zu Ende gegangen, und das zweite fing an; eine Schlacht nach der andern fand statt, wurde verloren oder gewonnen, und eine jede überstand er heil und gesund. Er schrieb seiner Mutter voll Stolz, daß der Feind noch keine Kugel gegossen habe, die ihn treffen könnte.
Joel wurde verwundet und kam nach Hause; seine rechte Schulter hing tiefer als die linke.
»Wenn nur genug übrigbleibt, daß ich Farmer sein kann«, sagte er lächelnd.
Dafür war genug von ihm übriggeblieben und noch mehr dazu, und bald erwartete Mary ihr zweites Kind. Ihr erster Junge war Henry getauft worden nach Joels Vater, und William betrachtete ihn manchmal mit stillem Spott. Henry Fasthauser, sein Enkel! Den alten Henry sah er selten, doch wenn sie zusammenkamen, zeigten beide gute Laune. Ruth hatte die Farm größtenteils Henry überlassen, der sie zusammen mit seiner eigenen besorgte und ihr Pacht zahlte.
»Das ist die beste Art, wie ich dir helfen kann«, hatte er zu ihr gesagt, als Joel einrückte.
»Das glaube ich gern«, hatte sie dankbar geantwortet.
Sie hatten einander angeschaut, jeder bereit, noch mehr zu sagen, aber sie äußerten nichts mehr. Was für einen Gegendienst konnte sie ihm leisten? Das hätte sie am liebsten gefragt. Aber es gab nichts, das sie hätte tun können, und deshalb hatte sie geschwiegen. Sie liebte William und würde ihn immer lieben – warum, wußte sie nicht. Er tat nichts für sie, das ein Entgelt für all ihre Arbeit gewesen wäre, außer daß er er selbst war und alles, was sie tat, lohnend erschien, weil sie es für ihn tat. Was sie von ihm bekam, das vermochte sie nicht in Worte zu fassen, aber es war etwas, über das kein Mann, den sie kannte, verfügte. Sie hatte über ihrem Stande geheiratet, doch hatte sie William glücklich gemacht.
Er schien in diesen Tagen noch glücklicher zu sein als sonst, dünkte es sie, in diesem zweiten Kriegsfrühling.
Es war anfangs Juni, und die Walderdbeeren trugen üppig. Sie hatte einen Kessel voll gepflückt, obwohl das eine mühsame Arbeit war, Weil William die Marmelade liebte.

Am frühen Nachmittag saß sie auf der Schwelle des Hauseingangs, im Schatten der alten Sykomore, die sich über dem Haus ausbreitete, und erlas die zarten Früchte. Ihre Hände zeigten rote Flecken.

Der zweite Sommer, in dem der böse Krieg herrschte, dachte sie, ihre Gedanken wandern lassend, und Hal lebte, und William war in besserer Verfassung und glücklicher als seit langer Zeit. Seit Jahren war er nicht mehr fortgereist, nicht einmal in die Stadt, um seine Eltern zu besuchen – in der Tat das letztemal, ehe Hal durchbrannte. Er mußte sich wohl mit seinem Vater entzweit haben; allerdings erkundigte sie sich nie. Aber sie erinnerte sich oft daran, daß William damals davon gesprochen hatte fortzugehen. Nun, er war nicht fortgegangen, und obwohl er jetzt eher weniger als mehr malte, waren seine Bilder besser. Sogar sie vermochte zu erkennen, daß sie etwas Neues hatten. Aber er verbrachte einen großen Teil der Zeit nicht mit Malen, sondern nur mit Spazierengehen, Lesen, Nachdenken, Schreiben. Den Salon hatte er in eine Bibliothek verwandelt. Bücher bedeckten die Wände bis zur Decke. Was hätten wohl ihre Eltern von einer solchen Verschwendung gedacht – viel mehr Bücher, als irgendein Mensch außer William jemals lesen konnte –, obzwar Jill jetzt anfing, allzuviel zu lesen. Jills wegen machte sie sich ein wenig Sorgen. Das Mädchen war so häßlich. Es gab sicher nicht viele Männer, die hinter diesen traurigen kleinen Augen und dem großen Mund etwas sahen. Sie hatte hübsche Hände, schmal und fein waren sie wie Williams Hände, aber welcher Mann hier in der Gegend achtete auf die Hände einer Frau?

Und wie stets suchte Ruth bei Mary Trost. Mary führte ein wirkliches Frauenleben, nachdem Joel nun aus dem Krieg heimgekehrt war, nur mit einer steifen Schulter. Sonst war er ebenso brauchbar wie früher; er konnte seiner Farmarbeit obliegen, und er und Mary würden wohl viele Kinder bekommen, aber kein reizenderes als Klein Henry. Sie und der alte Henry suchten bei dem stämmigen, kräftigen Bürschlein stummen Trost. Sie lächelte im Gedanken daran, was der alte Henry erst gestern in seiner ungeschminkten Art gesagt hatte – alt wurde er nur wegen des kleinen Henry genannt, in Wirklichkeit war er noch lange nicht alt.

Sie war hinübergegangen, um Mary um ein Rezept zu bitten, und die beiden Henrys waren im Hof gewesen. Der alte Henry stutzte gerade einen Fliederbusch, und der kleine Henry spielte mit den abgeschnittenen Zweigen. Sie war einen Augenblick stehengeblieben, um dem schönen rosigen Büblein, das ihr, wie alle behaupteten, ähnelte, zuzusehen. Es glich ihr auch wirklich. Sie konnte es selber erkennen, obschon sie es nicht sagen durfte, weil er ein so hübscher Junge war.

Der alte Henry hatte sie breit angelächelt und gesagt: »Na ja, Ruth, wir beide haben dieses Kind schließlich doch miteinander geschaffen, wenn auch auf einem Umweg. Ich hätte den Weg lieber abgekürzt.«

»Pfui, Henry«, hatte sie geantwortet, aber das hatte sie schon so oft gerufen, daß es allmählich nicht mehr viel bedeutete. Dann hatte sie ernst hinzugefügt: »Solltest du nicht endlich aufhören, so zu reden? Wir werden alt, Henry, und es ist nicht anständig.«

»Solang ich ein Mann bin und du ein Weib bist, muß ich so reden«, hatte er mutwillig entgegnet.

Hierauf war sie fortgegangen. Niemand konnte behaupten, sie sei nicht immer eine peinlich genaue, brave Frau gewesen, die keinen andern Gedanken hegte als den an ihren Gatten.

In diesem Augenblick hörte sie auf der Straße ein Auto. Tom sagte, daß es jetzt schon eine Unmenge gäbe, doch selten hatte ein solches Fahrzeug vor diesem Tor gehalten. Sie schaute von der Erdbeerschüssel auf und sah eine großgewachsene Frau in hellbraunem Mantel aussteigen. Von ihrem breitrandigen Hut hing ein Schleier hernieder, so daß Ruth ihr Gesicht nicht zu erkennen vermochte. Aber die Frau kam mit langen, fremdartig wirkenden Schritten heran, und gleich darauf nahm Ruth ihr Antlitz wahr, ein schmales Antlitz mit großen dunklen Augen.

»Wohnt hier Herr William Barton?« fragte die Frau. Sie hatte eine schöne Stimme, voll und wohltönend, als ob sie vielleicht singen könnte.

»Ja«, gab Ruth Bescheid.

Sie stand nicht auf und hielt auch nicht in ihrer Tätigkeit inne.

»Wollen Sie ihm bitte ausrichten, daß eine alte Freundin von ihm gekommen ist, um ihn zu besuchen?«

»Ich weiß nicht genau, wo er sich augenblicklich aufhält«, antwortete Ruth. Sei setzte die Schüssel hin und erhob sich. »Entschuldigen Sie, daß ich Ihnen nicht die Hand geben kann«, sagte sie und streckte ihre rotbefleckten Hände aus.

Die Frau machte ein erstauntes Gesicht.

»Oh, sind Sie . . .«

»Ich bin Frau Barton«, sagte Ruth ernst.

»Oh«, wiederholte die Fremde.

Ihre dunklen Augen starrten Ruth groß und gebannt an. Ruth fühlte sie heiß auf ihrem Gesicht.

»Treten Sie ein«, forderte sie die Fremde auf. »Wenn Sie Platz nehmen wollen – ich suche ihn inzwischen.«

Sie führte die Frau in das kühle Haus und bat sie in das Wohnzimmer, das William frisch tapeziert, aber nicht mit neuen Möbeln, sondern mit den ältesten Sachen ihrer Mutter ausgestattet hatte.

»Dies ist also Williams Haus«, murmelte die Frau.

»Meine Familie lebt hier schon seit beinahe zweihundert Jahren«, erklärte Ruth.

Sie ging hinaus, um die Küchenglocke zu läuten, damit William kam. Sie wäre ehrlich froh gewesen, wenn sie ihn nicht gefunden hätte. Sie hätte gern einen Entschuldigungsgrund gehabt, um zu der Frau zurückzukehren und sagen zu können, William sei nirgends zu finden.

Aber William, der in einem kleinen Birkenhain nahe beim Bach spazierenging, hörte deutlich die Glocke, und kurz darauf sah Ruth ihn aufs Haus zukommen. Sie stand am Ausguß und wusch sich die Hände, als er eintrat.

»Ist etwas los?« fragte er unter der Tür.

»Es ist eine fremde Frau da, die dich besuchen möchte – sagt, sie sei eine alte Freundin.«

Ruth blickte nicht auf. Die roten Flecken ließen sich nicht entfernen. Sie mußte warten, bis sie mit der Zeit von selbst verschwanden.

»Aber ich habe gar keine alten Freundinnen«, erwiderte William verwundert.

Sogleich war ihm Elise eingefallen, aber zwischen ihm und Elise lag der Ozean.

»Nun, das hat sie jedenfalls gesagt.«

»Wo ist sie denn?«

»Im Wohnzimmer.«

»Ich werde hingehen und schauen.«

Er ging an ihr vorbei, und dann kam er, vielleicht weil er so stark an Elise gedacht hatte, drei Schritte zurück, umarmte Ruth und küßte sie fest auf den Mund.

»Du riechst nach Sonne und Erdbeeren«, sagte er.

Er nahm ihre Hände und trocknete sie nacheinander mit dem gelbbraunen Leinenhandtuch ab, küßte erst die eine fleckige Handfläche und dann die andere.

»Weißt du, wie sehr ich deine Hände liebe?«

Sie lächelte errötend und entzog ihm ihre Hände.

»Geh jetzt, William – sie wartet schon lange. Soll ich Löwenzahnschnaps und Gebäck hereinbringen?«

»Ja, tu das. Wo ist Jill?«

»Sie liest vermutlich. Sie ist jetzt für nichts anderes mehr zu haben.«

»Sie sollte dir helfen.«

Er eilte hinaus. Zwölf Schritte durchs Eßzimmer, und er öffnete die Wohnzimmertür und gewahrte Elise. Sie hatte den Schleier zurückgeschlagen, und unter dem großen Hut sah sie fast wie das junge Mädchen aus, das er zuletzt erblickt hatte.

»Elise!«

Er stürzte vorwärts und ergriff ihre beiden Hände.

»Ich dachte gleich an dich, als Ruth sagte, eine alte Freundin sei gekommen, doch dann meinte ich, du könntest es nicht sein.«

»Don ist tot, William.«

Sie merkte auf einmal, daß sie die ganze Reise gemacht hatte, um nur dies zu sagen. Sie hatte nicht die Absicht gehabt, es zu sagen, doch als sie in Williams unveränderte braune Augen schaute, wußte sie, weshalb sie hergekommen war.

»Oh, Elise!«

Er setzte sich neben sie aufs Sofa, immer noch ihre Hände haltend.

»Liebe Elise! Seit wann weißt du es?«

»Kurz vor meiner Abreise habe ich es erfahren.«

Sie hatte nicht richtig geweint, und jetzt spürte sie, daß sie weinen mußte. Eine ungeheure Flut stieg aus ihrem Herzen empor. Tränen stürzten ihr in die Augen, sammelten sich und begannen ihr über die Wangen zu rinnen.

»Gefallen – bei einem Angriff«, hauchte sie. »Das ist alles, was ich weiß.

»Und dein Mann?«

»Er mußte sich für Kriegsarbeit melden. Das Haus ist ganz leer . . .«

Ihre Lippen zitterten, und dann bedeckte sie mit einem lauten Schrei das Gesicht mit beiden Händen, beugte sich vor und weinte endlich.

William sprach nicht. Behutsam nahm er ihr den großen Hut ab und legte ihn hin. Ihr einstmals schwarzes Haar war jetzt von gleichmäßigem Grau, wie er mit Schrecken bemerkte. Aber sein eigenes Haar war ja weiß. Die Jahre waren über sie beide hinweggegangen. Schwer zu glauben, so natürlich schien es ihm, Elise wiederzusehen. Sie hatten einander als Kinder gekannt. Er legte ihr den Arm um die Schultern.

»Das Weinen tut dir gut«, sagte er sanft. »Arme Elise, ich weiß, daß du dich zusammengenommen hast, und das ist dir immer schwergefallen, wie ich mich erinnere.«

»Hast du solche Erinnerungen an mich?«

Mit feuchtem Antlitz schaute sie zu ihm auf. Jetzt sah er, daß sie älter war. Die Tränen entlarvten sie. Sie würde immer schön sein, weil sie ein gut geschnittenes Gesicht hatte. Aber ihr Mund war traurig, und um ihre Augen hatten sich Fältchen eingegraben; auch zwischen den Brauen war eine tiefe Falte, als ob sie die Brauen häufig runzelte. Es war kein glückliches Gesicht, und das Leben, nicht der Tod, hatte es gezeichnet.

»Ich habe viele Erinnerungen an dich«, sagte er schlicht.

Die Tür öffnete sich, und Ruth stand da, in den Händen ein Tablett, auf dem alte kleine Gläser voll Löwenzahnschnaps waren, und eine Silberschale mit dem Salzgebäck, das sie immer im Hause hatte.

Sie riß die blauen Augen weit auf. »Ist es dir recht, William?«

»Ja, natürlich«, antwortete er schnell.

Er wurde sich bewußt, daß sein Arm immer noch um Elises Schultern lag, und er ließ ihn allzu hastig sinken. Es trieb ihn, Ruth in Selbstverteidigung zuzurufen: »Sie hat ihre beiden Söhne verloren . . .«, aber er unterließ es. Für Ruth war Elise eine Fremde.

»Trink ein bißchen von Ruths gutem Schnaps, Elise«, sagte er. »Das wird dir guttun.«
Ohne Ruth noch einmal anzusehen, nahm er ihr das Tablett ab, setzte es hin, ergriff ein Glas und reichte es Elise. Doch als er das zweite Glas Ruth geben wollte, merkte er zu seiner Verwunderung, daß sie fort war. Nachdem er ihr das Tablett abgenommen, hatte sie sich einfach umgedreht und das Zimmer verlassen. Er zürnte ihr, und sein Zorn überraschte ihn, weil er diese Empfindung sonst nicht kannte. Noch nie war er auf Ruth böse gewesen! Er setzte sich wieder, kostete von dem Schnaps und stellte das Glas ab.
Auch Elise konnte nicht trinken, das Schluchzen hinderte sie. Sie wollte reden, wollte ihm alles von Don erzählen, wie er aussah, was für ein kräftiges Kind er immer gewesen, das ihr keinen Kummer bereitet, das sich in der Schule und auch auf der Universität stets ausgezeichnet hatte. Er hatte Politiker werden wollen – das war bei Ronnies englischer Familie Überlieferung. Jetzt war das alles vorbei, ehe es überhaupt begonnen.
»Warum, William? Warum – warum?« schluchzte sie.
»Ich weiß es nicht«, erwiderte er. »Wenn ich diese Frage beantworten könnte – es ist alles Zufall, soweit ich zu sehen vermag, Zufall, daß man geboren wird, Zufall bei allem, was man tut, und wohl auch Zufall, daß man stirbt.«
»Aber – aber in deinem Brief über Rex sprachst du vom Weiterleben nach dem Tode, wenigstens bei einigen Menschen«, sagte sie kläglich. »Hast du irgendeinen Hinweis – gibt es irgendeine Möglichkeit, zu wissen was für Menschen –, weshalb zum Beispiel Rex eher als Don? Don war weniger zart besaitet als Rex, weiter nichts. Er liebte das Leben mehr als Rex – weißt du, das körperliche Dasein, Essen, Trinken, Sport –, er machte mir Sorgen, weil er sich dauernd verliebte. Aber es war nie ernst – er sagte, auf diese Weise könne er die Frau umgrenzen, die er eines Tages wirklich lieben würde.«
Er ließ sie weitersprechen, und allmählich erwachte das Bild eines kräftigen, lebhaften jungen Mannes vor seinen Augen zum Leben.
»Hast du noch die Bildchen, die ich dir einmal schickte?« fragte sie plötzlich. »Hast du sie, William? Ich glaubte Abzüge zu besitzen, aber ich konnte sie nicht finden. Und das Bild von Don habe ich immer ganz besonders geliebt.«
»Ja, natürlich habe ich sie noch«, antwortete er. »Ich hole sie dir.«
Er stand auf und ging durch die Halle in das Zimmer, das er in eine Bibliothek verwandelt hatte. Im Hause herrschte eine solche Stille, als ob außer ihm und Elise sich niemand darin aufhielt. Wo war Ruth? Aber er konnte sie jetzt nicht suchen.
Als er die Tür zur Bibliothek öffnete, sah er Jill, deren dünne Gestalt in einem der tiefen Sessel, die er für den neuen Kamin gekauft hatte, beinahe versank.

Sie blickte von ihrem Buch auf und sagte: »Oh, guten Tag.«
»Da bist du ja«, gab er zurück.
»Wer ist der Besuch?« erkundigte sie sich.
»Eine alte Freundin von mir.«
Er zog das Schubfach auf, in dem er Elises Briefe aufbewahrte. Zusammen mit den Briefen hatte er die Fotografien hier hineingelegt, nicht in einem Umschlag, sondern unverpackt. Das Bild von Rex war da, aber das von Don nicht. Er suchte weiter, überzeugt, daß es da sein mußte. Es war nicht zu finden, und er begann die Briefe durchzusehen. Es lag in keinem.
»Sonderbar!« murmelte er. »Was kann ich bloß damit gemacht haben?«
Er wandte sich an Jill: »Du hast wohl nicht zufällig eine Fotografie gesehen? Vielleicht habe ich sie fallen lassen. Es ist ein großer, dunkler Mann in englischer Uniform darauf.«
Erstaunt nahm er wahr, daß sie dunkelrot wurde.
»Ich habe sie genommen«, sagte sie.
»Du hast sie genommen! Aber warum denn? Du kennst ja den Mann überhaupt nicht.«
»Ich – mir gefiel sein Gesicht.« Sie neigte den Kopf und blätterte in ihrem Buch. Dann schloß sie es und blickte ihn tapfer an. »Ich hatte dich fragen wollen – wer das ist.«
»Wann hast du das Bild genommen?«
»Vor mehreren Wochen.«
»Du hast es die ganze Zeit gehabt, ohne mich zu fragen?«
»Ich fürchtete, daß du mich albern finden würdest.«
Ihre Lippen zitterten vor Qual.
Ungläubig starrte er sie immer noch an.
»Ich finde es wirklich sehr sonderbar – aus meinem Schreibtisch eine Fotografie zu entwenden.«
Sie stand schnell auf.
»Ich machte hier Ordnung. Mutter hatte es mir befohlen, und ich räumte die Schubladen auf, und da sah ich die Aufnahme. Zuerst dachte ich, es wäre ein Jugendbild von dir, vielleicht aus dem Ausland, wo du ja warst, bevor du Mutter kennenlerntest. Dann erkannte ich, daß du es doch nicht sein konntest. Aber es war etwas daran, das den Wunsch in mir erweckte, das Bild zu besitzen. Ich hätte dich darum bitten sollen – nur schämte ich mich, dich zu fragen.«
»Hast du das Bild noch?«
Sie nickte. »Soll ich es holen?«
»Bitte, ja.«
Er wartete, an den Schreibtisch gelehnt, während Jill fort war. Was bedeutete das? fragte er sich. Ein romantischer Trieb in einem jungen und einsamen Geschöpf, vielleicht weiter nichts; und doch hatte er nie beobachtet,

daß irgendein Trieb in Jill bedeutungslos gewesen wäre. Er hatte das seltsame Gefühl, daß eine Tragödie sie umwehte, daß da etwas nicht stimmte, etwas unterdrückt worden war.
Sie kam zurück und reichte ihm ein Päckchen. Sie hatte das Bild in Silberpapier gewickelt.
Er packte es nicht aus. Er nahm es entgegen, und etwas in ihren Augen ließ ihn wissen, er müsse ihr sagen, daß dieser junge Mann tot sei.
»Ich möchte das Bild haben«, erklärte er, »weil die Dame, die mich besucht hat, seine Mutter ist. Sie heiratete einen Engländer, und sie hatte zwei Söhne. Beide sind im Krieg gefallen. Zufällig besitzt sie keinen Abzug von dieser Aufnahme.«
Er sah, wie das errötete Gesicht ganz blaß wurde. Sogar aus ihren Lippen wich das Blut.
»Wie entsetzlich!« hauchte sie.
Das hätte jedes Mädchen sagen können, aber ihre Augen und die Spannung ihres Körpers verrieten ihm mehr als die gewöhnlichen Worte.
»Es ist traurig«, sagte er ernst.
Er ging schnell zur Tür, während sie mitten im Zimmer stehenblieb, ihm nachschaute und das, was er gesagt hatte, allmählich erfaßte.
Als er in der Diele war, hörte er, wie die Tür aufgerissen wurde, und Jill ergriff plötzlich seinen Arm.
»Vater, darf ich mitkommen und mit seiner Mutter sprechen?«
»Natürlich«, antwortete er.
So kam sie mit ihm. Sie war immer sehr scheu, diese Jill, und doch entriß sie, als sie das Zimmer betraten, in dem Elise saß, William das Bild und gab es Elise selber.
»Oh, es betrübt mich so sehr!« sagte sie ungestüm.
Sie hatte eine schöne tiefe Stimme, aber nie hatte William ihre ganze Schönheit vernommen.
Jill ließ sich neben Elise nieder und ergriff ihre Hand. »Ich habe das Gefühl, ihn zu kennen. Ich kannte ihn. Jeden Tag habe ich sein Bild angeschaut. Ich wollte ihn kennenlernen. Jetzt ist das nicht mehr möglich.«
Sie sah Elise kläglich an, unsicher, ob sie verstanden würde, und Elise gab ihren Blick zurück. Und dann, als ob sie einander längst kannten, umarmten sie sich und weinten.
Bestürzt und verwirrt verließ William leise das Zimmer und ging wieder in die Bibliothek, wo er allein saß und über die Bedeutung von Elises Aufenthalt in diesem Hause nachdachte.
Im Wohnzimmer rückte Elise ein wenig von Jill ab, doch nur gerade so weit, daß sie dieses Mädchen, das weinte, weil Don tot war, betrachten konnte.
»Sind Sie Williams Tochter?«
»Ja, ich heiße Jill.«

»Sie weinen, als ob Sie meinen Sohn gekannt hätten.«
»Mir ist auch so, als hätte ich ihn gekannt.«
Jill forschte in dem müden dunklen Antlitz. Dies war seine Mutter!
»Ich hatte ein ganz sonderbares Gefühl, als ich sein Bild in der Schublade fand. Ich kannte ihn. Ich hatte ihn schon gesehen. Zuerst meinte ich, es wäre ein Jugendbild meines Vaters.«
»Haben Sie gemerkt, daß er William glich? Oh, niemand außer mir hat das jemals bemerkt! Ich wagte es nie zu sagen!«
»Ich sah es. Dann erkannte ich, daß es nicht mein Vater war, sondern jemand anders. Und ich nahm das Bild mit der Absicht, herauszufinden, wen es darstellte. Seither habe ich es aufbewahrt und es immer wieder angeschaut...« Jill lachte aus reiner Erregung, ohne alle Fröhlichkeit, »... fast als ob ich den Mann liebte.«
Sie blickten einander an, zitternd in dem Wissen, was hätte sein mögen.
Dann hauchte Jill: »Ich hätte das nicht gestehen können, wenn er noch am Leben wäre.«
»Ich weiß.«
Das sonderbarste, süßeste Gefühl der Gewißheit erfüllte beide. Eine Hand hielt die andere fest.
Elise sprach. »Zum erstenmal hat mich etwas getröstet. Ich möchte Ihnen alles von ihm erzählen, vom Augenblick seiner Geburt an. Ich möchte, daß wir beisammen bleiben – Sie und ich. Glauben Sie, daß Ihr Vater Sie mit mir gehen lassen würde?«
»Er würde es erlauben. Bei meiner Mutter bin ich nicht sicher.«
»Ich vergaß sie.«
Ihre Hände lösten sich ein wenig, dann klammerte sich Elise wieder an Jills Hand.
»Versuchen Sie es! Um meinetwillen! Ich war so traurig. Und ich habe keinen Menschen.«
»Ich will's versuchen«, versprach Jill. Ihr sehnsüchtiges, warmes Herz, das danach verlangte, mit all seiner Kraft jemanden zu lieben, flatterte um diese Frau gleich einem Vogel, der einen Schlupfwinkel umschwebt. »Ich möchte mit Ihnen leben«, sagte sie. »Vielleicht gehöre ich dahin.«

»Nein«, sagte Ruth.
Elise war gegangen. Oben auf dem Speicher hatte Ruth an einem Giebelfenster gestanden und zugesehen, wie die große verschleierte Gestalt in den Wagen stieg. William half ihr dabei, obwohl ein Mann, der eine Art Uniform trug, da war und ihr hätte helfen können. Auch Jill war da. Was tat Jill dort, und warum beugte sich die Frau aus dem Wagen, nahm Jills Gesicht in die Hände und küßte sie? Ruth empfand eine eigentümliche Eifersucht. Eine fremde Frau hatte kein Recht, ihre Kinder zu küssen!

Als sie hinunterkam, war ihr Gesicht ruhig, ihr Herz äußerlich kalt und innerlich heiß. Sie traf William und Jill in der Diele.
»Wo warst du?« fragte William. »Ich wollte, daß du Elise kennenlerntest. Aber als ich mich umdrehte, warst du fort.«
»Ich ging, um auf dem Speicher sauberzumachen«, erklärte Ruth. »Ich hatte keine Zeit, unten zu bleiben. Jill, die Erdbeeren müssen eingezuckert werden. Heute nachmittag kannst du mir die Marmelade machen. Laß sie ja nicht anbrennen. Walderdbeeren müssen auf ganz kleinem Feuer kochen.«
»Schon recht, Mutter.«
Jill sah William an, als ob sie etwas zu sagen wünschte. William gab ihren Blick zurück.
»Was ist mit euch beiden?« fragte Ruth scharf.
»Mutter, darf ich diese Dame besuchen?«
Jill brachte ihre Frage hastig vor, als fürchtete sie sich, sie zu stellen.
»Sie ist eine Fremde«, sagte Ruth.
»Nein, das ist sie nicht«, widersprach William. »Sie ist eine alte Freundin von mir, Ruth. Ich kannte sie früher gut. Sie möchte, daß Jill zu ihr kommt und eine Zeitlang bei ihr bleibt.«
»Nein«, sagte Ruth, »nein.«
Sie hatte nicht die Absicht gehabt, so ausdrücklich zu sprechen, aber das Wort flog tief aus ihrem Innern hinaus.
»O Mutter!« rief Jill.
»Warte, Jill«, befahl William. »Laß mich Mutter alles erklären.«
Alle drei standen sekundenlang schweigend da.
Dann sagte Ruth zu Jill: »Geh und fang mit der Marmelade an.«
»Ja, Mutter.«
Die beiden blieben allein zurück. William blickte in Ruths Augen, in diese blauen Augen, die er nie feindlich gesehen hatte. Jetzt aber waren sie feindlich.
»Komm, mein Liebling«, sagte er.
Er legte den Arm leicht um ihren Leib, und er wunderte sich über den Widerstand des Körpers, als sie ihm wortlos gehorchte und mit ihm in die Bibliothek ging. Er schloß die Tür hinter sich.
»So«, sagte er.
Sie stand mitten im Zimmer. Ihr hellbraunes Haar mit den zwei weißen Streifen über der Stirn, ihr starker bloßer Hals, das weiche rosige Gesicht, die ganze kühne, abwehrende Gestalt, das alles nahm er in seiner Gesamtheit wahr, und sein Herz hüpfte vor Bewunderung – wie sie war, bewunderte er sie. Er kannte jetzt ihre Grenzen. Es gab nichts an ihr, das er nicht kannte; Ihre Unwissenheit und ihr Wissen, ihre Vorurteile und ihre schrankenlose Großmut, ihre körperliche und geistige Gesundheit und, was ihm immer noch über alles ging, ihre kräftige, unverwüstliche Schönheit.

»Was möchtest du mich zuerst fragen?« sagte er ruhig.
»Nichts«, antwortete sie. »Ich frage gar nichts.«
Er war so überrascht, daß er nichts anderes zu tun wußte, als dem nachzugehen. »Warum nicht?«
»Vor langer Zeit habe ich mir vorgenommen, dich nie etwas zu fragen, außer was mit mir zu tun hat.« Ihre Augen, die nicht blinzelten, waren klar wie der Tag. »Als du in dieses Haus kamst, wußte ich, daß du aus einer Welt stammtest, die ich nicht kannte – ich konnte sie ja nicht kennen, weil ich ihr nicht angehörte. Vielleicht würdest du eines Tages dorthin zurückkehren wollen, dachte ich. Nun, dann wollte ich dich nicht halten. Das sagte ich mir zuerst. Jetzt weiß ich – nachdem wir so lange miteinander gelebt haben –, daß ich alles, was in meinen Kräften steht, tun werde, um dich zu halten. Wenn ich Jill gehn lasse – das wäre, als ließe ich dich teilweise gehn. Ich kann es nicht.«
»Ich werde niemals fortgehen, Ruth.«
Aber in diesem Augenblick trieb es ihn nicht, sie zu berühren.
»Du weißt nicht, was du tun wirst«, entgegnete sie.
Sie wollte sich ihm nicht nähern. Sie hatte plötzlich das Gefühl, daß sie es nicht vermochte. An diesem Tag war eine schöne, stolz aussehende Frau gekommen, um William zu besuchen; woher und weshalb sie gekommen war, wußte Ruth nicht; sie wünschte es auch gar nicht zu wissen. Aber sie wollte nicht zulassen, daß diese Frau irgend etwas aus ihrem Hause fortnahm.
»Wenn du Jill das verweigerst, versagst du ihr sehr viel.«
Welches Recht hatte Ruth, Jill eine Welt zu verbieten, für die sie vielleicht geboren war?
»Ich kann es nicht ändern«, versetzte Ruth.
Wie unwandelbar sie war, dachte er, wie eigensinnig in all ihrer Stärke! Er fühlte sich um Jills willen plötzlich verzweifelt.
»Jill ist in diesem Hause geboren, und in diesem Hause wird sie bleiben, bis sie einen guten Mann findet«, sagte Ruth.
»Und wenn sie nicht heiratet?« Seine Stimme war kalt.
»Dann kann ich es nicht ändern. Wir werden alt, William.« Die Worte enthielten die Andeutung einer Bitte, doch ihr Ton hatte nichts Bittendes; er war fest in seiner Weigerung. »Es hat keinen Zweck, darüber zu reden, William.«
Er faßte einen Entschluß. »Doch, es hat Zweck. Ja, wir wollen darüber reden, Ruth. Wir werden immer wieder darüber reden, bis du die Sache gleich ansiehst wie ich. Du mußt mich diesmal verstehen.«

In der Nacht, als das Haus still war, versuchte er seine ehemalige Welt heraufzubeschwören, so daß Ruth sie begriff. Er fühlte, daß Jill in ihrem Zimmer wach lag.
Nie hatte Jill sich etwas so ersehnt, wie mit Elise fortzugehen. Am Nachmit-

tag hatte sie William beiseite genommen und hatte, seine Hand mit ihren vom Einkochen klebrigen Händen umklammernd, sich bemüht, ihm klarzumachen, wie verzweifelt es sie danach verlangte, fortzukommen.

»Schon längst wollte ich irgendwohin gehen. Ich glaube, mein ganzes Leben lang wollte ich immer woanders leben. Ich bin anders als Mary. Ich kann nicht nur Hausarbeit verrichten und Kühe melken und Hühner füttern. Es gibt noch andere Dinge – es muß noch andere Dinge geben, nicht wahr, Vater?«

»Es gibt noch viele andere Dinge.«

»Mutter glaubt immer alles am besten zu wissen«, rief das Mädchen leidenschaftlich, »aber wie kann sie wissen, was für mich am besten ist?«

»Das kann sie auch nicht«, sagte er.

»Wenn ich nicht fortkomme, sterbe ich.«

»Du wirst nicht sterben«, entgegnete er, »aber vielleicht hast du mehr vom Leben, wenn du fortgehst.«

Er dachte an den sonderbaren Zufall, durch den sie das Bild von Elises Sohn gefunden hatte. In dieses ruhige Haus griff das Leben, das er gemieden, mit langen Armen, um ihn zu umstricken. Er seufzte.

Jill, die mit gerunzelter Stirn nur an sich selber dachte, hörte den Seufzer nicht. Sie sprudelte heraus: »Es ist, als ob ein Mann, den ich gar nicht kenne – den ich nun nie mehr kennenlernen werde, obwohl ich ihn vielleicht kennengelernt hätte – nie hab' ich einen Menschen gesehen, der mich so angezogen hat – er hat mir eine Tür geöffnet, und ich will nicht, daß sie sich wieder schließt!«

»Ich glaube nicht an verschlossene Türen«, sagte er. »Ich will tun, was ich kann, Jill, ohne Mutter zu verletzen.«

»Du denkst immer zuerst an sie.«

»Das war von jeher so«, gab er zurück.

Sie warf ihm einen dunklen Seitenblick zu, und dann trennten sie sich.

Seite an Seite lagen er und Ruth nun in dem breiten alten Bett, und um Jills willen versuchte er eine Welt erstehen zu lassen, die er längst vergessen geglaubt. Ruth hörte ihm zu und riß die Welt ebenso schnell nieder, wie er sie aufbaute.

»Ich kann nur etwas einsehn, das ganz klar ist, William. Hättest du diese – Frau geheiratet –, wenn du mich nicht kennengelernt hättest?«

»Ich habe dich aber kennengelernt, Liebste.«

»Hättest du sie geheiratet?«

»Vermutlich wohl, genau wie du Henry Fasthauser geheiratet hättest, wenn ich nicht gekommen wäre.«

Darüber dachte sie nach. »Nun ja, das seh' ich ein«, sagte sie dann.

Wieder sann sie eine Weile. Elise unterschied sich von allen Frauen, die sie

kannte. War sie im Innern wie William? Wovon sprachen die beiden miteinander?
»All die Briefe, die du bekommen hast – waren einige von ihr?« fragte sie.
»Ja, einige waren von ihr«, antwortete er.
Als sie nicht weitersprach, fragte er sie: »Möchtest du sie gern lesen?«
Sie überlegte es im stillen immer wieder. »Nein, ich weiß nicht, ob es irgendeinen Zweck für mich hätte, wenn ich sie lesen würde.«
Sie sprach es nicht aus, aber sie dachte: Was, wenn sie damit nicht mehr anfangen konnte als mit dem Brief, den sie vor langer Zeit von William erhalten hatte? Irgendwo tief im Innern fühlte sie sich verwundet, und sie war außer Fassung, weil sie nicht festzustellen vermochte, wo die Wunde saß oder wer sie verursacht hatte. Auf William konnte sie nicht böse sein, denn er war liebevoll und nachsichtig mit ihr, und das wußte sie recht wohl; doch trotzdem ärgerte es sie irgendwo, irgendwie, weil er meinte, er müsse mit ihr liebevoll und nachsichtig sein. Sie hätte ihm ihren Ärger gern offen gezeigt, so daß diese große Wunde in ihrem Innern bloßgelegt würde.
»Wenn Jill mit dieser Frau fortgeht, wird sie zu Hause nie mehr zufrieden sein«, sagte sie.
»Ist das dein Einwand?« antwortete er. »Vielleicht ist es gerade umgekehrt. Vielleicht ist sie dann froh, wieder heimzukommen. Denk doch daran, daß ich mich entschlossen habe, hier zu leben.«
»Bei dir war es etwas anderes – du kanntest nur diese andere Lebensweise, und es schien dir gut, sie aufzugeben. Aber sie kennt nur das Leben hier, und das andere wird ihr besser erscheinen.«
»Aber haben wir das Recht, es ihr zu verweigern?«
»Es ist ja nur zu ihrem Besten!« rief Ruth.
»Wissen wir, was für sie das Richtige ist?« fragte er.
»O ja«, versetzte sie. »Sie gehört zu uns.«
»Nein«, sagte er langsam, »kein Mensch gehört einem andern.«
Es entstand ein langes Schweigen.
Dann kam ihre Stimme aus der Dunkelheit: »Wenn du das glaubst, warum bleibst du dann bei mir?«
Er drängte zu ihr mit seinem ganzen Wesen. »Weil ich bei dir bleiben möchte, Ruth!«
Er nahm sie in die Arme, obwohl sie sich eine Weile gegen ihn auflehnte und sich nicht so leicht trösten lassen wollte. Nur selten brauchte sie Trost, aber wenn sie verletzt wurde, ging die Wunde tief und konnte nicht schnell geheilt werden.
Er zündete die Lampe an, um ihr Antlitz zu sehen und die Wandlung von der gegenwärtigen Traurigkeit zu seiner gewöhnlichen Ruhe zu beobachten. Und er machte sich daran, sie zurückzugewinnen, ihr den Glauben an ihn wiederzugeben, die Gewißheit, daß er sie niemals verlassen würde.

Und während er all die zärtlichen Worte sprach, die sanften, frohen Liebesworte, während er ihr gelobte, sein Leben lang bei ihr zu bleiben, hatte er das Gefühl, daß ihr ein Teil von ihm durch Jill entglitt. Jill mußte ihre Freiheit bekommen, und mit Jill ging ein wenig von ihm aus diesem Hause.
Jill wurde zwischen ihm und Ruth nicht mehr erwähnt, doch am nächsten Morgen sagte er am Frühstückstisch ruhig, als ob die Angelegenheit für ihn keine große Bedeutung hätte: »Übrigens, Jill, Mutter und ich haben gestern abend beschlossen, daß du gehen kannst.«
Er sah auf und begegnete Ruths blitzenden blauen Augen, die er mit seinem eindringlichen, beteuernden Blick herausforderte. »Wir sind beide der Meinung, daß du das Recht hast, selber die Wahl zu treffen«, sagte er zu Jill und fuhr fort, den Blick immer noch auf Ruth gerichtet: »Es ist nicht mehr, als was wir früher auch getan haben.«
So gab er Elise seine Tochter.

Als Jill fort war, wurde ihm bewußt, daß er und Ruth das mittlere Alter überschritten hatten. Sie wurden alt. Nichts in der Welt ringsum bedeutete ihm viel. Elises Briefe trafen weiterhin ein, aber jetzt handelten sie nicht mehr von Elise selbst, sondern von Jill. Jill müsse neue Kleider haben, und Jill müsse Gesangsunterricht erhalten. Ob William denn nie bemerkt habe, was für eine schöne Altstimme sie hatte?
Sie befanden sich in New York, und Louise half Jill ausstatten und suchte den besten Lehrer für sie. Monty war durch den Krieg ungeheuer reich geworden. Je länger der Krieg dauerte, desto vermögender wurde Monty. Jill gegenüber zeigte er sich sehr großzügig. Und Louise sagte, was für eine Schande es doch sei, daß William sich von seinen Angehörigen ferngehalten hatte. Seine Eltern waren jetzt bejahrt und gebrechlich. Wenn Jill soweit war, wollte sie sie in Philadelphia aufnehmen. Ob William sie dort besuchen wollte?
Er las diese Briefe sorgfältig und verglich sie mit Jills Briefen. Sie waren, das merkte er, für die Augen ihrer Mutter berechnet. Er konnte ihnen wenig entnehmen, außer daß sie ihre Gesangstunden sehr ernst nahm und angespannt arbeitete.
»Wußtest du, daß sie singen kann?« fragte er Ruth.
»Ich fand immer, daß sie in der Kirche wirklich hübsch sang«, antwortete sie überrascht, »aber daran habe ich nie gedacht.«
»Ach, jetzt sehe ich ein, daß ich in die Kirche hätte gehen sollen«, lachte er. Aber gleich darauf wurde er ernst. »Wie schrecklich, wenn wir sie hierbehalten hätten!«
Doch Ruth wollte ihm das nicht zugestehen. »Es ist kein gutes Leben für eine Frau, vor allen Leuten auf der Bühne zu singen.«
»Für Jill zweifellos richtig«, beharrte er.

Er erwähnte nichts davon, daß Jill in seinem Elternhaus sein würde. Dazu war immer noch Zeit, wenn er wußte, ob er selber hinfahren würde, um sie dort zu besuchen.
Dann fand der Krieg ein Ende, und Ruth vergaß Jill, weil Hal zurückkehren würde. Ob er wohl Weihnachten daheim war? Sie putzte das Haus vom Speicher bis zum Keller und ließ sein Zimmer frisch tapezieren. Das Haus war erfüllt von einem neuen Frieden, der nichts mit dem Krieg zu tun hatte. Dieser Krieg war für sie in der Person Hals begrenzt gewesen. Er hatte ihn überstanden, ohne verwundet zu werden, und er brüstets sich damit, daß er zwei Zentimeter gewachsen war und fünfzehn Pfund zugenommen hatte.
»Er muß prächtig aussehn«, sagte Ruth. »Was er nun wohl machen will?« Darüber dachte sie viel nach. »Wenn er die Farm übernehmen würde – ach, das wäre zu schön, um wahr zu sein.«
»Das stimmt leider«, erwiderte William. »Häng dein Herz nicht an die Kinder, mein Liebes. Das hat keinen Zweck.«
»Ich weiß nicht, warum meine Kinder so anders sein müssen«, klagte sie traurig. »Bei allen Leuten machen sich die Kinder recht. Aber nur Mary ist wie alle andern Menschen.«
Er lachte. »Deine Kinder haben einen sonderbaren Vater, Ruth.«
Sie warf ihm, was selten geschah, einen mutwilligen Blick zu. »Schade, daß ich daran nicht gedacht habe, als du zum erstenmal hierherkamst!«
»Ist das wirklich schade?« Vielleicht war es diese tiefe Ungewißheit, dachte er manchmal, die sie zu einem ewigen Liebespaar machte.
»Schade oder nicht, ich hätte nicht anders handeln können«, antwortete sie.
In diesen Tagen vor Weihnachten durchlebten sie eine Zeitspanne so süß wie Flitterwochen, und Hals Heimkehr, die das Ende eines Weltkriegs bezeichnete, fügte darüber hinaus Freude hinzu.
Er kam nicht vor Weihnachten, aber die Fröhlichkeit blieb bestehen. Vielleicht Neujahr, doch auch das neue Jahr brachte ihn nicht. Vielleicht im Frühling, und immer noch ließ die Fröhlichkeit nicht nach. Jill war sehr glücklich, Mary gebar ihr zweites Kind, wieder einen Knaben, der Thomas heißen sollte, und jeden Tag konnte Hal kommen.
Die Fröhlichkeit brach eines Tages im April jählings ab, als ein Brief eintraf, der Hals ewig kindliche Handschrift trug. Hal kam nicht. Er hatte eine Französin geheiratet, die ihr ganzes Leben lang in Paris gelebt hatte und die Stadt nicht verlassen wollte. Was ihn betraf, so gefiel ihm Paris sehr gut. Vielleicht würden die Eltern einmal herüberkommen und ihn und Mimi besuchen. Wenn nicht, würde er sich irgendwie für eine Weile freimachen.
William hatte den Brief im Kasten gefunden und ihn ungeöffnet geradewegs zu Ruth gebracht. Sie grub den Gemüsegarten für die neue Aussaat um, und mit ihren erdbeschmutzten Fingern riß sie den Umschlag auf und las die wenigen Zeilen, mit denen Hal all ihren Hoffnungen ein Ende machte.

Sie reichte William den Brief, und er las ihn. Dann sah er, daß sie nicht sprechen konnte, worauf er sie bei der Hand nahm, ins Haus führte und sich setzen ließ. Er holte Kirschwasser und gab es ihr zu trinken. Und die ganze Zeit versuchte er sie zu beschwichtigen.

»Liebste, ich sagte dir doch, wir dürfen unser Herz nicht an die Kinder hängen. Sie tun, was sie wollen. Wir haben uns.«

Sie fand endlich Worte. »William, eine Französin!«

Er erkannte, daß nicht Hals Heirat an sich sie so traf, sondern seine Eheschließung mit einer Ausländerin, mit einer Frau, zu der sie niemals, auch wenn sie ihr begegnete, ein einziges Wort sagen konnte.

»Die Franzosen sind genau wie andere Menschen, Liebes. Ich habe als Kind jeden Sommer in Frankreich verbracht, und ich beherrschte die französische Sprache ebenso wie die englische. Ich hatte das Volk gern. Mach dir deshalb keine Gedanken.«

Aber sie machte sich Gedanken. Für sie bedeutete es nichts, was er in jenem andern Leben getan. Mit einer Französin hatte sie kein Verständigungsmittel.

»Wie werden seine Kinder sein?« murmelte sie. »Sie gehören nicht zu uns.«

»Vielleicht wirst du sie manchmal sehen, und du wirst sie lieb haben.«

Sie schüttelte jedoch den Kopf. »Das kann ich nicht«, entgegnete sie. »Sie werden nicht mir gehören.« Ihre Augen füllten sich mit Tränen. »Ich wünschte, wir hätten Hals Zimmer nicht neu tapeziert. Jetzt wird er es nie mehr benutzen.«

»Doch, natürlich wird er es benutzen«, beharrte William.

Aber er vermochte nichts über sie. Von diesem Tage an hatte sie das Gefühl, daß ihr Sohn tot wäre. Sie beantwortete seine Briefe nicht. William war es, der schließlich an Hal schrieb und ihm einen kleinen Scheck für ein Hochzeitsgeschenk schickte; das Geld stammte aus dem Erlös eines Bildes, das er an einem vorbeikommenden Touristen verkauft hatte, der ihn beim Malen beobachtet hatte.

»Mutter ist betrübt, daß Du nicht heimkommst«, schrieb er an Hal. »Deshalb schreibe ich Dir, bis sie es überwunden hat.«

So begann der Briefwechsel zwischen William und seinem Sohn, und daraus ergab sich dann ein Briefwechsel mit seiner französischen Schwiegertochter. Denn eines Tages fügte er seinem Schreiben an Hal einige Zeilen für sie bei, und Mimi, die diese Zeilen in ihrer kleinen Pariser Wohnung las, war entzückt von der Fehlerlosigkeit der Mitteilung.

»Wirklich ein Wunder«, rief sie, »daß ich von dem ganzen Regiment gerade einen Mann gewählt habe, der einen so gescheiten Vater hat.«

»Ich wußte gar nicht, daß mein alter Herr Französisch kann«, sagte Hal verwundert.

»Du schätzt ihn nicht!« rief Mimi.

Und sie begann William zu schätzen, vor allem nachdem sie von Hal alle

Tatsachen über Williams vermögende Familie erfahren hatte. Sie setzte William zu, er möchte sie doch besuchen. Sie wollte den Vater ihres lieben Mannes wie ihren eigenen aufnehmen. Paris hatte sich, seit er in seiner Jugend hiergewesen war, so sehr herausgemacht. Sie sehnte sich danach, ihm alles zu zeigen.
Diese Briefe übersetzte William seiner Frau nicht. Er las sie mit Belustigung. Sie waren fröhlich, selbstsüchtig, nicht immer richtig geschrieben. Er hatte ein sehr klares Bild von Hals französischem Frauchen, und als eine Fotografie von Hal in Zivil kam, auf dem neben ihm ein kleines dunkles, entschlossenes Geschöpf in gefälteltem Kleid stand, war er nicht überrascht. Er mußte Ruth darauf vorbereiten, dachte er, daß sie ihren Sohn vielleicht am besten nie mehr sah. Er wollte ihr das nicht in Worten sagen, sondern wollte versuchen, sie auf jede mögliche Weise glücklich zu machen, weil durch Hal ihr Glück zerstört war.

Wie konnte er sie verlassen, um in das alte Haus in Philadelphia zurückzukehren, auch wenn es galt, Jill dort zu treffen? Wäre sein Vater imstande gewesen, ihn zu erkennen, so hätte er es sich vielleicht dreimal überlegt, obzwar mit dem gleichen Ergebnis. Aber Louise, die ihm jetzt Jills wegen schrieb, warnte ihn, er solle nicht erwarten, daß der bejahrte Mann ihn erkennen würde. Er erkannte jetzt überhaupt niemanden mehr, nicht einmal seine Frau. Statt dessen waren diejenigen seine Gefährten, mit denen er schon immer wirklich gelebt hatte, die großen Maler der Vergangenheit. Er führte lange Murmelgespräche mit Corot und Tizian und stritt mit Velazquez über die Qualität einiger seiner Werke.
»Vater wird nicht merken, ob Du kommst oder nicht«, warnte Louise ihn.
Dann, dachte er traurig, kümmerte es seinen Vater jetzt auch nicht, ob ein Bild von William in seiner Galerie hing, und er wüßte wohl ebensowenig, ob der Sohn seinen Rat befolgt hatte und fortgezogen war, um herauszufinden, was er malen mußte.
In einer Stimmung bitterer Selbstkritik betrachtete William alle seine Bilder. Jedes Jahr verkaufte er nach seiner Ausstellung in dem kleinen Freimaurersaal des Dorfes eine Anzahl, und Jahr um Jahr glaubte er, daß immer mehr Leute kämen, um zu schauen, was er geschaffen hatte. Aber er war als pennsylvanischer Landschaftsmaler bekannt, als weiter nichts, obwohl er bei jedem Bild, das er schuf, weitaus mehr zu gestalten versuchte. Wie sehr er die Amerikaner im stillen auch schmähen mochte, weil sie das Werk eines jeden Schöpferischen nach ihrem eigenen Maßstab einschätzten, die Tatsache blieb, daß er nicht gegen sie ankam. Was er zu lehren versucht hatte – daß eine Landschaft nicht geographisch, sondern geistig zu werten war –, das lernten sie nicht. Es bedeutete keine Befriedigung für ihn, wenn er als der beste Maler der pennsylvanischen Landschaft gelobt wurde. Voll Zorn auf sein

eigenes Werk entschied er deswegen gegen seine Hoffnung, daß das einzige Bild, welches er immer als unverkäuflich bezeichnet hatte, sein erstes Bild von Ruth, das beste sei.
Immer noch das beste, dachte er, und er wurde traurig, weil er es vor fünfunddreißig Jahren gemalt hatte. Es war schlimm, sich klarmachen zu müssen, daß seine beste Arbeit die erste gewesen sei. Warum sollte er da seinen Vater besuchen?
Als er vernahm, daß seine Mutter, die leicht gelähmt, doch bei vollkommener geistiger Gesundheit war, sich immer noch sträubte, Ruth kennenzulernen, obwohl sie inzwischen mit Jill Bekanntschaft geschlossen hatte, da entschied er sich, sie nicht zu besuchen, wie alt sie auch sein mochte.
»Es fehlt dir doch nichts?« erkundigte sich Ruth. »Du bist so blaß.«
»Nein, mir fehlt nichts«, antwortete er.
Er hatte ihr nichts von all seinen Kämpfen und seiner durch Louises Briefe hervorgerufenen Unschlüssigkeit gesagt. Er war nicht einmal sicher, ob er das sehr reiche und erfolgreiche Ehepaar Louise und Monty wiederzusehen wünschte. Sie »taten alles« für Jill, aber er merkte, daß es ihnen Freude machte. Und sie nahm alles dankbar an, das wußte er. Ihre aufrichtigen, glückstrahlenden Briefe verrieten es ihm. Sie schrieb liebevoll über Louise, humorvoll über Monty, der jetzt ein Monokel und einen Spitzbart trug und ziemlich taub wurde, großmütig über ihre Großmutter und immer voll anhänglicher Liebe über Elise.
»Ich habe manchmal das sonderbare Gefühl, als ob sie meine Mutter wäre«, schrieb Jill.
»Dein Kind ist jetzt mein Kind«, schrieb Elise. »Ich hege die seltsame Überzeugung, daß Don und Jill, wäre Don am Leben geblieben, sich irgendwie gefunden hätten. Sie empfindet es auch so. Ich bezweifle, daß sie jemals heiraten wird.«
Er wurde von Sorge erfaßt, als er dies las, und schrieb einen langen, ausführlichen Brief an Jill, in dem er sie bat, sich nicht von Elise gegen eine Heirat beeinflussen zu lassen.
»Die Ehe ist ein so tiefes Erlebnis«, schrieb er, »daß es mich betrüben würde, wenn du es versäumen würdest. Es kommt manchmal vor, daß zwei Menschen, die nicht zusammenpassen, eine Ehe eingehen, doch das Erlebnis ist trotzdem tief. Ich hätte es lieber, du würdest eine unglückliche Ehe führen als überhaupt nicht heiraten.«
Sie antwortete: »Wenn ich heiraten möchte, werde ich es tun. Aber ich glaube, ich werde nie heiraten wollen – ich will versuchen, zur Metropolitan-Oper zu kommen. Erinnerst Du Dich noch an ›Genieße des Lebens . . .‹? Diese Arie studiere ich jetzt. Wenn ich sie eines Tages auf der Bühne singe, mußt Du kommen und mich hören. Du hast mir versprochen, mit mir in die Oper zu gehen!«

Aber die ganze Zeit war er unentschlossen, ob er seine Mutter noch einmal besuchen sollte. Wenn er hinfuhr, so war es das letztemal, das wußte er, und nur weil Jill wieder dort sein würde.
Seine Mutter hatte Jill liebengelernt. Elise schrieb ihm: »Deine Mutter verlangt nach Jill. Natürlich kann sie nicht in Philadelphia leben.«
Der Tag wurde auf Anfang September festgesetzt, ehe die New Yorker Saison begann. Louise und Monty, Elise und Jill wollten mit dem Auto hinfahren. Es wäre ihm ein leichtes gewesen, das Zusammentreffen zu bewerkstelligen. Toms Garage wurde von seinen beiden Söhnen geleitet, und sie fuhren nach Philadelphia und zurück, wie man früher ins nächste Dorf gefahren war. Wenn er hinwollte, nahm einer von Toms Jungen ihn einfach mit und brachte ihn wieder heim. Er schob die ganze Angelegenheit auf eine Weise auf, die er jetzt immer leichter fand.
Ich muß nicht, dachte er. Ich bin noch nicht alt.
Aber bei dem Leben mit Ruth, das sie nun allein in dem Hause führten, war es auch leicht, jeglichen entscheidenden Entschluß zu vermeiden. Sie machte das Leben so reich, wenn sie zufrieden war, und sein Weltall verdunkelte sich, wenn sie es nicht war. Er mochte sie nicht mehr allein lassen. Wenn er früher zu seinen Eltern fuhr, dann blieben immer noch die drei Kinder bei ihr. Jetzt würde sie nur einsam dasitzen und warten, während er fort war, und kehrte er zurück, was sollte er ihr dann sagen, wie ihr auf einmal all das erklären, was er nie erklärt hatte? Für Jill hatte er eine Lanze gebrochen und gesiegt, aber für ihn selbst schien sich das kaum zu lohnen. Er fürchtete sich nicht vor Ruth wie einst vor seiner Mutter, sagte er sich. Er liebte Ruth und wollte ihr Glück, weiter nichts. Und wenn er sie allein ließ, auch nur einen Tag lang, dann wäre sie unglücklich.
Als der vierte September mit einem nieselnden Regen dämmerte, dünkte es ihn eine zu große Anstrengung, Ruth mitzuteilen, daß er heute fortreisen und sein ehemaliges Heim aufsuchen wolle. Nach all diesen Jahren!

Er lag am frühen Morgen im Bett, beobachtete den Regen, lauschte dem feinen Tröpfeln aufs Schieferdach, und es schien ihm zwecklos aufzustehen. Alles, was ihm etwas bedeutete, war hier im Hause. Ruth schlief noch.
Er stützte sich behutsam auf einen Ellenbogen und betrachtete sie. Sie hatte einen gesunden Schlaf. Sie wachte nicht auf, und indes er sie betrachtete, strömte all das, was sie war, aus den kleinen Kanälen ihrer gemeinsamen Tage und Jahre in sein Wesen. Ihre Jugend hatte ihm gehört und auch ihre Reife. Er hatte sie nicht verwandelt, noch wünschte er sie verwandelt. Sie war vollkommen, ein Geschöpf, das seine Bestimmung erfüllt hatte. Die Frage, die ihn betraf, schob er beiseite.
Ich war glücklich, dachte er.
Glück war ein primitiver, einfacher Daseinszustand, ein Zustand des Körpers

in erster Linie und des Geistes nur in der Freiheit. Nun, Ruth hatte ihm die Freiheit gelassen, zu denken, sich Vorstellungen hinzugeben und zu träumen. Er hatte mit Ruth ein schönes Leben geführt. Wie viele Männer seines Alters, deren Kinder erwachsen und fortgegangen waren, deren Frau neben ihnen alt geworden, konnten den vor ihnen liegenden Jahren mit ruhiger Freude entgegensehen?

War Ruth alt? Er sah kein Zeichen des Alters an ihr außer den beiden weißen Streifen im Haar. Ihr holdes schlafendes Antlitz war glatt – nicht jung, aber auch gar nicht alt. Ihre Haut war zart, ihre Lippen immer noch rot, ihre Zähne weiß und gesund.

Er beugte sich näher zu dem schlafenden Gesicht und nahm den Duft ihres Körpers wahr. Er war frisch wie in ihrer Hochzeitsnacht.

Er legte sich wieder zurück und fühlte sie warm und stark neben sich. Er schloß die Augen und hörte den Regen unablässig auf das Dach über seinem Kopf rieseln. Sein Haus, sein Heim – er hatte es sich zu eigen gemacht. Da erkannte er, daß er sie bis zu seinem Tode niemals verlassen würde.

»William, ich habe dich in all den Jahren kaum jemals um etwas gebeten«, sagte Ruth.
»Aber unsere goldene Hochzeit gehört doch uns, mein Liebstes – oder etwa nicht?«
William fügte die drei letzten Worte hinzu, indem er ihr rosiges eigensinniges Gesicht anblickte.
Sie saßen an einem Sommervormittag im Wohnzimmer. Ruth, nun eine alte Frau, war immer noch schön. Das weiche, lockige weiße Haar umrahmte ihr frisches Antlitz. Sie hatte genügend zugenommen, so daß sie von Altersrunzeln verschont geblieben war.
William betrachtete sein eigenes hageres Gesicht jeden Morgen im Spiegel und gewahrte dann ein ganzes Netzwerk von Falten. Er sah zwanzig Jahre älter aus als sie.
Sie hatte einen seiner braunen Socken über die Hand gezogen und stopfte ein Loch in der Ferse. Ihre blauen Augen waren so klar wie je, und sie trug keine Brille.
Er fuhr fort, als sie nicht sprach: »Hochzeitstage gehören allerdings immer der Frau, vom ersten bis zum letzten.«
Sie antwortete aus ihren eigenen Gedanken heraus, ohne seine Worte zu beachten: »Ich will alles gelb haben – Tischtuch und alles. Bis dahin wird es auch gelbe Rosen geben.«
»Meinetwegen hab du alles gelb«, sagte er ungeduldig, »aber können wir nicht gelbe Sachen haben, ohne die ganze Gegend einzuladen?«
»Die Nachbarschaft erwartet eine Einladung zur goldenen Hochzeit«, entgegnete sie. »Eine goldene Hochzeit ist etwas Ungewöhnliches.«
Sie stopfte weiter, aber er sah plötzlich Tränen an ihren Wimpern hängen, und er beugte sich auf dem alten Sofa vor und ergriff ihre Hand mitsamt dem Strumpf. »Mein Liebes, wünschest du dir wirklich diese – diese Gesellschaft?«
»Ich wünsche mir nicht einfach eine Gesellschaft, William – es ist unsere goldene Hochzeit.«
»Aber Ruth, warum müssen wir denn unseren Hochzeitstag mit allen Nachbarn feiern?«
»Darauf kann man stolz sein, William – eine goldene Hochzeit.«
Er lachte, ließ ihre Hand los und erhob sich. »Na gut, Liebes. Ich ergebe mich! Ich will mich bemühen, es deinetwegen zu überstehen, Ruth.«
»William, ich finde es nicht richtig, daß du über die Leute lachst. Sie blicken alle zu dir auf.«

»Ich und sie auslachen? Ich versichere dir, der Gedanke ist mir überhaupt nicht gekommen.«

Er stand vor ihr, ruhelos und unbestimmt gereizt, wie so oft in letzter Zeit. Vielleicht war dies das Alter, diese Unruhe, zum nächsten weiterzukommen, die Ungeduld dem gegenüber, was es so lange schon gab.

»Ich glaube, ich gehe jetzt, Ruth.«

»Willst du immer noch auf den Hügel? Trotz der Sonne?«

»Die Sonne tut mir gut. Sie wird mich wärmen.«

Sie musterte ihn sogleich ängstlich. »Frierst du denn, William?«

»Nein, nein – mach meinetwegen keine Geschichten!«

»Ich begreife nicht, warum du immer noch auf den Hügel klettern mußt«, sagte sie scharf. »Das ist nichts für dich.«

»Ich kann es noch sehr gut«, versetzte er.

»Nun, sag nicht, ich hätte dich nicht gewarnt«, rief sie ihm nach, als er hinausging.

Das war echt William, dachte sie. Wenn ihm etwas nicht paßte, entfernte er sich einfach.

Sie hob die Stimme: »William!«

Draußen im Vorraum blieb er stehen. »Ja?« rief er zurück.

»Du nimmst doch deinen Malkasten nicht mit!«

»Vielleicht tu' ich's!«

»Du würdest das schwere Ding besser nicht den Hügel hinaufschleppen – das ist nicht gut für dein Herz!«

Er antwortete nicht darauf.

Sie hörte, wie er in der Diele seinen Stock suchte, und sie widerstand dem Impuls, hinauszugehen und ihm zu helfen. Er tat jetzt immer so wenig selber – sollte er tun, was er konnte! Er bot sich nicht einmal an, das Geschirr abzuwaschen, und sie mußte ihn stets darum bitten. Neuerdings bat sie ihn darum, ihr zu helfen, was sie nie getan hatte, als die Mädchen noch im Hause waren. Nicht daß er nichts anderes zu erledigen hatte, aber sie war nun selber alt.

Sie grübelte immer wieder über ihren einzigen Kummer, seine Malerei – einen müßigen Zeitvertreib nannte sie diese Tätigkeit, die ihn von jeher davon abgehalten hatte, einen richtigen Beruf auszuüben und Männerarbeit zu verrichten. Was für einen Sinn hatte es, noch mehr Bilder zu malen, wenn sich schon beinahe hundert unverkaufte in der Scheune stapelten? Das war wenig genug, wenn es galt, zu zeigen, womit man eine ganze Lebenszeit verbracht hatte.

Aber schließlich war das Leben immer eine Enttäuschung, man mochte es anschauen, wie man wollte. Sie hatte eine Enttäuschung nach der andern erlitten. Da war Hal, der nie mehr aus Frankreich heimkam und nun wohl gar nicht mehr kommen würde. Sie hatte fast vergessen, wie er aussah. Er

hatte zwei Kinder, beides Mädchen, beide dunkel und dünn. Ihre Fotografien standen im Salon auf dem Kaminsims.
Trotzdem fühle ich mich nicht im geringsten mit ihnen verwandt, dachte sie jedesmal, wenn sie die Bilder einmal in der Woche abstaubte.
Sie seufzte, preßte die Lippen zusammen und beschleunigte die Bewegung, mit der sie die glänzende Nadel auf und ab weben ließ. Dafür, daß William nicht arbeitet, dachte sie, zerreißt er seine Strümpfe wunderbar.

William war nicht sicher, ob er zum Gipfel des Hügels gelangen könnte, aber er wollte es versuchen. Er sehnte sich sehr danach, über die grünen Bäume hinauszusehen, die jetzt das Bauernhaus so stark beschatteten. Im Laufe der Jahre, die er und Ruth hier gemeinsam verbracht hatten, waren die Bäume, die schon hohe Kronen trugen, als er sie zum erstenmal sah, ungeheuerlich gewachsen. Sie breiteten sich über den Himmel aus, und unter ihnen fühlte er sich erstickt.
»Wir wollen sie fällen«, sagte er immer wieder zu Ruth.
»Was – die Bäume, die mein Urgroßvater gepflanzt hat?« rief sie jedesmal entsetzt. »Ich bitte dich, mein Vater würde ja aus dem Grabe auferstehen!«
»Dann laß sie um Gottes willen«, erwiderte er mit absichtlichem Spott, der ihr, wie er wußte, entging, so daß er sie nicht damit verletzte.
Es gab nur einen Menschen in dieser Familie, bei dem man nicht darauf vertrauen konnte, daß er spöttische Bemerkungen gegenüber abgestumpft war, und das war Marys jüngster Sohn Richard. In den dunklen Augen dieses Kindes, das erst seit kurzem, wie es William schien, groß genug war, um über den Sonntagstisch hinüberzusehen, gewahrte er manchmal etwas, das Verständnis verriet – sogar ein vergnügtes Aufblitzen bei den kleinen trockenen Scherzen eines alten Mannes –, so daß er sich fragte, ob nicht ein Samenkorn seiner eigenen Seele, im fremden Strome von Ruths Blut weitergetragen, in dem Knaben Wurzel geschlagen hätte. Aber er wußte es nicht. Wenn Richard mit ihm sprach, zeigte er sich fern und reif. Tatsächlich zählte der Junge erst zehn Jahre, und Mary war, wie er hoffte, wohl über das Alter hinaus, um noch mehr Kinder zu bekommen. Sechs genügten. So ging das Leben jetzt schnell weiter. Schon war Mary dick und näherte sich den Wechseljahren, Joel hatte graue Haare, und der alte Fasthauser lebte nicht mehr – vor sechs Jahren hatte ihn bei einem Zornanfall der Schlag getroffen –, und der junge Henry hatte studiert und war Rechtsgelehrter geworden. William hatte darauf bestanden, daß Henry studieren sollte. Joel hatte die beiden Farmen gut bewirtschaftet, und es bestand kein Grund, den Jungen zurückzuhalten. Bei allen Kämpfen, die William führte, setzte er sich jetzt für seine Enkel ein – sie sollten nicht zurückgehalten werden.
Er begann den Hügel hinaufzusteigen.
Jill hatte ganz Elise gehört, einer alten, brillantenbehängten Dame, bis Elise

vor einem Jahr bei einem Autounfall in London tödlich verunglückt war. Nachdem sie Jill zu sich genommen, war sie nie mehr zu Ronnie zurückgekehrt. Eine Scheidung hatte es nicht gegeben, kaum eine Trennung. Ronnie kam immer noch dann und wann. Neuerdings sagte er fortwährend, daß ein neuer Weltkrieg drohte, aber niemand wollte ihm glauben.
»Nichts ist für den Frieden getan worden«, beharrte Ronnie, doch immer noch hörte niemand auf ihn. Die meisten Menschen meinten, der vorige Krieg hätte ihn ein bißchen verrückt gemacht.
Und Hal blieb in Frankreich. Er war Taxichauffeur in Paris. Sonderbar, einen Sohn zu haben, der so etwas trieb. Aber keinem seiner Kinder fühlte William sich jetzt sehr verbunden. Weitaus näher und teurer waren ihm seine Enkel, besonders die kleinen und am meisten Richard.
»Guten Tag, Großvater«, sagte Richard unveränderlich.
»Guten Tag, Richard«, antwortete William dann ebenso unwandelbar.
Sie gaben sich die Hand, und das war alles. Aber es gefiel ihm, daß von den sechs Kindern, die Mary und Joel hatten, wenigstens Richard daran dachte, wie er angeredet werden wollte. »Ich mag nicht Großpapa genannt werden«, hatte er oftmals unwillig zu seinen Enkeln gesagt. Aber nur Richard vergaß es nicht.

Er stieg nun hinauf, und er blieb einen Augenblick am Hang stehen, nicht um sich schon hinzusetzen, sondern bloß um ein wenig Atem zu schöpfen. Er konnte immer noch nicht über die großen Bäume hinaussehen. Aber die Frage, ob sie bleiben sollten, wo sie standen, war jetzt erledigt, denn es war niemand fähig, sie zu fällen. Joels Schulter hatte sich mit dem Alter verschlimmert, und keiner seiner Söhne vermochte wie er früher die Axt zu schwingen oder die Säge zu handhaben. Ruth hatte keinen Knecht mehr, seit Gus Sigafoos im Krieg gefallen war – der arme alte Gus, der kaum lesen und schreiben konnte und keine Ahnung hatte, worum der Krieg ging, gehörte zu jenen, die den Buchstaben erfüllt hatten und, gezwungen, nach dem Waffenstillstand weiterzukämpfen, in letzter Minute für nichts gestorben waren.
William vermochte jetzt nicht viel anderes mehr, als über das Fällen der Bäume nachzudenken. Es ermüdete ihn sogar, seine Palette zu halten. Er malte knapp ein Bild im Jahr, allerdings nicht nur weil er müde war. Er wußte, was er malte. Es waren die Bilder eines alten Mannes. Darüber täuschte er sich nicht. Er wußte längst, daß er den Kunstgriff der Tiefe und des Leuchtens nicht mehr beherrschte, gerade jenes Könnens, das diejenigen, welche es erfaßten, begeistert hatte. Wieso und seit wann er es nicht mehr beherrschte, entzog sich seiner Kenntnis. Aber seine Bilder waren nun allgemein bekannt. Die Schulkinder vom Lande wurden immer noch hingeführt, und die ganze Gegend war stolz auf ihn. Seine Bilder hingen in ländlichen Wohnstuben. Manchmal erhielt er für eines sogar hundert Dollar, doch ge-

wöhnlich durfte er nur fünfundzwanzig oder dreißig Dollar fordern, und die meisten verkaufte er zu zehn Dollar. Immerhin waren die Leute ringsum stolz auf ihn. »Unser Landschaftsmaler«, so nannten sie ihn. Getreulich hatte er die Jahreszeiten gemalt, wie sie die Landschaft prägten, in der er lebte. Aber er wußte jetzt, daß er ein Greis wurde.

Bisweilen machte er sich ein wenig Sorgen, weil ihm klar war, daß er immer arm sein würde – nicht seinetwegen natürlich, sondern Ruths wegen. Er hatte den Kindern verboten, an seine bevorstehende Erbschaft zu denken, und doch hatte er irgend etwas erwartet. Aber sein Vater hatte auf Grund eines alten, kurz nach Williams Heirat aufgesetzten und nie mehr abgeänderten Testaments fast sein gesamtes Vermögen für die Gründung und Erhaltung eines Kunstmuseums bestimmt, dessen Mittelpunkt seine eigene Sammlung bilden sollte. Das Geld, das er hinterließ, reichte nicht für die Errichtung des großen Marmorgebäudes, für das ein berühmter französischer Architekt schon genaue Pläne gezeichnet hatte. »Die Hinterlassenschaft ist viel geringer, als wir dachten«, hatte Louise geschrieben. »Seit der Staat während des Krieges die Eisenbahn übernommen hat, ist das Unternehmen wertlos geworden. Kein Wunder, daß man es den Privatkapitalisten zurückgeben wollte!« Sie und Monty dachten heute kaum mehr an etwas anderes als an die Frage, wie sie die Regierung, die sie ganz und gar nicht billigten, überlisten könnten.

William blieb nach dem Tode seiner Mutter laut des väterlichen Testaments nur gerade so viel Geld, daß es für Ernährung und Kleidung einer einzigen Person reichte – nicht für eine Familie. Ruths Bruder Tom wünschte, daß er das Testament anfocht, aber dagegen sträubte sich William, obwohl er nicht wußte, aus welchem Grunde.

Ich habe meinen Vater zur Genüge enttäuscht, hatte er mit geheimer trauriger Zärtlichkeit gedacht. Ich will ihn nicht auch noch seiner Bilder berauben.

Er kletterte immer noch den Hügel hinauf, und jetzt, auf halbem Wege, erkannte er, daß Ruth recht gehabt hatte. Er hätte nicht hierhergehen sollen. Er versuchte es noch weitere fünf Minuten. Schritt um Schritt stieg er empor, mehr vermochte er nicht.

Schließlich setzte er sich, um auszuruhen, und schöpfte Luft. Sein Herz klopfte so heftig, daß sein ganzer Körper zitterte. Warum konnte es ihm nicht besser dienen, wenn es Kraft genug hatte, so zu pochen? Diesen Hügel hatte er einst kaum als Bodenerhebung betrachtet. Er war hinaufgesprungen, beladen mit Staffelei; Leinwand und Malkasten, erfüllt von Eifer, sich ans Tagewerk zu begeben. Jetzt aber war er auf den Blickpunkt der Kindheit zurückgesunken. Der Hügel türmte sich über ihm.

Er wartete etwas länger.

Auch an der Stelle, wo er nun saß, befand er sich kaum über den Baumwipfeln. Aber seit so langer Zeit war er nicht mehr bis zu dieser Höhe hinaufgeklettert, daß er sich hochgemut fühlte. Er konnte die weite, sanft ge-

wellte grüne Landschaft sehen – »flach« hatte ein Besucher aus Neu-England sie im vergangenen Sommer genannt, und William hatte sich geärgert, daß seine Landschaft mißverstanden wurde.
»Sie ist nicht wie Ihre Gegend in lauter runden Hügelchen zusammengedrängt«, hatte er kalt entgegnet. »Sie ist viel majestätischer. Sie hat die Wellenlinie des Meeres.«
Jetzt empfand er ihren weiten, gewellten Reichtum, den die Bauernhöfe in feste Mittelpunkte menschlichen Lebens unterteilten. Er erblickte den Nachbarhof, wo Mary wohnte. Alle Farmen sahen gleich aus, sie hatten dieselben Ställe und festgefügten Steinhäuser wie Ruths und sein Hof. Von einer anderen Stelle aus betrachtet, wirkte die Wohnstätte unter ihm, wo er sein Dasein mit Ruth zusammen verbracht hatte, genau wie die andern. Kein nennenswerter Unterschied ließ darauf schließen, daß sein Leben nicht wie das der andern wäre. Es war auch nicht anders, außer daß er selber immerdar, unveränderlich anders war.
Dieser Unterschied machte sich, als er älter wurde, fühlbar, wenn er in der kleinen Stadt erschien, die auch Sitz der Grafschaft war. Die leicht scherzenden Stimmen, die er in seiner Jugend um sich vernommen hatte, waren verstummt. Die jetzigen Bewohner der Stadt waren zur Welt gekommen, als er schon längst in Ruths Haus lebte. Für sie gehörte er zur Gegend. Doch da sie durch ihre Eltern Bescheid wußten, grüßten sie ihn, wenn er den Jahrmarkt oder ein Kostümfest der Feuerwehr besuchte oder einer Versammlung der Schulbehörde beiwohnte, auf etwas andere Weise als ihresgleichen. Manchmal freute er sich über diesen Unterschied, manchmal vermittelte er ihm ein Gefühl der Einsamkeit.
Heute, auf dem Hügelhang, fühlte er sich einsam. Er hatte das Getriebe der Welt versäumt. Er wußte davon. Jill schrieb ihm darüber, denn sie lebte in dieser Welt. Ihre Briefe kamen aus allen Teilen des Landes und aus halb Europa. Augenblicklich machte sie eine Reise nach Südamerika. Die Leute sprachen viel von Südamerika, schrieb sie, weil die Vereinigten Staaten im Falle eines neuen Weltkriegs Verbündete im Süden haben müßten.
Jill hatte nicht geheiratet, auch nach Elises Tod nicht.
Heutzutage fuhr jedermann Auto; er und Ruth hatten allerdings keins angeschafft. Ruth begab sich jeden Sonntag in Joels Wagen zur Kirche, und William war dann unglücklich, bis Ruth wieder heimkehrte.
Eine dumme Todesart, fand er. Er dachte jetzt, im Alter, viel über den Tod nach, doch weniger über den Tod selbst als über das, was nachher kam. Er hielt den Tod für einen Teil des Lebens, für das Ende eines Dinges und den Anfang eines anderen. Jedenfalls wußte Elise jetzt besser darüber Bescheid als er, obwohl ihr etwas, das er ihr einst, als ihr jüngster Sohn im Krieg gefallen war, geschrieben, solchen Trost gebracht hatte. Er erinnerte sich an den Namen des Sohnes nicht mehr. An den des älteren erinnerte er sich, weil

Jill von ihm genauso sprach, als ob sie ihn geheiratet hätte. Er war überzeugt, daß sie den Leuten sagte, sie sei zumindest mit Don verlobt gewesen. Sie war jetzt mittleren Alters, und soviel er wußte, hatte sie nie einen Geliebten gehabt. Sie hatte viel Erfolg errungen, war immer noch erfolgreich, wenn er dem neumodischen Apparat trauen durfte, den seine Enkel ihm zu Weihnachten geschenkt hatten. Erst am letzten Sonntagnachmittag hatte er, als er auf einen Knopf drückte, einen Ansager seine Tochter als den größten amerikanischen Alt verkünden hören, und dann war Jills tiefe Stimme im Zimmer erklungen – etwas gekünstelt, fand er. Sie nannte sich Judith, weil der Name Jill zuwenig Achtung einflößte, wie sie sagte. Judith paßte besser zu ihr, das mußte er zugeben. Sie war schlank, aber groß, voller Ausgewogenheit und Anmut, und wenn man dem, was man in den Zeitungen las, glauben konnte, war sie nicht sehr fröhlich.

Sie kam nur einmal im Laufe mehrerer Jahre heim, und das letztemal hatte sie einen Solitär und einen goldenen Ehering getragen.

»Was soll denn das bedeuten?« fragte er.

»Elises Ringe«, erklärte sie. Sie wurde dabei dunkelrot. »Sie bat mich, sie zu tragen, als sie wußte, daß sie ihre Verletzung nicht überstehen würde.«

Das half ihr, das zarte eingebildete Band mit Elises totem Sohn wirklicher erscheinen zu lassen. Und dann entdeckte er, daß Jill ein Vermögen für spiritistische Medien ausgab. Sie glaubte, wie sie sagte, mit Don die Verbindung aufgenommen zu haben. Vielleicht stimmte das. Er war der letzte, der sagen würde, so etwas sei unmöglich, nachdem die Fortdauer seines eigenen Bestehens für ihn eine wichtige Frage geworden war.

Mit einem Seufzer erhob er sich, um weiterzuklettern.

Irgendwo in der Nähe des Gipfels vernahm er hinter sich ein Rascheln im Gras, und er blieb stehen, froh, einen Grund zu haben. Ein Fasan, dachte er, und dann hörte er es abermals. Es klang zu schwerfällig für einen Fasan. Das Geräusch konnte von einem Reh herrühren. Er blickte in die Richtung, aus der der Wind das Geräusch aufwärts trug, und da gewahrte er unter sich kein Reh, sondern den dunklen Kopf eines Knaben, und dann kam Marys Sohn Richard zum Vorschein.

»Soso«, sagte er keuchend, »du bist also auch hier.«

»Ja, Großvater«, antwortete Richard.

Er kam durch das Gras heraufgesprungen.

William verschnaufte eine kleine Weile.

»Darf ich deinen Malkasten tragen, Großvater?« fragte Richard eifrig.

»Wenn du vorsichtig bist.« William mochte nicht zugeben, daß er die Last gern abgab.

Plötzlich faßte er einen Verdacht gegen Ruth.

»Hat dich jemand mir nachgeschickt?« erkundigte er sich.

»Nein, niemand«, versetzte Richard. Er ergriff die Hand seines Großvaters.

Ich spielte im Obstgarten und sah dich, und da lief ich dir von selber nach.«
»Hätte dich jemand geschickt, so hätte ich dir befohlen, umzukehren«, sagte William.
Aber er war froh, daß er den Jungen bei sich hatte, denn zu seinem Schrecken konnte er nicht klar sehen. Das Antlitz des Knaben verschwamm vor seinen Augen.
»Was hast du vor, Großvater?« fragte Richard.
»Ich will ganz auf den Hügel hinauf«, antwortete William.
Das wollte er auch, obwohl ihm jetzt klar wurde, daß er besser nicht weitersteigen würde. Schmerz durchzuckte sein Herz.
»Ich kenne oben ein Nest«, sagte Richard aufgeregt. »Soll ich es dir zeigen?«
»Du kommst wohl oft hier hinauf, wie?«
»Fast jeden Tag, aber ich wußte nicht, daß du auch hierhergehst.«
»Früher kam ich auch jeden Tag her«, sagte William.
Er fühlte sich wirklich sehr schlecht, aber wenn er jetzt nicht weiterkletterte, gelangte er nie mehr zum Gipfel. Er nahm alle Kraft zusammen.
»Los«, sagte er, »wir müssen das letzte Stückchen schaffen. Ich will mich an deine Schulter lehnen, dann kannst du mir hinaufhelfen.«
»Gut, Großvater«, antwortete Richard.
Sie kletterten empor, Schritt für Schritt.

Ruth hielt im Abstauben inne, um zur Haustür zu gehen. Der Postbote war da.
»Ich habe einen Brief für Sie – von Hal«, sagte er. »Ich wollte ihn selber abgeben. Er schreibt jetzt nicht mehr so oft, wie? Hoffentlich geht es ihm gut.«
»Das letztemal, als er schrieb, ging es ihm gut«, gab sie ruhig zurück.
»Merkwürdig, daß er nicht heimkommt«, fuhr der Mann fort.
»Er hat unruhiges Blut«, sagte Ruth.
Sie mochte den Brief nicht öffnen, solange der Postbote verweilte.
»Er ist schon mal als Junge durchgebrannt, nicht wahr?« lachte der Postbote.
»Ja«, antwortete sie. Obwohl sie sich auf keinen Schwatz einlassen wollte, konnte sie sich nicht enthalten, stolz fortzufahren: »Und er brachte es fertig, sich jahrelang durchzuschlagen. Dann kehrte er wohlgenährt und gesund heim. Bis zur Westküste und sogar nach Alaska war er gekommen.«
»Hal ist tüchtig«, stimmte der Mann zu. »Na, nur schade, daß er euch Alten jetzt nicht auf der Farm ein bißchen helfen kann. Herr Barton fühlt sich in letzter Zeit nicht so gut, was?«
»Er ist angegriffen«, erklärte Ruth. »Das Herz, wissen Sie. Immerhin ißt und schläft er noch recht gut.«
»Leute mit Herzbeschwerden haben keine Energie«, sagte der Postbote. »Weiß Hal Bescheid?« fragte er dann ernst. »Sie sollten es ihm mitteilen, Frau Barton. Vielleicht würde er dann heimkommen.«
»Mein Mann will nicht, daß ich den Kindern etwas sage«, entgegnete sie.

»Er möchte nicht, daß sie denken, sie müßten auf ihn Rücksicht nehmen.«
»Ja, so?« gab der Mann zurück. »Also, auf Wiedersehn, Frau Barton. Ich muß jetzt wohl weiter.«
Gleich nach seinem Weggang setzte sie sich hin, um Hals Brief zu lesen. Er kam aus Frankreich, aus Paris. Dort lebte Hal immer noch mit seiner Frau und seinen beiden Töchtern Germaine und Angèle. Er schrieb selten, nur zu Weihnachten oder zum vierten Juli, dem Erinnerungstag an die Unabhängigkeitserklärung, oder sonst zu einem besonderen Tag.
Diesen Brief habe er zum Muttertag geschrieben, sagte er. Zwei kleine Gelegenheitsbilder der Mädchen lagen bei – dünne, schüchterne Geschöpfchen mit Schleifen und Rüschen. Ruth betrachtete die Bilder genau, eins nach dem andern, ohne auch nur das Gefühl zu haben, daß die Mädchen lebten. Sie konnte ihre Namen nicht aussprechen und hatte es auch nie versucht. Mimis Briefe, die jeden Monat regelmäßig eintrafen, beantwortete sie nie. Was für einen Zweck hätte das gehabt, wenn Mimi kein Englisch verstand? Sie waren an William gerichtet; er las sie, erzählte Ruth den Inhalt, und dann beantwortete er sie.
Mit Bitterkeit dachte sie manchmal, daß es Williams Blut war, was Hal so ruhelos machte und bewirkte, daß er nie mehr heimkam. Sogar jetzt fand William, obwohl er alt und halbkrank war, immer noch keine Ruhe. Heute den Hügel hinaufklettern! Obwohl sie weiß Gott alles getan hatte, ihm das Leben angenehm zu machen! »William hatte ein sehr leichtes Leben«, murmelte sie vor sich hin.
Sie nahm Hals Brief, entfaltete ihn und begann ihn sorgsam zu lesen.

»Liebe Mama,
also mir geht es wirklich großartig. Ich habe das Taxigeschäft aufgegeben und bin Chauffeur bei einer amerikanischen Kanone. Wir sind durch ganz England gefahren, dann fuhren wir durch Belgien, Frankreich, die Schweiz und Italien. Jetzt stecke ich in Spanien. Es war mir nicht sehr wohl zumute, als ich die alten Schlachtfelder und Friedhöfe voller Kreuze sah, wohin wir fuhren, um den Sohn meines Chefs, der im Krieg gefallen ist, zu suchen. Ich hatte wirklich Glück, mit dem Leben davonzukommen. Hier wird augenblicklich viel von einem neuen Krieg geredet, aber ich denke, diesmal muß ich nicht dran glauben. Ich hab' genug vom letztenmal und mag nicht mehr gehen. Du brauchst Dich also nicht zu sorgen. Ich meine ohnehin, es gibt keinen Krieg.
Also es geht uns allen gut. Den Kindern geht's gut. Mimi ist eine ebenso gute Frau wie Mutter. Wünschte, Du würdest mal herüberkommen und uns besuchen. Vielleicht gelange ich durch meine neue Anstellung mal nach Amerika. Würde mich freuen, die alte Heimat und alle Leute wiederzusehen. Leb wohl und alles Gute für Euch Hal.«

»Das sind wirklich gute Nachrichten, und ich muß es William erzählen«, sagte sie halblaut zu sich.

Sie ging zur Haustür und schaute hinaus. William arbeitete sich immer noch den Hügel hinauf. Er hielt Richard an der Hand. Woher war das Kind nur gekommen?

Er ist so töricht, dachte sie mit angstvollem Ärger. Er wird todmüde zurückkommen, und nur wegen etwas, das er gar nicht zu tun brauchte.

Sie seufzte und begab sich wieder an ihre Arbeit. Am besten machte sie, daß sie damit fertig wurde. Sie mußte sich ganz bestimmt seiner annehmen, sobald er heimkehrte.

»Sei nicht so bös mit mir, Ruth«, bat er sie matt.

Er fühlte sich körperlich so elend, daß das dazukommende Gewicht ihrer barschen, zornigen, erschrockenen Liebe beinahe genügte, um ihn über den Rand zu stoßen, dem er jetzt immer so nahe war und hinter dem das Dunkel lag.

»Ich bin nicht böse«, entgegnete sie. »Ich sage nur, William, wenn du auf mich hören würdest...«

»Ich höre ja auf dich«, flüsterte er. »Ich habe immer auf dich gehört.«

»Nun, ich sagte dir doch, du solltest nicht auf den Hügel klettern und noch dazu den Malkasten mitschleppen!«

Er antwortete nicht. Er schloß die Augen und wappnete sich gegen den neuerlichen Angriff des frischen, starken Schmerzes. Er mußte daran denken, was der Arzt ihm gesagt hatte: daß er wahrscheinlich nicht unter Schmerzen sterben würde. Der Tod würde sich des Nachts, wenn er schlief, zu ihm schleichen. Er würde einfach nicht mehr erwachen. Das war sein Trost.

Da kam der Anfall! Er stöhnte aus der Tiefe seines Wesens, stöhnte aus erstickter Seele.

»Hier, halt dich an mir fest«, befahl Ruth.

Sie ergriff seine Hände, und er umklammerte sie. Der Schweiß brach auf seinen Handflächen aus, aber ihre Hände entschlüpften nicht. Der Höhepunkt des Schmerzes war überschritten.

»Du bist stark – wie immer...«, keuchte er.

»Ich muß es sein«, gab sie zurück.

Aber sie war gütig auf ihre temperamentvolle Art. Sie kannte den Ablauf seiner Anfälle. Gerade im richtigen Augenblick verabreichte sie ihm die Tabletten, gerade im richtigen Augenblick bewegte sie seine Arme und Beine so, daß er seinen Körper als lebend empfand, rieb ihn ab, und dann flößte sie ihm etwas heiße Milch ein und deckte ihn gegen den unvermeidlichen Schüttelfrost zu, der ihn überfiel, wenn der Schmerz verklungen war.

»Jetzt mußt du schlafen«, sagte sie freundlicher, als sie bislang gesprochen hatte.

Dieser Anfall war schlimmer als sonst gewesen, dachte sie.
»Vielleicht wirst du eines Tages deiner alten Frau glauben«, sagte sie mit scheltender Zärtlichkeit.
Sie bückte sich und küßte seine aschgrauen Wangen, und sie merkte, daß ihr plötzlich Tränen in die Augen stiegen.
Sie liebte ihn immer noch, obwohl sie sich so sehr über ihn ärgern mußte und obwohl sie mitunter dachte, sie sei eigentlich nie wirklich glücklich mit ihm gewesen. Er schien so sanft, aber im Grunde war er eigensinnig. Es ließ ihn gleichgültig, was die meisten Menschen rings um ihn trieben; er tat gleichwohl nichts. Nicht einmal einen Nagel mochte er einschlagen oder einen Fensterladen, der im Wind klapperte, befestigen. Sie mußte alles und jedes machen. Einst hatte sie gewünscht, daß er melken lernte. Aber er hatte sich gesträubt.
»Ich kann das nicht«, war alles, was er sagte.
»Jemand muß es tun«, hatte sie erwidert.
»Entschuldige vielmals.« Das war alles, was er immer sagte, wenn er ihr etwas verweigerte. Er bedauerte seine Untauglichkeit wirklich, das wußte sie, aber er schien gar nicht auf den Gedanken zu kommen, daß er sich ändern könnte. Und sie hatte gelernt, ohne seine Hilfe mit allem fertig zu werden, weil sie ihn liebte, stets von jenem tiefen Unbehagen erfüllt, daß ihm ihre Liebe vielleicht nicht genügte. Aber sie war alles, was Ruth hatte.
Er schlug die umschatteten Augen auf, als ob sie von ihrer Liebe gesprochen hätte.
»Du könntest mich sterben lassen, wenn ich dir zuviel Mühe mache«, sagte er mit schwachem Mutwillen.
»Du machst mir arg viel Mühe«, antwortete Ruth. »Aber du bist alles, was ich habe, und ich muß mich mit dir abfinden.«
Er lächelte; er wußte, daß dies ihre Art war, ihre Liebe zu gestehen.
»Jetzt schläfst du aber sofort«, sagte sie streng.
»Ich kann nicht«, sagte er abbittend. Er konnte nie gleich einschlafen. »Stell ein bißchen Musik ein, Ruth.«
»Du solltest ...«
»Ach, bitte!« flüsterte er.
Da stellte sie den Radioapparat ein, den er neben dem Bett stehen hatte. Aus der Luft dröhnte eine Stimme ins Zimmer: »Heute ist der Krieg zwischen England und Deutschland erklärt worden. Die französischen Truppen sammeln sich hinter der Maginotlinie ...«
»Wieder Krieg!« hauchte er entsetzt.
Er hatte das seit Tagen erwartet, wissend, daß es kommen mußte, aber es vergessen, wie er jetzt so vieles vergaß, manchmal für Stunden. Nun war sie wieder da, diese äußerste Dummheit der Menschheit, die sich darauf vorbereitete, junge Menschen wie Henry wegzuraffen!

»O Gott!« stöhnte er und verlor in einem erneuten Schmerzanfall das Bewußtsein.

Niemand in Frankreich glaubte, daß Paris ernstlich bombardiert werden würde. Im vorigen Krieg, ja, natürlich, doch jetzt gab es die Maginotlinie. Trotzdem fühlte sich Mimi, die an dem Tage, an dem Bomben auf Paris niederfielen, als Fünfzehnjährige mit all ihren Kameradinnen und den Nonnen in die Klosterkapelle gelaufen war, um zu beten, bis der Schrecken ein Ende gefunden hatte, in ihrer kleinen Wohnung, die ihr Stolz war und ihren Tag ausfüllte, an diesem sonnigen Septembermorgen nicht recht behaglich.
Allerdings verbarg sie ihr Unbehagen vor Hal, der auf einen zweitägigen Urlaub heimgekommen war. Sie hegte die Ansicht, daß eine Frau ihren Mann glücklich machen sollte, und sie unterwarf sich ihrem Gatten völlig, wenn er sich zu Hause befand, zügelte ihr Temperament, hielt ihre Nervenanfälle und Angstausbrüche zurück, bis sie mit ihren Töchtern allein war. Hal sah infolgedessen kräftig und fröhlich aus, aber Germaine und Angèle waren blasse, müde dreinblickende kleine Mädchen mit scheuen grauen Augen. Keine von beiden zeichnete sich durch Schönheit aus, zu Mimis nicht allzu geheimem Kummer, und sie versuchte diesen Mangel dadurch auszugleichen, daß sie ihnen sehr schicke Kleider anfertigte. Da sie mit dieser Tätigkeit ziemlich viel Zeit verbrachte, wurde sie leicht zornig, wenn die Kleider beschmutzt oder zerrissen wurden, und die beiden Mädchen nahmen sich dauernd in acht, um ihre Mutter nicht zu verstimmen. So kam es, daß sie sich sowenig wie möglich bewegten.
Ein Flugzeug brummte über der Stadt, als die Familie am sonnigen Fenster beim Frühstück saß. Mimi zuckte innerlich zusammen. Nachdem die Deutschen Frankreich tatsächlich angegriffen hatten, konnte sie kein Flugzeug mehr hören, ohne Herzklopfen zu bekommen. Aber sie gestattete sich nicht, aufzustehen und hinauszusehen.
Statt dessen sagte sie streng zu Germaine: »Paß auf, wie du den Honig nimmst, sonst bekleckst du dich.«
Das Mädchen hielt daraufhin in der Bewegung inne, und der Honig tropfte vom Löffel aufs Tischtuch.
»O Himmel!« seufzte Mimi. »Ich wußte es ja, als ich den Honig ausnahmsweise erlaubte!«
Sie sprang auf, um einen Lappen zu holen, und dabei warf sie einen Seitenblick aus dem Fenster. Gottlob, es war ein französisches Flugzeug! Aber sie empfand eine unerträgliche Unruhe. Sollte das eine Warnung sein? Am liebsten wäre sie aus dem Haus gelaufen, ins Freie, wo sie sehen konnte, was da kam.
Sie eilte zum Tisch zurück; ihr dunkles Gesicht zeigte einen angespannten Ausdruck. Sie rieb das Tischtuch ab.

»Ich wußte es gleich, als ich den Honig . . .«
»Hör doch auf«, fiel Hal ein. »Was macht denn das aus?«
Er sprach ein einfaches, ungeschliffenes Französisch, das seinen Bedürfnissen irgendwie genügte.
Er gab Germaine ein Stückchen von seinem gebratenen Speck ab. Er erhielt zum Frühstück Spiegeleier und Speck, aber Mimi und die Mädchen nahmen nur Milchkaffee und Brötchen zu sich. Der Honig stellte eine besondere Zugabe dar, weil Hal zu Hause war. Germaine lächelte durch tränenerfüllte Augen und nahm das Stückchen Speck von ihrem Teller. Dann blickte sie ihre Mutter an.
»Darf ich es essen, Mama?«
»Gewiß, wenn Papa es dir so großzügig abgibt«, antwortete Mimi ernst. Sie setzte sich wieder. »Al!« Sie konnte seinen Namen nicht anders aussprechen.
»He?« Er kratzte die Eierreste auf seinem Teller zusammen, ohne aufzuschauen.
»Wir wollen heute zur Feier des Tages einen Ausflug machen, anstatt ins Theater zu gehen.«
»Ich bin täglich draußen«, wandte er ein.
»O ja, aber wir nicht! Und es ist heute noch immer so heiß, nicht wahr? Die Luft – stickig wie in einem Koffer ist sie! Denk doch nur, draußen – da können wir in einem Bach herumwaten und Blumen pflücken! Und der Himmel über uns – so klar!«
Er sah seine Töchter an. »Was meint ihr, Kinder?«
Sie blickten die Mutter an.
»Ausflug«, flüsterte Angèle.
»Dann machen wir also einen Ausflug«, sagte Hal. Er schöpfte sich einen Löffel voll Honig. »Um das Ende zu versüßen«, lachte er und leckte den Löffel ab.

Wer hätte diesen Tag voraussagen können? Die Vormittagsstunden verstrichen so schnell, so glückhaft. Das erstickende Gefühl, das Mimi bedrückt hatte, war verschwunden. Sie vergaß vorübergehend die Erinnerung an die über der Stadt und der Klosterkapelle kreisenden deutschen Flugzeuge, vergaß die ungestümen Gebete zu Gott, der über dem vom Bösen erfüllten Himmel wohnte.
Sie nahmen das Mittagessen unter einem Baum ein, und danach schliefen sie ein Weilchen; dann wateten sie zusammen im Bach herum, und als Hal auf einem feuchten Stein ausrutschte und beinahe gefallen wäre, schrie Mimi vor Lachen, weil sein verdutztes rundes Gesicht so komisch war.
»Teufel noch mal!« fluchte er auf Englisch, wie stets, wenn er verwirrt war.
Gerade wollte sie ihn lachend fragen, was er denn da vor sich hin knurrte,

als etwas aus dem Himmel niedertauchte, schwarz wie ein wütender Vogel. Ach, sie hatte den ganzen Tag immer wieder hoch oben Flugzeuge brummen hören, aber so hoch flogen sie, daß sie gar nicht hingeschaut hatte. Sie wollte auch jetzt nicht schauen.

Doch dann blickte sie hinauf, und ihr Lachen gefror. Über ihnen war das Hakenkreuz, schwarz gegen Silber und Blau.

»O Al!« rief sie. »Sie kommen wieder!«

Das war alles. Das war das Ende von ihrem und Hals Leben.

Die beiden kleinen Mädchen, die wie Rebhühner gelaufen waren, entrannen um wenige Meter dem Wasser- und Erdvulkan. Barfuß, Hand in Hand standen sie reglos, während der junge Mann am Himmel, der sekundenlang verweilt hatte, um einen kleinen Ausflug zu verderben, seiner eigentlichen Aufgabe entgegenflog.

Hand in Hand schlichen die Mädchen in der furchtbaren Stille zum Rande des Kraters, um zu sehen, ob ihre Eltern dort waren, und gewahrten grauenvoll, was geschehen war.

Sprachlos ließen sie sich nieder und zogen Strümpfe und Schuhe an. Der Picknickkorb war unversehrt, auch die Handtasche der Mutter.

Angèle wandte sich an Germaine: »Sollen wir die Sachen mitnehmen?«

»Natürlich«, antwortete Germaine. »Mama wäre es gar nicht recht, wenn ihre Sachen zurückbleiben würden.«

Sie hoben den Korb und die Tasche auf und gingen langsam zur Autobushaltestelle. Das Portemonnaie enthielt Geld, und sie lösten ihren Rückfahrschein nach Paris. Die Stadt war sehr ruhig, sehr friedlich am Spätnachmittag. Die Leute machten einen gesetzten Eindruck. Die Nachrichten von der Front klangen ernst, sehr ernst. Trinkend und essend saßen die Leute draußen und sprachen darüber, wie böse es aussah. Niemand achtete sonderlich auf zwei blasse, sehr ordentlich gekleidete Mädchen, die zwischen sich einen Korb trugen.

So langten sie zu Hause an, und erst vor der vertrauten Tür wurde ihnen klar, was geschehen war.

Sie blickten einander an.

»Ach«, stieß Germaine hervor, »wir haben keine Eltern mehr!«

Angèles hellgraue Augen weiteten sich, und als sie das Entsetzen im Gesicht ihrer älteren Schwester wahrnahm, begann sie laut zu weinen, was ihre Mutter niemals zugelassen hätte.

Die Concierge kam herausgewatschelt.

»Was ist los?« Dann sah sie, wer da stand — die beiden wohlerzogenen Töchterchen des dicken Amerikaners. »Na, was denn?« fragte sie, und als ihr schluchzend die unfaßbare Tatsache mitgeteilt wurde, brach ihr der Schweiß aus.

Ganz sicher, sagte sie zu all den Nachbarn, die auf ihr Schreien und Rufen herbeigeeilt waren, ganz sicher könne man nur etwas tun. Die Kinder hätten einen reichen Großvater. Das habe ihr die Mutter immer wieder erzählt. Regelmäßig hätte sie ihm geschrieben, klug wie sie gewesen sei. Sie habe immer damit geprahlt, wie vollkommen sein Französisch sei, tatsächlich pariserisch. Und ganz sicher müsse man darum die kleinen Mädchen unverzüglich zu diesem reichen alten Mann schicken, der ihnen Liebe und allen Luxus geben würde. Wenn man die Sachen in der Wohnung verkaufte, reichte der Erlös zweifellos für die Fahrkarten dritter Klasse. Germaine, ein großes Mädchen schon, könne für Angèle sorgen.

Die Nachbarn pflichteten bei, ja, so sollte es gemacht werden.

Inzwischen mußte man natürlich einen Brief absenden, in dem man den traurigen Vorfall mitteilte.

Zungenfertige französische Stimmen, die einander widersprachen und unterbrachen, bestimmten das Schicksal der beiden zuhörenden Mädchen und riefen, welches Glück für sie, daß sie einen reichen Amerikaner zum Großvater hätten; freundliche Franzosen würden sich ihrer annehmen, bis sie reisen könnten.

Madame d'Aubigne, die in dem Stockwerk über ihnen wohnte, nahm sie zu sich und färbte ihre Kleider schwarz, und Monsieur Albe übernahm den Möbelverkauf. In weniger als einer Woche war alles soweit, und die beiden kleinen Mädchen wurden in den Zug nach Calais gesetzt.

»Vergeßt uns nicht, wenn ihr reiche Amerikanerinnen seid«, sagten die Nachbarn und bedachten die schwarzgekleideten Kinder mit Küssen und Bonbons. »Vergeßt uns nicht!« Alle waren sie auf dem Bahnsteig, um der Abfahrt beizuwohnen.

Madame d'Aubigne seufzte. »In Amerika zu leben, weit weg vom Feind, ist kein schlechtes Schicksal«, sagte sie.

»Gewiß kein sehr schlechtes«, stimmte Monsieur Albe zu.

Durch sonderbar stille Straßen zogen sie heim. Heute lauteten die Kriegsnachrichten entschieden schlecht.

William, der unter der Sykomore in einem Lehnstuhl saß, las den Brief noch einmal.

Hals Töchter, Germaine und Angèle, sollten zu ihm geschickt werden. Hal war tot, seine Frau ebenfalls.

Er wußte es seit fast zwei Stunden, aber er hatte Ruth nicht gerufen. Sie war dann und wann zur Küchentür gekommen, aber er hatte sich den Anschein gegeben, als schliefe er mit dem Brief in der Hand.

Als sie zu ihm trat, um ihm zu melden, daß das Mittagessen fertig sei, konnte er ihr die Nachricht nicht mehr vorenthalten.

Zwei kleine Mädchen im Hause, Französinnen, die wahrscheinlich nur französisch sprachen! Alles, was ihnen mitgeteilt werden sollte, mußte er ihnen sagen. Er mußte ihnen auf jede erdenkliche Weise beistehen, denn er trug die Verantwortung für ihr Leben. Wäre er nicht vor vielen, vielen Jahren an einem ähnlichen Sommertag wie dem heutigen den Pfad entlanggegangen, gerade an diesem Baum vorbei, dann wäre all dies nicht geschehen.

»Germaine und Angèle!« murmelte er und schloß die Augen, weil ihn, wie neuerdings so oft, mit einem Male der Schlaf überkam.

»Geht es ihnen gut?«

Ruths Stimme, die unerwartet erklang, ließ ihn zusammenschrecken. Er öffnete die Augen und sah sie vor sich stehen; ihr braunrotes Gesicht strahlte unter dem weißen Haar Gesundheit aus.

»Das Essen ist fertig«, sagte sie. »Neuigkeiten von Hal?« fragte sie mit einem Blick auf den Brief.

Er überlegte, ob er es ihr jetzt oder erst nach der Mahlzeit berichten sollte. Aber wie konnte er essen? Und wenn er nichts zu sich nahm, sorgte sie sich und zürnte.

»Dieser Brief«, antwortete er und nahm das dünne linierte Blatt in die Hand, »bringt schlimme Nachrichten.«

Er sah sie an. Sie setzte die feste Miene auf, die sie immer zeigte, wenn sie sich für eine Aufgabe vorbereitete.

»Was ist mit Hal geschehn?«

»Ein schreckliches Unglück, mein Herz.«

Sie ließ sich rasch auf der Gartenbank nieder. »Sag es mir lieber geradeheraus, William.«

Da sagte er es ihr, übersetzte Satz für Satz den schlimmen französischen Brief. Dann faltete er das Blatt zusammen und steckte es in die Tasche. Als er Ruth anschaute, bemerkte er zum erstenmal, daß sie eine alte Frau geworden war. Er beugte sich über die Armlehne, ergriff ihre Hand und hielt sie fest, wobei er sich bemühte, das leichte Zittern seiner eigenen Hand zu beherrschen.

»Mein Liebes«, sagte er.

Aber sie sagte nichts. Sie saß in der völligen Stille des zutiefst verwundeten Menschen, starrte über das Tal und den Fluß, der sich als breites, helles Band dahinzog.

Halb erstaunt, halb beschämt stellte er fest, wieviel weniger ihn Hals Tod traf als der Tod von Elises jüngstem Sohn, der vor vielen Jahren im ersten Weltkrieg gefallen war. Weltkriege! Von nun ab gab es nichts anderes mehr als Weltkriege. Durch Schnellzüge, Automobile und Flugzeuge war die Welt ein engbegrenztes Gebiet geworden, und der Unschuldige wurde wie der Schuldige hineinverwickelt. Aber wenn das Leben irgendwelchen Sinn hatte, so einfach deshalb, weil der Unschuldige sich immer mit dem Schuldigen mischte – Gott, der über Gerechte und Ungerechte regnen ließ! Nicht daß er an seinem Lebensabend an Gott glaubte. Es war ihm gegeben, seinen eigenen Tod in aller Ruhe als einen Vorfall zu betrachten, der zu geringfügig war, als daß er Bedeutung gehabt hätte, auch für ihn selbst. An der Fortdauer nahm er keinen Anteil. Immerhin dachte er ziemlich viel darüber nach, und wenn ihm die Wahl geblieben wäre, so hätte er wohl, meinte er, ewigen Schlaf gewählt. Ich habe lange genug gelebt, sagte er sich. Es hat keinen Zweck, alles noch einmal durchzumachen.

Mit Hal aber verhielt es sich anders. Hal war in der Mitte seines Lebens abberufen worden, ohne das Alter kennengelernt zu haben. William überlegte den Wert dieser letzten fünfzehn Jahre. Nein, er hätte sie nicht versäumen mögen. Sie waren ebenso wertvoll wie die Kindheit, und er hatte sie weitaus mehr genossen als seine Kindheit. Die Kindheit war unsicher und verwirrend gewesen. Damals hatte er nicht von Tag zu Tag gewußt, was das Leben ihm aufbürden würde. Im Alter hingegen konnte ihm das Leben keine Streiche mehr spielen. Er kannte es genau, und der Tod barg keine Schrecken, weil er einfach ein Ende bedeutete.

»Was wollen wir mit den Mädchen machen?« fragte Ruth.

Ihre Stimme kam so plötzlich, daß er aufzuckte. Sein Geist, der sich immer in den Fernen der Ewigkeit bewegte, kehrte zur Erde zurück.

»Nun, sie gehören zu uns, und ich nehme an, daß wir für sie sorgen müssen.«

Er hatte Hal wieder vergessen, aber nun mußte er erneut an diese beiden jungen Französinnen denken, die mit keinem Menschen außer ihm sprechen konnten.

»Ich werde nie das Gefühl haben, daß sie zu uns gehören«, sagte Ruth entschieden.

»Oh, aber Ruth!« Er war betrübt beim Gedanken an die beiden Kinder, die alles dessen, was sie kannten, beraubt waren. »Liebes, es sind Hals Kinder.«

»Ich empfinde es nicht so.«

Langsam sann er darüber nach, und seine Betrübnis vertiefte sich. Marys Haus war voll, und außerdem, mit wem konnten sie in Marys Haus sprechen? Und er war so alt. Wie vermochte er, selbst wenn sie hierher kamen, für sie zu sorgen? Er hatte sich nie für Kinder geeignet. Und doch, dachte er in plötzlicher Hellsichtigkeit, wie sollte er Ruth einen Vorwurf machen? Er hatte in Germaine und Angèle weder Hals Kinder noch seine eigenen Enkelinnen gesehen, sondern bloß zwei verlassene Französinnen, die in einem amerikanischen Farmhaus Fremde waren. Ruth konnte sie überhaupt nicht verstehen. Er aber war in Paris gewesen.

Seine Gedanken wanderten von den Kindern nach dem Paris zurück, das er vor fünfzig Jahren gekannt hatte. Er sah die Stadt so deutlich, die hellen Straßen, die fröhliche Bevölkerung, die im Sonnenschein plauderte, lachte und aß, die Tauben mit ihrer Regenbogenbrust. Paris war voller Tauben.

»Ich will sie nicht hierhaben«, sagte Ruth.

»Was sollen wir denn mit ihnen machen?« fragte er beklommen.

»Ich weiß nicht.« Ihre Stimme klang düster in zornigem Kummer. »Hal hätte

ja nicht im Ausland bleiben müssen. Er hätte heimkommen sollen. Dann wäre all das nicht geschehn. Man soll da bleiben, wo man hingehört.«
Er lachte leise. »Du hast gut reden«, entgegnete er. »Wo wäre ich nun, wenn ich dort geblieben wäre, wohin ich nach der Meinung meiner Mutter gehört hätte?«
Aber sie lehnte es ab zu lächeln. »Das ist etwas anderes«, erklärte sie.
Er überlegte, ob er ihr widersprechen sollte, und entschied sich dagegen. Er fühlte sich meist nicht stark genug, ihr zu widersprechen. Statt dessen dachte er ganz klar darüber nach, was sich tun ließe, wenn er sich ihr fügte.
»Jill könnte helfen. Sie war oft in Paris.«
»Was würde Jill mit Kindern anfangen?« fragte Ruth. Aber aus ihrem Ton war Erleichterung herauszuhören.
»Ich glaube, sie hätte Freude an ihnen. Sie hat nichts Eigenes.«
Er wollte nicht zuviel über Jill reden, weil er und Ruth verschiedener Ansicht über sie waren. Die Entfremdung zwischen Ruth und ihrer jüngsten Tochter hatte sich im Laufe der Jahre immer mehr verstärkt. Aber ihm war Jill sehr nahegekommen. Sie war ein Teil der Welt geworden, die er einst gekannt hatte. Mit ihr sprach er jetzt wie mit keinem Menschen sonst. Und Jill hatte viel Geld. Als seine Mutter vor zehn Jahren in hohem Alter gestorben war, hatte sie ihr ganzes Vermögen Jill hinterlassen.
»Ich glaube, sie konnte sich nicht erinnern, wer ich bin«, hatte Jill zu ihm gesagt, als sie von der Beerdigung zurückkam. »Ich meine, sie vergaß stets, daß ich deine Tochter bin. Irgendwie dachte sie, ich sei Tante Louises Kind. Sie sagte oft zu mir: ›Deine Mutter ...‹, und das bezog sich immer auf Tante Louise.«
»Vermutlich hatte sie mich längst vergessen«, hatte er ziemlich traurig erwidert.
»Ich glaube, sie hatte weniger vergessen, als sie gern vergessen hätte«, hatte Jill gesagt. »Sie war sehr eitel. Eigentlich hat sie mir ihr Vermögen nur vermacht, weil ich Erfolg habe.«
»Na gut«, hatte er geantwortet, »ich will es nicht haben.«
Nein, er wollte nichts anderes, als was er gewählt hatte.
»Ich werde Jill schreiben«, sagte er schläfrig. Die Sonne machte ihn immer schläfrig.

Aber es war ihm nicht recht behaglich zumute, bis er von Jill Antwort erhielt. Ihr großer rechteckiger Briefumschlag gelangte am gleichen Tag in seine Hände, als das Schiff, welches die Kinder brachte, eintraf.
»Natürlich, lieber Vater, natürlich, natürlich!«
Das war der Kehrreim des Briefes. Aber nicht um Hals willen, wie er erkannte. Jill nahm die Kinder zu sich, weil sie französische Kriegswaisen waren. »Die armen Kinder! Oh, dieser Krieg! Es ist das mindeste, was ich tun kann.

Ich darf nicht ins Ausland gehen, mein Arzt erlaubt es nicht. Aber das kann ich tun. Ich will sie selber abholen. Mach dir keine Sorgen, lieber Vater.«

Germaine und Angèle, die einander fest an der Hand hielten und große Angst ausstanden, weil sie fürchteten, daß niemand sie abholen könnte, warteten auf dem Schiffsdeck.

»Ich erkannte sie sofort«, schrieb Jill an William. »Zwei traurig aussehende magere junge Dinger in Schwarz, die Ausschau hielten, ob jemand sie abholte. Ich umarmte sie. Sie haben nur schwarze Kleider. Ich werde sie von Kopf bis Fuß neu einkleiden.«

Diesen Brief las er Ruth eines Abends in der Küche vor. Dort saßen sie neuerdings beim Ofen anstatt in der Bibliothek, teils weil es bequemer war, die kurze Pause zwischen Abendbrot und Zubettgehen so auszufüllen, teils weil Ruth sich in der Küche wohler fühlte. Und in gewisser Weise traf das auch auf William zu. Hier in diesem rauchgeschwärzten Raum hatte er sie zum erstenmal gesehen als das, was sie war: ganz Frau.

»Ich glaube, daß für Hals Töchter gesorgt ist«, sagte er.

»Kinder müssen selber für sich sorgen«, entgegnete sie. »Es kommt eine Zeit, wo die Alten es nicht mehr können.«

Sie saßen nebeneinander auf der alten Ofenbank, und bald nickte er ein. In der Küche herrschte solche Stille.

»Wir wollen zu Bett gehen«, sagte sie.

Beim Klang ihrer Stimme erwachte er, stand auf und folgte ihr.

Aber gegen Mitternacht war er wieder wach, so hellwach, als ob die Morgendämmerung schon angebrochen wäre. Früher hatte er sich über dieses Wachliegen in der Nacht aufgeregt, weil er meinte, es stimme etwas nicht bei ihm, bis Ruth eines Tages auf seine Klagen friedlich geantwortet hatte: »Mir scheint, du wirst alt, William. Ich habe noch nie einen alten Menschen gesehen, der nicht wieder wie ein kleines Kind wurde – tagsüber schlief und nachts wach lag.«

Danach hatte er sich nie mehr beklagt. Ja, er wurde allmählich alt, und er lag in dem großen Doppelbett geduldig wach. Vor hundert Jahren war dieses Bett ins Zimmer gestellt und nie mehr fortgeschafft worden. Er war in dieses Haus gekommen und hatte hier seine Schlafstätte gefunden.

Ringsum war die Nacht wunderbar weich und tief. Vor langer Zeit hatte er die ländliche Nacht lieben gelernt. Das gehörte zu den vielen Dingen, die ihn entschädigten.

Er hörte Ruth neben sich leise atmen. Sie schlief ebenso friedlich wie als junge Frau. Alle ihre Lebensäußerungen wurden von Gesundheit getragen. Sie war gesund und reif, nicht alt wie er. Wie kam er auf den Gedanken der Entschädigung, wenn er doch ein so reiches Leben gehabt hatte? Er dachte an die erste Vereinigung mit ihr. Die Erinnerung an jene Leidenschaft bedeutete etwas

Holdes, nachdem diese Leidenschaft sie verlassen hatte. Sie brauchten sie nicht mehr. Längst waren sie ein Leib geworden. Wenn sein Geist immer noch abgesondert war, so lag das an ihm, nicht an ihr. Er begriff recht gut, daß ihre Zornausbrüche, ihre Gereiztheit gegen ihn, die sich im Laufe der Jahre verschärfte, bis sie ihn manchmal vorübergehend wirklich unglücklich machte, darauf beruhten, daß sie geistig getrennt blieben, während sie körperlich eins waren. Demütig fühlte er, daß er schuld daran war, denn Ruth hatte sich mit ihrem ganzen Wesen für ihre Ehe eingesetzt. Aber dieser eine Teil von ihm, den sie nicht brauchte, war übriggelassen worden, und so hatte er ungenutzt in ihm geruht. Jetzt schwang er sich in die Nacht hinaus.

Die ganze Welt, die William durchwandern konnte, lag außerhalb dieses stillen Hauses. Er träumte nicht von einem Menschen, den er kannte, sondern von Dingen, die er nie gesehen oder nur erblickt hatte, als er noch sehr jung war, und die er nun nie mehr wiedersehen würde. Menschen, Orte, Bilder, Freunde, die er nie gehabt, Gefährten, die er nicht gefunden hatte.

Aber all dies brachte keinen Schmerz. Einst, als er ein Mann in mittleren Jahren war, hatte es Schmerz gebracht. Damals hatte er unter der Bindung, die Ruth ihm auferlegte, weil sie ihn brauchte, gestöhnt, obwohl sie auch voller Süßigkeit gewesen war. Als Ruth ihn nicht mehr brauchte, war es zu spät. Denn jetzt brauchte er sie mehr als je zuvor, und jetzt hing er ganz und gar von ihr ab.

Er führte seinen schweifenden Geist zu ihr zurück und empfand den Trost ihrer Gegenwart. Sie war so stark, sie liebte ihn, und es war längst zu spät für alles außer ihrer beider Liebe. Ihre gegenseitige Liebe war die Wirklichkeit seiner Jugend gewesen.

Ich konnte nicht malen, als wir in New York lebten, dachte er, und ich hätte nicht malen können, wenn ich Ruth nach Hals Fortgang verlassen hätte. Ihr Elend hätte mich gequält, wenn ich nicht hiergewesen wäre, um sie zu trösten. Sie brauchte mich damals — oder Jill hätte gelitten.

Und was blieb ihm nun außer seiner zärtlichen, anklammernden Liebe zu ihr und ihrer starken Liebe zu ihm? Er wußte: Auch wenn sie sich oftmals über ihn ärgerte, so rührte es daher, daß sie ihn liebte. Sie hatte ihn in ihr Wesen aufgenommen, und er konnte sie stören, wie es niemand sonst vermochte, weil er in ihrem Wesen war und doch nicht ganz ihr gehörte, so sehr er sich auch darum bemühte und danach verlangte. Er wollte ihr in nichts mehr fremd sein, denn ihre gegenseitige Liebe brachte Trost, der jetzt umfassender war als das Leben selbst.

Er bewegte sich ein wenig und verspürte einen stechenden Schmerz, und sekundenlang wurde ihm bange.

»Ruth!« hauchte er.

Er mochte sie nicht wecken, aber wenn er sie brauchte, mußte er es tun. Er konnte seine Anfälle nie allein überstehen.

Aber der Schmerz kam nicht wieder. Er wartete, doch immer noch blieb er verschont.
Ich kann schlafen, dachte er dankbar. Aber es fror ihn ein bißchen.
Er drehte sich um, schmiegte seinen Körper an Ruths warmen Leib und legte den Arm um sie. So hatten sie viele Jahre geschlafen, ohne daß sie aufwachte.

Als sie erwachte, lag sein Arm fest und hart auf ihr. Sie vermochte sich der Umklammerung nicht zu entziehen.
»William!« rief sie, um ihn zu wecken. Aber er wachte nicht auf.
»William!« schrie sie. Gewaltsam schob sie seinen Arm fort; der jähe Schrekken gab ihr Kraft.
»William, William – William!«
Sein Gesicht war voller Frieden – er gab keine Antwort – war tot.
»Oh«, stöhnte sie. »Oh, mein Geliebter!«
Sie sprang aus dem Bett und eilte zum Telefon, um den Arzt anzurufen. Aber das war natürlich zwecklos.
»Es ist genauso geschehn, wie Sie sagten«, stieß sie hervor, als sie den Hörer in der Hand hielt. »Im Schlaf ist er von mir gegangen.«
»Ich komme gleich, Frau Barton«, gab der Arzt zurück. »Bemühen Sie sich um nichts – ruhen Sie nur aus.«
Aber es war ihr unmöglich auszuruhen. Sie mußte sich Williams annehmen. Es mußte doch etwas für ihn zu machen sein. Er mußte ordentlich hergerichtet, gekämmt und richtig gebettet werden.
Sie holte eine Schüssel mit Wasser und setzte sie auf einen Stuhl neben dem Bett. Sie schluchzte die ganze Zeit, während sie ihm Hände und Gesicht wusch.
»Ach, mein Geliebter«, stöhnte sie, »hast du mich gerufen, und hab' ich's nicht gehört? Ich habe einen so schrecklich gesunden Schlaf. Ach, William, William!«
Sie wußte, daß es ihre letzte Stunde des Zusammenseins war. Wenn der Arzt erst kam, wenn erst einmal angefangen wurde ... Sie ließ den Kopf auf seine Brust sinken.
»Ich wünschte, ich wäre nicht so oft böse zu dir gewesen«, murmelte sie. »Ich wünschte jetzt – ach! Oh, daß wir nun unsere goldene Hochzeit nicht erleben werden, William – William!«

Er wurde in so grausam kurzer Zeit fortgetragen. Sie stand daneben und sah zu, wie man die große Gestalt vom Bett aufhob. Andere Menschen hatten ihn angezogen, während sie sich selber ankleidete.
»Geh in die Küche, Mutter«, sagte Mary. »Du kannst nun nichts mehr für ihn tun.«
Beide Töchter waren sogleich gekommen. Jill hatte die kleinen Mädchen mitgebracht, aber Ruth sah sie kaum an.

Mein Leben ist vorbei, dachte sie. Ich habe ihn verloren.

Sie hatte versucht, sich auf diesen Augenblick vorzubereiten, seit sie wußte, daß er kommen mußte, aber sie war nicht vorbereitet. Nichts konnte sie wirklich auf das Ende all dessen vorbereiten, wofür sie gearbeitet und gelebt hatte. Sie vermochte sich nicht zu erinnern, wie es in diesem Hause vor jenem Tage gewesen, als William zum Essen gekommen war, und ebensowenig konnte sie sich vorstellen, wie es nun sein würde.

Ich weiß noch genau, wie er damals in diesem Raum aussah, dachte sie und schaute sich in der Küche um.

Sie setzte sich, betrachtete die Wände, die Einrichtung. Sie hatte ihn von dem Augenblick an, da sie ihn sah, geliebt. Sie liebte ihn jetzt noch.

Ich weiß gar nicht, warum ich in der letzten Zeit so wunderlich böse mit ihm war, ich kann es mir nicht erklären, sagte sie zu sich. Tränen füllten ihre Augen und rannen ihr über die Wangen.

Ich war nicht gut genug für ihn, dachte sie. Nie war ich gut genug für ihn, und das wußte ich immer.

Dies war ihr Kummer. Ihr ganzes Leben lang hatte sie ihn verdrängt, doch nachdem William nun gestorben war, stieg er auf.

Er war besser als ich. Er war nicht einmal böse zu mir, nie, dachte sie verzweifelt. Ach, William, ich wünschte, du wärst es manchmal gewesen!

Mary kam herein und fand sie laut schluchzend. Sie umarmte die alte Frau.

»Nein, Mutter, nicht«, sagte sie. »Es mußte so kommen. Wir wußten ja, daß es so kommen würde, und er ist leicht gestorben – im Schlaf.«

Ruth schüttelte den Kopf. »Ich weine ja nicht nur deshalb«, entgegnete sie.

Aber sie konnte dem eigenen Kind die Beziehung zwischen William und ihr nicht erklären.

Sie trocknete sich die Augen. »Ich glaube, ich sollte mich lieber in Ordnung bringen«, sagte sie.

»Ja, die Leute werden gleich kommen«, stimmte Mary zu.

Der junge Henry kam herein, Bleistift und Papier in der Hand.

»Großmutter, es ist ein Berichterstatter von der Landzeitung da. Er möchte einige Auskünfte über Großvater haben. Der Nachruf ist schon verfaßt, aber man ist sich über Großvaters Herkunft nicht ganz im klaren. War sein Vater nicht der bekannte Harold Barton von der großen Eisenbahngesellschaft?«

»Ja, das stimmt«, gab Ruth Bescheid. »Aber sag dem Mann, er soll warten. Ich will ihm selber alles mitteilen. Der Nachruf darf keinen Fehler enthalten.«

Sie eilte hinauf, wusch sich, zog ihr bestes Schwarzes an und begab sich dann in den Salon, wo der junge Mann wartete. Auch Jill war anwesend. Noch nie hatte sie ihre Mutter so schön gesehen, dünkte es sie. Ruth betrat das Zimmer mit schlichter Würde.

Der junge Mann erhob sich. »Sind Sie Frau William Barton?« fragte er.

»Ja«, antwortete Ruth. O ja, das war sie. Sie würde immerdar Frau William Barton sein.

Sie durchlebte die drei Tage wie einen erhabenen Traum. Fortwährend läutete die Türglocke, und Ruth ging jedesmal selber aufmachen. Ihre Kinder ließen sie gewähren, auch die Nachbarn, die gekommen waren, um ihr zu helfen, als sie sahen, daß es für sie einen Trost bedeutete.
»Frau William Barton?«
»Ja, das bin ich«, sagte sie stolz.
Es wurde ein Kranz aus weißen Blumen abgegeben oder ein Telegramm; eine kleine Gruppe Schulkinder stand da oder ein stammelnder lahmer Mann.
Zu allen sagte sie: »Möchten Sie ihn noch einmal sehn?«
Sie führte sie in den Salon. Der Mitteltisch war fortgenommen worden, und William lag auf einer Bahre. Rings um ihn hatte Ruth ihre schönsten Topfpflanzen aufgestellt und all die Blumen, die gekommen waren. Manchmal sprachen die Besucher, die den Toten betrachteten, gar nicht, aber öfters redeten sie.
»Er sieht wunderschön aus, nicht?«
»Er sieht aus, wie er war«, antwortete sie stets.
Sie war jetzt ruhiger, weil es soviel zu tun gab. Es konnte geschehen, daß sie, wenn sie mit Mary die Frage erörterte, wie die Begräbnisteilnehmer nach der Beerdigung beköstigt werden sollten, oder den jungen Henry anwies, sich der Verwandten, die das Haus füllten, anzunehmen, oder ein Telegramm las, das Jill ihr brachte, völlig vergaß, warum all dies vor sich ging. Es war beinahe wie bei jeglicher großen Familienzusammenkunft – wirklich beinahe wie bei der Feier der goldenen Hochzeit, über die sie und William so oft gestritten hatten. Wenn sie allerdings nachgedacht hätte – doch es blieb ihr keine Zeit zum Nachdenken. Alle Verwandten waren heute da. William hatte keine Angehörigen mehr außer einer Schwester, und sie kam nicht. Jill sagte, Louise brächte es nicht über sich, zu kommen, weil sie niemals an Begräbnissen teilnahm.
»Sonderbar, daß sie nicht zur Beerdigung ihres einzigen Bruders kommen kann«, erwiderte Ruth kalt.
»Sie tut leider nie etwas, das sie nicht tun mag«, sagte Jill.
Es würde ihr wohl kaum gelingen, der Mutter Tante Louises Wesen zu erklären. Es gab keine Verständigungsmöglichkeit zwischen den beiden. Alte Leute waren so festgefahren, dachte sie traurig. Aus der einen wirklich bestehenden Welt machten sie lauter verschiedene Welten. Nur ihr Vater hatte jeder Welt angehört. Wie sehr er ihr fehlte! Niemand, niemand konnte ihn ersetzen. Was hätte sie bloß angefangen, wenn er nicht erkannt hätte, wie einsam sie war, und ihr nicht Germaine und Angèle geschickt hätte? Sie befanden sich drüben in Marys Haus, wo sie gut aufgehoben waren, wie Jill wußte, und doch

mußte sie immerzu an ihre beiden Kinder denken, sah ihre Gesichtchen vor sich, die nun allmählich den angstvollen Ausdruck verloren, und ihre dünnen Händchen. Ob Marys kräftige, einfache Kinder wohl lieb mit ihnen waren? Sie wollte doch gleich mal schnell hinüberlaufen und nach ihnen schauen. Sie hatte beschlossen, daß sie auch bei der Beerdigung keine schwarzen Kleider tragen sollten. Es hatte in ihrem Leben schon soviel Schwarz gegeben. Statt dessen hatte sie weiße Kleidchen gewählt.

»Dann mag seine Schwester nur fortbleiben«, sagte Ruth. »Seine Familie hat ihm zu Lebzeiten nie viel bedeutet. Trotzdem kann ich es nicht verstehen ...« Aufgebracht ging sie hinaus. Was hätte William ohne sie gemacht, lebendig oder tot? Sie hatte genug Verwandte für sie beide. Sie hielten zusammen, wie es sich für Familienangehörige schickte, und sie hatten William von jeher gern gemocht, in späteren Jahren ihn sogar hochgeachtet. Sie waren stolz auf ihn. Ihr Bruder Tom kaufte alle Zeitungen und legte ein Album mit den Zeitungsausschnitten über William an. »Sogar in der Zeitung von Philadelphia steht etwas über ihn«, berichtete er stolz. Er las vor: »William Barton galt einst als einer der vielversprechendsten amerikanischen Maler.«

In den New Yorker Zeitungen stand nichts. Das konnte man auch kaum erwarten. Aber jede Lokalzeitung der Region brachte einen langen Nachruf. Ruth fand Zeit, alle Nekrologe bis zum letzten Absatz zu lesen. »Seine Witwe ist zurückgeblieben.« Das war sie. Sie war Williams Witwe.

Diese Würde verlieh ihr die Kraft, die Stunden zu durchleben, bis William am Morgen des dritten Tages aus dem Hause getragen wurde, in das er nun nie mehr zurückkehren sollte. Sie folgte ihm hinaus; Tom fuhr sie langsam in seinem glänzenden neuen Wagen. Hinter ihr fuhr die lange Reihe der Wagen, die sich alle über die Landstraße nach dem Friedhof bewegten, zu dem William nie hatte gehen wollen. Jetzt aber kam er hierher, um endlich in dem Familiengrab zu ruhen, in dem ihr Vater und die Vorväter ihres Vaters beerdigt waren. Und hier würde er liegen, und sie würde neben ihm liegen, bis in alle Ewigkeit.

Das Haus war sehr still. Sie hatte darauf bestanden, daß alle heimgehen sollten. Die Töchter waren leicht zu überreden gewesen. Nach dem großen Begräbnis, als alle Verwandten sich entfernt hatten und alles aufgeräumt war, hatte sie zu ihnen gesagt: »Jetzt geht ihr beide auch heim. Die Kinder brauchen euch. Außerdem könnt ihr hier gar nichts mehr tun. Wenn ich jemanden brauche, werde ich Tom dabehalten.«

»Natürlich«, stimmte Tom zu.

Daraufhin waren Mary und Jill gegangen. Onkel Tom, so trösteten sie sich, konnte sehr gut bleiben. Er hatte genug Leute, die sich um die Garage kümmerten.

Aber auch Tom ließ sich leicht überreden. Ruth sagte einfach: »Ich möchte allein sein, Tom.«
»Du wirst dich vereinsamt fühlen«, wandte er ein.
»Nein«, entgegnete sie. »Eine Frau, die so lange verheiratet war wie ich, vereinsamt niemals. Das Ende ihres Lebens führt wieder zum Anfang zurück.«
Aber er hatte Gewissensbisse, und sie mußte ihn überzeugen, wie unnötig das war, bis er schließlich Mantel und Hut nahm. Sie begleitete ihn zu seinem Wagen. Aber als er die Hand schon am Steuer hatte, zauderte er nochmals.
»Fehlt dir auch wirklich nichts, Ruth?«
»Bestimmt nicht«, erwiderte sie. Ach, geh doch, geh doch, schrie ihr Herz, das sich danach sehnte, frei zu sein, um trauern zu können.
Doch er, ein gutmütiger alter Mann, war immer noch unschlüssig und suchte nach einem letzten Trostwort für seine Schwester. Es sei so schwer für sie, hatten alle Verwandten gesagt, als sie sich nicht im Zimmer befand, weil William sie im Schlaf verlassen habe, ohne von ihr Abschied zu nehmen. Auf den letzten Abschied legten sie großes Gewicht, und sie hatten ernst die letzten Abschiedsworte aufgezählt, die von anderen Verstorbenen geäußert worden waren.
Tom suchte in seinem Gedächtnis und fand einige Worte, an die er sich erinnerte, weil er sie damals, als William sie aussprach, nicht verstanden hatte. William hatte immer merkwürdig geredet. Auch jetzt verstand er den Sinn nicht, aber vielleicht begriff Ruth, was William gemeint hatte.
»Ruth«, begann er, »das letztemal, als ich mit William sprach, sagte er etwas über dich, das ich dir noch nie erzählt habe.«
»Was denn?« rief sie. »Ach, Tom, was?«
»Er sagte, er wüßte nicht, was er ohne dich anfangen würde. Erinnerst du dich an den Tag im vorigen Herbst, als ich mit dem Auto herkam, um mit ihm eine Bücherkiste von der Bahn abzuholen?«
Sie nickte. William hatte sich von dem Geld, das er durch den Verkauf seiner Bilder einnahm, immer Bücher gekauft. Sie hatte sich oft genug darüber geärgert, aber jetzt war sie froh, daß er getan hatte, was ihm beliebte — obwohl sie nicht wußte, was sie nun mit all den Büchern machen sollte.
»Du brachtest eine Decke heraus, um ihm die Beine einzuwickeln, weißt du noch?«
Sie nickte abermals.
»Nun, nachdem du wieder ins Haus gegangen warst, sagte er, du wärst sein tägliches Brot oder etwas Ähnliches.«
»Wirklich, Tom?«
Er beobachtete ihre Miene, um zu sehen, ob sie getröstet wäre. Und er sah, daß sie getröstet war. Sie verstand also, was der alte Mann gemeint hatte.
»Ich dachte, das würde dir vielleicht Freude machen«, fügte er, zufrieden mit sich, hinzu.

»Es ist wundervoll und sehr lieb von William, daß er das gesagt hat«, antwortete sie.

Nachdem er abgefahren war, ging sie in die Küche, um ihr Abendessen zu sich zu nehmen. Brot! William hatte gutes Brot so gern gemocht. Und er hatte immer gesagt, ihr selbstgebackenes Brot sei das beste von der Welt. Manchmal war es, als ob er ein Gedicht spräche, wenn er mit ihr redete, während sie an diesem Tisch hier stand und den Teig knetete. Brot hatte William etwas Besonderes bedeutet. Auf dem ersten Bild, das er von ihr gemalt hatte, hielt sie einen Laib Brot in der Hand.

Indes sie dasaß, ließ sie sich alles, was er über Brot zu sagen pflegte und dessen sie sich entsann, durch den Kopf gehen.

»Wenn ich gutes Brot zu essen habe, ist es mir ganz gleich, was sonst fehlen mag«, hatte er oft gesagt. »Brot ist meine eigentliche Nahrung«, hatte er oft gesagt.

Er hätte nichts Bedeutungsvolleres über mich äußern können, dachte sie dankbar. Irgendwie linderte das alles. Sie war immer stolz darauf gewesen, seine Frau zu sein, und doch hatte sie gleichzeitig das entmutigende Bewußtsein gehabt, sie sei für ihn nicht gut genug. Aber wenn sie ihm wie Brot gewesen war, so bedeutete dies, daß er ohne sie nicht hätte sein können.

Ich glaube, es hat ihm nichts ausgemacht, daß ich manchmal etwas unwirsch war, dachte sie. Ich glaube, er wußte, daß es für mich nur ihn gab und ewig geben wird. Und ich tat ja alles für ihn.

Ihre Augen füllten sich mit Tränen, aber sie aß weiter. Dies war die erste von vielen Mahlzeiten, die sie allein einnehmen mußte, und sie konnte sich geradesogut schon jetzt statt später daran gewöhnen.

Ringsum gab es kein Geräusch, weder im Haus noch draußen. Es war die Abendstunde, in der sogar die Vögel sich still verhielten.

Dann überkam sie plötzlich die Sehnsucht nach ihm. So still war es nun immer, Tag und Nacht, für den Rest ihres Lebens.

Sie konnte nicht weiteressen, legte den Löffel hin und starrte in den hellen Abend hinaus. Das Haus war leer. Sie hatte das seltsame Gefühl, daß es ganz und gar leer sei, daß sogar sie nicht hier wäre.

»O William«, sagte sie dumpf. Ihre Stimme klang laut in der Leere ringsum. Er war wirklich fort.

Da vernahm sie plötzlich in der Stille ein Geräusch. Sie hörte ein Rumpeln in der Scheune. Etwas war hingefallen. Sie sprang auf.

»Meine Güte, was ist das?« rief sie.

Sie eilte aus der Küche, lief über den Rasen zur Scheune und die Einfahrt empor zur offenen Tür.

»Wer ist da?« rief sie scharf.

»Ich bin's«, sagte jemand.

Die Stimme kam aus dem Raum unter dem Heuboden, wo William seine Bilder aufbewahrte.
»Um Himmels willen«, sagte sie, ging schnell über die rauhen alten Dielen und blickte hinein.
Dort stand zwischen Williams umgestürzten Bildern Richard, Marys jüngster Sohn.
»Rickie, um Himmels willen!« wiederholte sie. »Was treibst du denn hier?«
»Ich wollte seine – seine Bilder ansehn«, stammelte der Bub.
Er hatte geweint, und seine Wangen trugen Staubstreifen von den Bildern, die er umgedreht hatte, während er weinte.
»Aber warum hast du mich nicht gebeten, sie dir zu zeigen?« fragte Ruth.
Sie ließ sich auf Williams altem Stuhl nieder. In den letzten Jahren, als das Stehen ihn ermüdete, hatte er sich immer vor seine Staffelei gesetzt. Dann zog sie den Jungen an sich.
»Allmächtiger, schau sich einer das Gesicht an! Warte, ich putze dich mit meiner Schürze ab.«
Sie wischte ihm das Gesicht ab, und ihre scheltende Zärtlichkeit tröstete ihn. Da niemand sie sehen konnte, gab sie ihm einen herzlichen Kuß.
»Nun, möchtest du, daß ich dir Großvaters Bilder zeige?«
»Wenn du meinst, daß es ihm nichts ausmachen würde?«
»Es würde ihn freuen«, sagte sie munter.
Sie stellte ein Gemälde auf die Staffelei.
»Das hier hat er gemalt – ich kann mich noch gut an den Tag erinnern –, als alle beim Heuen waren. Ein Gewitter kam herauf – siehst du, da sind die Wolken – man kann es ganz genau erkennen ...«
Ein Bild nach dem andern stellte sie auf und erging sich in Erinnerungen.
»Von dem hier sagte er immer, er brächte es einfach nicht richtig heraus.«
»Ich finde es aber doch schön, Großmama«, entgegnete Richard eifrig.
»Ich auch«, stimmte sie zu. »Wunderschön! Er war ein großartiger Mensch, Richard, und das dürfen wir nicht vergessen, du und ich, nicht wahr?«
»Nein, nie.«
Sie betrachteten alle Bilder, und dann sagte sie: »Jetzt ist es Zeit für dich, daß du heimgehst, mein Herz. Mama wird sich Sorge machen.«
Sie verwahrten die Bilder sorgfältig und traten miteinander, Hand in Hand, in die klare Abenddämmerung hinaus.
Da nahm er all seinen Mut zusammen. »Großmama!«
»Ja, Rickie?«
»Darf ich seinen großen Malkasten haben?«
Sie erschrak, und er hielt erwartungsvoll den Atem an.
»Aber ich kann doch nicht – ich weiß nicht, ob es ihm recht wäre, wenn ich den Malkasten fortgebe«, antwortete sie. »Was willst du denn damit machen?«

»Bilder malen. Bitte, Großmama... Wenigstens wenn ich groß bin – wie Großvater!« Er umklammerte ihren Leib.
»Meine Güte«, sagte sie verwundert. »Woher hast du nur die Lust dazu? Niemand sonst in unserer Familie malt!«
»Ich weiß nicht – das war schon immer in mir. Bitte, bitte!«
In ihm! Da kam es ihr, als sie auf das flehende Gesicht an ihrer Brust hinabschaute, zum erstenmal in den Sinn, daß William in diesem Knaben leben konnte.
Sie sah ihn ernst an.
»Du mußt sehr, sehr brav sein«, sagte sie.
»Das will ich«, antwortete er feierlich.
Er ließ sie los, und da stand er, eine kleine gespenstische Gestalt, und Williams Geist blickte aus seinen Augen.